2020

\ 年 /

中国

微型小说

排行榜

微型小说选刊杂志社

选编

百花洲文艺出版社
BAIHUAZHOU LITERATURE AND ART PRESS

图书在版编目（CIP）数据

2020年中国微型小说排行榜／微型小说选刊杂志社选编.
－－南昌：百花洲文艺出版社，2020.12
　　ISBN 978-7-5500-3874-5

　　Ⅰ.①2… Ⅱ.①微… Ⅲ.①小小说－小说集－中国－当代
Ⅳ.①I247.82

中国版本图书馆CIP数据核字（2020）第205403号

2020年中国微型小说排行榜

微型小说选刊杂志社　选编

出 版 人　章华荣
责任编辑　李梦琦　高　翔
书籍设计　方　方
制　　作　何　丹
出版发行　百花洲文艺出版社
社　　址　南昌市红谷滩区世贸路898号博能中心一期A座20楼
邮　　编　330038
经　　销　全国新华书店
印　　刷　江西千叶彩印有限公司
开　　本　720mm×1000mm　1／16
印　　张　19.75
版　　次　2021年1月第1版第1次印刷
字　　数　310千字
书　　号　 ISBN 978-7-5500-3874-5
定　　价　42.80元

赣版权登字　05-2020-224
邮购联系　0791-86895108
网　　址　http://www.bhzwy.com
图书若有印装错误，影响阅读，可向承印厂联系调换。

目 录

2020

1860年的战争·北塘

侯德云

我叫弗朗索瓦·德·拉尔希，1860年随蒙托邦将军远征中国。在跟随蒙托邦将军之前，我是法国驻北非骑兵第一军团的中士，一个吊儿郎当的下级军官。

我这辈子永远不会忘记蒙托邦将军写给我的亲笔信：

"拉尔希中士：军事部决定派你调至我处任旗手，并作为私人秘书随同前往中国。见信立即回国。至巴黎后，速来多瑙河大酒店。蒙托邦将军。"

是我父亲，阿日诺尔·德·拉尔希伯爵，暗中摆布了我的命运走向。他把自己的"混账儿子"从非洲调往中国，是想让他有所历练，兴许混个一官半职，或者至少改改他那玩世不恭的秉性。

我追随蒙托邦将军离开法国整整七个月之后，战争才真正开始。1860年8月1日下午三点，法英联军共两千人，在白河北岸登陆。我们的计划是绕道北塘，从侧面进攻大沽口炮台。

两百名广东苦力也随同我军一起登陆，他们的任务是运输武器弹药和军需品。

正是退潮时分，我们乘坐运兵船奔向海岸。在离岸大约一公里的样子，运兵船搁浅。将军一声令下，士兵纷纷跳进水里，像一大群青蛙蹦来蹦去，嘻嘻哈哈的，做游戏一般。

临近海岸时，我们发现堤坝上有小股清军骑兵正在集结。将军下令，做好战斗准备。

可是很奇怪，集结成队的清军骑兵突然消失，一个都不见了。

那天晚上我们在海边露营。参谋部杜潘中校带侦察兵前往北塘侦察，清晨两点返回，向将军汇报说，北塘无驻军，也没几个居民，外围的两处炮台无人守卫。杜潘还说他进入炮台仔细探查，发现了一些包着铁皮的木制炮。

清晨五点，我们列队向北塘进发。

北塘是一个村庄，但看起来更像是一座城邑。有城墙，有城门，有成片的

2020

民居。

街道上有三三两两的村民在闲逛，显然绝大多数村民已经举家逃走。我希望剩下的这些人能加入我军的苦力队伍，我们需要大量人手。

将军命令士兵在村中挨家挨户进行搜查，房屋，前院，后院，不放过任何一个角落，以防清军在此埋伏。

居民区的一幕幕惨状让我们心惊胆战。很多人家的水缸里，都漂着被勒死的儿童和被割断喉咙的女人。他们中的大多数是头朝下被塞进水缸的。还有不少女人吊死在房梁上。

我带领十几名士兵闯进一座四合院。这是北塘最有排场的住宅，看样子像是官宦人家的府邸，有几十间房屋，有空旷的庭院和花园，驻扎一个团的兵马都没问题。

这座四合院有主房七间，主房左右各有耳房四间。室内格局完全遵照中国北方习俗摆布，主卧里有一张紧靠墙壁的大床，是用砖头砌成的大床，中国人叫炕。炕上挂着帷幔，铺着绸缎被褥，摆着靠垫。

一进卧室我就愣住了，身后的十几名士兵也都愣住了，其实叫惊呆更准确。

炕上躺着三位妇人。一位衣着简朴的老妇，两位衣着华丽的少妇。老妇躺在中间，枕一只黑底绣花枕头；年龄看似稍长的少妇，躺在老妇的左边，枕一只红底绣花枕头；年龄稍小的那位，躺在老妇的右边，枕一只绿底绣花枕头。三位妇人都梳着两把头的发型，还都是天足，看来是满人无疑。

年龄稍小的妇人，容貌美极了。我以前从未见过那么美的中国女人。

三位妇人的喉管都被切开。显然是刚刚被切开的。她们的身体还处在痉挛状态，喉咙里嘶嘶作响。鲜血在流淌，炕上的绸缎被褥都浸泡在血水里，丝绸帷幔上也溅有醒目的血迹。

两个小女孩坐在炕上的血水里玩耍。三位长辈的奇怪表情让她们觉得很好奇，她们用沾满血迹的小手，一会儿拍拍这个，一会儿拍拍那个，嘻嘻笑个不停。

火炕对面有一位身穿袍服、扎着腰带的中年男人，他坐在太师椅上，瞅着炕上的三位妇人和两个女孩。他的脖子在流血，从胸膛流到腿上，然后一滴一滴，滴在脚下的一柄钢刀上。

男人的右手握着一把纸扇，在轻轻轻轻地摇动，为的是赶走他胸前嗡嗡作响的苍蝇。

男人看见我们，目光变得凶狠而轻蔑。他似乎是在嘲笑，嘲笑我们在他的壮举面前呆若木鸡。

扇子的摇动幅度越来越小，终于停止不动。男人胸前的血迹，也渐渐凝固成褐色。

屋子里的死亡气息压得我喘不上气，两个女孩的嬉笑听着格外瘆人。我实在待不下去，转身走出房间。

我私下猜测，男人应该是这宅院的一家之主，老妇人是男人的母亲，少妇是男人的妻妾。男人先杀掉她们，然后杀掉自己。

我庆幸男人没有勇气对自己的一双幼女痛下杀手。

眼前的惨状，让我对原本无限憧憬的史诗般的对华远征产生极大的怀疑。我暗中一次又一次询问上帝，人类为何要动辄发起战争？

我对北塘村民的行为也大为不解。我们的敌人是清政府，不是他们，他们何苦要去寻死？他们是不是事先听到了什么骇人的谣言？

我命令士兵把两个失去亲人的女孩带回军营，交给随军的牧师。她们将被送往上海，由一家基督教慈善机构抚养。

很多年后我听说，女孩子中的一个因病去世，另一个长大后做了修女。

我不知道那修女的记忆中还有没有当年的血水和嬉笑，有没有亲人的死难惨状。但愿没有。

漫长的爱情

邢庆杰

接到扣扣的电话，我吃了一惊，这个五十出头的老光棍，居然要结婚了。他在电话中反复强调，只请了几个早年的文朋诗友，让我务必按时参加。

扣扣是二十世纪八十年代的一个诗歌爱好者，常以诗人自居。那时我初中毕业辍学，在老家一边侍弄责任田，一边追逐着文学梦想。我和几个热心文友自发组织了一个文学社团，陆续有五六十个文友加入。扣扣在这些人里，本来并不起眼，他是因为一个惊人之举，让大家一下子记住了他。

那是1989年初夏，那天我在家看书，文学社社长王三石推着自行车进了院，他进门就喊："快跟我去乡卫生院，扣扣喝药自杀了。"我吃了一惊，赶紧推上车子，和王三石一块儿骑行在乡村土路上。

文学社有个文友，叫叶剑梅，写诗，有几分姿色。不知从什么时候起，扣扣和她谈上了恋爱。到了谈婚论嫁的时候，叶剑梅的父母悄悄去看扣扣家的宅子，回来后就把女儿关起来了。扣扣家只有三间低矮的土房，家徒四壁。叶家提出条件，想娶叶剑梅可以，但必须盖五间红砖到顶的新房。扣扣和他常年有病的母亲相依为命，穷得叮当响，别说五间，半间也盖不起呀。这桩婚事拖了一年后，叶家就把女儿嫁给了他们村长的儿子。扣扣知道后，痛不欲生。恰在这时，又传来了他崇拜的诗人海子卧轨自杀的噩耗，双重打击之下，他喝了半瓶"乐果"自尽。

我们赶到乡卫生院时，扣扣已经被洗了胃，救了过来，像一摊泥般蜷缩在床上。他消瘦的丝瓜脸上是一副沮丧的表情，见了我们也不说话。

扣扣的身体恢复后，对外宣称不写诗了，要混出个人样来，让叶家人看看。此后，他淡出了文学圈，但偶尔也有他的消息传过来，他贷款办了养鸡场，后来又办了养猪场，养鱼场……

2000年秋天，我忽然接到了王三石的电话，说扣扣要请文友们聚一聚。那时，我已经在市里一家新闻单位工作了。

按照王三石提供的地址，我驱车赶回县里，几经打听来到了扣扣的老家寇家庄。

扣扣家是一个漂亮的四合院，正房是五间起底的二层小楼，东、西、南屋，全是水泥灌顶的平顶房，天井里全部硬化，用的是防滑瓷砖，屋里的家具电器全部是新的。门口，还停了一辆崭新的轿车。看来，他搞养殖成功了。

这次扣扣请客，是为庆祝他的诗集《爱的誓言》出版。我们一进门，每人手里就被塞了一本印制精美的诗集。

酒宴上，已经三十多岁的扣扣意气风发，浑身充溢着成熟男人的魅力，与当年蜷缩在病床上的那张丝瓜脸判若两人。席间，我们知道他还是单身时，劝他尽快考虑一下婚姻大事，凭现在的条件，找女朋友不是问题。

扣扣倒满了一杯白酒，站起来对大家说："我发誓，这一辈子，如果我结婚，新娘一定是叶剑梅。"言毕，他将酒一饮而尽。之后，他又倒满了一杯酒说："这一杯，还是我敬大家，我要宣布一件事，现在日子过好了，有了闲情逸致，我要重新写诗了。"说完，又将酒一口干了。我们也都上了情绪，都把满满的一杯酒干掉了。那是二两半的杯子呀！

那一天，我们都喝了很多酒，为扣扣高兴，也为他对爱情的专一担忧。王三石告诉我，叶剑梅的丈夫搞了个粮食加工企业，也成了大老板，不比扣扣差，他这辈子想娶叶剑梅，有些悬……

此后的若干年间，我再也没见过他，只是他的好消息不断传过来：他进城了，开了一家广告设计公司，买了一套楼房，买了宝马车，又买了门市楼……他的诗歌上了《诗刊》《星星》……

这次扣扣的婚宴，几个文友重逢，酒桌上肯定会有一场厮杀。目前对酒驾查得严，我决定坐大巴回去。

在车上，我反复思考一个问题：扣扣这次娶的，是不是叶剑梅？肯定是？又不太可能……我纠结不过，就拨打了已经升任县委宣传部副部长的王三石的电话。

王三石告诉我，扣扣娶的还真是叶剑梅。这几年，叶剑梅的丈夫经常在外寻花问柳，夜不归宿。叶剑梅干生气，管不了他，想到还苦苦等待她的扣扣，就主动要求和丈夫离婚。她那混蛋丈夫正想换个年轻的小媳妇，不但痛痛快快地答应了，还分给了她一笔不菲的财产。这次，扣扣不但实现了当年的誓言，还人财两得……

挂断电话，我闭目养神。想到扣扣历经三十年的爱情长跑，不由心生慰藉。

老 枪

申 平

靠山乡派出所的何所长，带领所里的全部人马，全副武装，分乘两辆警车直扑后山。他们封锁道路，搜索前进，如临大敌。

事情的确很严重：据紧急报告，山里有人在持枪打猎。在禁枪禁猎的今天，居然有人持枪狩猎，这简直就是对法治社会的公然挑衅。

还好，循着枪声，他们很快就发现了那个猎人，迅速围捕，很快将他捉拿归案。

现在，那个"猎人"正被反铐双手蹲在地上。看样子他也就二十岁出头，一张脸上充满稚气和无辜。他前面的桌子上，摆着一支长长的老式步枪，还有几发已不多见的黄铜子弹。30多岁的何所长上网查了一下，这才知道这种步枪是"七点六二式"，是一种射程远、杀伤力强的步枪，曾在抗日战争和解放战争中被广泛使用。

说吧，你这枪是从哪儿来的？

这枪……是我老太爷的。

你老太爷是谁？

那小子说出的名字，竟把何所长吓了一跳：这个人，是这一带远近驰名的老英雄。他不但在解放战争中立过战功，退伍后又带领民兵捉拿过美蒋特务，轰动一时。老英雄活到103岁，前不久刚刚去世。他的葬礼异常隆重，县乡领导都出席了，何所长也去了。嗯，对了，当时好像的确见过这个小子。

何所长上前给他打开了手铐，让他坐下，然后又问：这枪是怎么到你手上的？

是我自己找出来的。我老太爷藏枪的地方可隐蔽了，一般人不知道……

你老太爷手里有枪，我们怎么没掌握？他的枪是从哪来的？

这个……我说不清楚，我只是拿出来玩玩……你去问我太爷他们嘛。

事关重大，何所长立即向上级做了汇报，随后带人来到港口村，调查藏枪案。

他们先找到了老英雄的儿子，也就是那个小子的太爷。这人也已经80多岁了，背也驼了，眼也花了，耳也聋了，说话也表达不清了，他比比画画说了半天，何所长才大概弄清，这杆枪是老英雄当年从北京拿回来的。

看来，这枪来头还不小。何所长他们立即又去找老英雄的孙子。这人也已经60多岁了，是个退休公务员。他说得倒是非常清楚：这杆枪是1953年，老英雄到北京参加群英会时，周总理亲手颁授给他的，另外还有100发子弹。他小的时候，看见爷爷整天背着这杆枪，威风凛凛地进进出出。后来爷爷老了，枪就挂在家里的墙上，几乎一天一擦。再到后来，他外出读书，参加工作，偶尔回来，枪已经不见了。这可能和那时候收缴枪支有关。但是爷爷这枪不同，是国家领导人颁发的奖品，据说也是办了持枪证的。后来枪去了哪里，他也没有问过。最后他说：你们去问下我哥的儿子吧，我爷爷不能动的这些年，都是他在伺候，他或许知道情况。

于是何所长又去找老英雄的重孙子。这人近五十岁，正是那个"猎人"的父亲。他是一个老实厚道的农民，已经知道儿子因为持枪打猎被抓了，又见何所长他们来找他，就显得很慌张。何所长赶紧安慰他说：你不要害怕，我们只是调查了解情况。我就想问你，那杆枪你见过吗？

我……见过，是太爷擦枪的时候。可是太爷后来把枪放到哪里，我真的不知道，也不想知道。太爷不能动的时候，曾经让我帮他擦枪。我不喜欢摆弄枪啊炮的，就没干，我就让我儿子帮他擦。后来他老糊涂了，仍然老是念叨：我的枪，我的枪。

事情到此已经很清楚了：那个二十岁的小青年，那个生瓜蛋子，倒成了枪的最后知情者，甚至是传承人了。如果不是他不知深浅，把枪拿出来去打猎，可能这杆枪永远都不会面世了。

何所长让人把小青年和枪一起带回村里来，让他指认藏枪地点。他轻车熟路，带着他们来到老太爷故居的后屋，轻启一面夹皮墙，里面赫然现出一间庄严的小屋来。只见墙上端端正正贴着毛主席、周总理的画像，画像两边是一副对联：发扬革命传统，争取更大光荣。画像和对联下面，就是一个枪架，把那杆枪放上去，严丝合缝。旁边，还有子弹带、武装带等一些"配套设施"。

何所长用手机把这一切都拍了下来，暂时放了小青年，让他随时听候处置，然后他带了枪和子弹带等返回了派出所。他要给上级写一个详细报告，既要讲清楚枪的来龙去脉，还准备提出一个问题：为什么从村到乡再到县，所有人都统统失忆，根本就忘记了这杆老枪的存在？

2020

巴特尔与哈尔巴拉

凌鼎年

那达慕大会从元朝起形成赛马、射箭、摔跤这三大比赛的固定形式，逐渐成了蒙古族的一种民俗。

那达慕大会多半选择在牧草茂盛、牛羊肥壮的七八月份举行，大型的赛马活动要有300匹左右的骏马参与。如果谁家的马能在比赛中夺魁，那是十分荣耀的事，夺魁的小伙子也就成了年轻姑娘青睐的对象，故而牧民们都把这事看得很重。

胡和鲁家族在达茂草原是有头有脸的暴发户，老爷子一直希望后辈子孙中能出个赛马、射箭、摔跤的高手，一举夺魁，光宗耀祖。在老爷子的悉心培养下，家族里的年轻后生在射箭、摔跤方面都有过亮眼的成绩，唯赛马总在百名以外。

管家告诉老爷子，赛马赛马赛的是马，没有骏马，再好的骑手也是有力使不出。老爷子因此愁啊。

管家给老爷子出了个点子，重金聘请草原上最负盛名的调马师哈尔巴拉，让他调出一两匹善跑的快马，或许下一届那达慕大会夺魁就有希望了。老爷子说：钱不是问题，问题是哈尔巴拉是锡林郭勒草原的，与他无亲无眷，又素昧平生，他肯来吗？

管家说：没有谁对钱能拒之门外的，交给我吧，我试试。

管家回来复命时，不但带回了调马师哈尔巴拉，还带回了一个年轻的骑手巴特尔。

调马师哈尔巴拉有点桀骜不驯，他大大咧咧地说：烈马要勇士骑，才能人马合一，发挥最佳水平，跑出最快速度。我调教的马，如果巴特尔来骑，必无人可与之比肩。

老爷子看看巴特尔年轻彪悍，是骑马的好料，就同意了。

调马师哈尔巴拉的脾气很古怪，言明在八月那达慕大会前，不能干扰他调马，也不允许边上有闲杂人等观看。

哈尔巴拉调马有自己的一套,他夜里把那匹枣红马拴起来不让它吃草。老古话不是说"马无夜草不肥"吗?哈尔巴拉要的就是不能让马长膘,马一长膘,就像人群中的胖子,运动起来就气喘吁吁的,哪还跑得动啊。

哈尔巴拉只让枣红马白天吃草,适量饮水,晚上呢,把枣红马的马缰绳拴得高一点,这样马就无法低头吃到食槽里的草料,以迫使枣红马减掉肥膘。但这调马很有讲究的,这马缰绳拴多少高度有名堂的,拴低了不起作用,拴高了让马不舒服,对马的休息不利,适得其反。哈尔巴拉掌握得恰到好处。

仅仅个把月的时间,枣红马的肥膘就少了,肌肉就多了,肌肉一多,看上去精瘦健壮,感觉这匹枣红马浑身是力量,跑的速度果然大大提高。

哈尔巴拉让巴特尔每天白天带着枣红马去草原吃草、喝水、遛弯、奔跑,以培养他与枣红马的感情。

你想想:一到晚上,哈尔巴拉就把马缰绳拴好,不让枣红马吃夜草;一到白天,就让巴特尔带枣红马去吃草、喝水、奔跑。枣红马智商比人低点,但不傻,自然分辨得出谁对它好,谁对它不好,感情上也就愈发倾向于巴特尔。

巴特尔也确实是个好骑手,他只要一翻身到马背上,那枣红马就飞奔起来。

时间过得很快,盼望中的那达慕大会终于来到了。

三大项比赛,第一项就是40公里直线赛跑,巴特尔的枣红马不备马鞍,他自己也不穿靴袜,上身穿一件红色的紧身衣,配上长长的红彩带,俊朗、英武。

一声哨响,巴特尔就一马当先飞奔而去,蓝蓝的天空白白的云,绿绿的草原无边际,巴特尔与枣红马像一团烈火飞驰在草原上,把其他200多匹参赛马甩在后面,达茂草原牧民的情绪像开了的锅似的,多少情窦初开的少女为巴特尔疯狂地叫喊、助威。巴特尔如愿以偿地夺得了赛马的头一名,有点像中原地区中了武状元。

当天晚上,胡和鲁家族杀羊宰牛,老爷子设宴庆功,大家开怀畅饮,不醉不归。

第二天,管家发现老爷子迟迟没有起床,进帐篷一看,发现老爷子被一刀毙命。身上留有一张干羊皮,用血歪歪斜斜写着"十八年前灭门案,今夜复仇巴特尔"。

管家仰天长叹：报应啊报应！

等官府的人赶到，调马师哈尔巴拉与骑手巴特尔已骑着枣红马不知所终。

胡和鲁家族要求官府不惜一切代价，必须捉到巴特尔！

第二年，抗日战争爆发，官府无暇顾及捉拿巴特尔这等小事，也就不了了之。

后来有消息说：巴特尔远走东北，参加了东北抗联。甚至还有人见过日本关东军悬赏巴特尔人头的布告。

容　颜

邵宝健

罗局长在退休前和退休后，容颜上基本不变，是属于刚毅、严峻、冷峻，甚至于英俊的那一种。他在任职期间，一向以清廉示人。属下和群众无不敬重、佩服。要说对他有什么不满意，那就是他为人太严肃，换句话说，待人不够亲和。他习惯腰杆笔直地与人聊天。你看吧，就是退休了，他比较茂密的头发依然漆黑（天然黑，不是染的），他逗留在城区报刊门市部（这是他退休后的一大爱好），一星期两三次吧。浏览各种期刊，手捧杂志，腰杆笔直，目不斜视，旁若无人。他就是喜欢阅读，什么书与报刊都喜欢看，几乎没别的爱好。

我曾在罗局长任职的单位工作，我们的关系若即若离、不疏不密，算不上知音的那一种。前些年，有几次在那家报刊门市部偶遇，他见到我，也不过是点点头而已，脸上的笑是淡淡的，不易觉察的。当然，你不要误会，他不是那种盛气凌人、目空傲然的世俗之人，他不过是脾性如此，多年积成的习惯而已。我则根据他的家庭情况和他的工作经历分析，只有心无杂念、光明磊落，内心有引以为豪的强力支撑，才会不经意地让容颜散发出阳刚之气。

一年前，单位体检，罗局长的各项指标均合格，是单位里为数不多的健康老者。几年一晃。同在一个城市，我与罗局长时不时能打个照面。他的容颜依然如故：脸庞白里透红，容光焕发。也难怪，他的独生子罗某某，很有出息，大学毕业后，先是在本市担任市团委书记，所辖县的县委书记，近年在邻市担任副厅长级别的副市长，官职比罗局长的最终级别还要高一级。堪称将门出虎子。虽然自己的仕途结束了，但由于儿子的传承和拓展，罗家门庭更有发光、发热的空间。这样思考着，罗局长的内心更强大，相由心生，境随心转，他的容颜能不出彩吗？！那种人生之爽的意气自然会情不自禁地挥发出来。

时间流逝不以人的意志而休止，转眼我也退休了。由于常去省城照顾小外孙，在本城闲逛的时间不多，那家报刊门市部自然就光顾得少了，而罗局长也多时没碰面了。

近日，我在公交车上看到一对老年夫妇上了车。那男的很显苍老，满头白发，步履不太稳健，两腿微晃。当他刷好卡，正面朝向我时，我大吃一惊：这个很苍老的老者，居然是罗局长。

这是怎么啦？没听说他患上什么重疾啊。他好像看到了我，但却在距我很远的空位落座。神态若有所失，老眼昏花，和我对视一瞬，马上离移，没有和我搭话的热情。当然我知晓老局长的脾性，也没有凑近套热乎。再仔细打量，我愣住了。他的头发全白了，容颜像是八九十岁。我估算一下，他今年至多七十五岁。车停，老局长由他的老妻搀扶，下车了。脚还没落地，回过头朝车上望望，即转身走了。我从窗口望去，他朝车前行的方向走去，走得很慢。我清楚，他和夫人前往的地方，没有医院，只有那家报刊门市部。看来他不像是去求诊的。

不得其解。

晚上，我上网浏览新闻，被省内的一则反腐报道所吸引：某市副市长罗某某涉一贪腐案，受贿金额特别巨大，被省纪委双开，收缴其违纪违法所得；将其涉嫌犯罪问题移送检察机关依法审查起诉，所涉财物随案移送。等待这个贪官的将是严正的审判和惩治。

啊！这罗某某不正是罗局长的儿子吗？这新闻的发布日，是×月×日，也就是我在公交车上偶遇罗局长的前两天。我的脑海里即刻浮现出老局长老态、迷惘、痛苦而衰老的容颜。

可怜天下父母心！子女犯了大事，作为家长能不揪心吗？尤其是一直引以为豪的乖孩子突然从天堂跌落到地狱，谁也避免不了肝肠寸断的。

罗局长容颜遽变之因就在于此吧。

杯中舞

胡 玲

　　肖婉兮在文化中心看了场舞剧，见时间尚早，决定去附近的歌舞团转转。

　　自从肖婉兮从歌舞团退休后，就再没有回来过，整整五年了。尽管团里的领导、同事时常邀请她回团里指导工作、提提意见，她都婉言谢绝了。她觉得既然退了，就不能明退暗不退，倚老卖老，她不愿给同事、后辈制造压力，年轻人脑子灵活，有创新意识，应该让他们自由施展，发挥才干。

　　退休前，肖婉兮一直是团里的骨干，专攻舞蹈，业务能力强，经验丰富，做了二十多年副团长，带了不少徒弟，现在歌舞团团长吴曼曼便是她的得意弟子。吴曼曼刚进团时，还是个不谙世事的愣头青，肖婉兮见吴曼曼形体条件好，舞蹈功底过硬，便有意栽培她，给她创造了许多机会和平台。短短三年时间，吴曼曼从群演跳到了首席。

　　肖婉兮德艺双馨，在业界有口皆碑，退休前几年，上级和同事极力推选她担任团长，由副转正，给职业生涯画上完美的句号。肖婉兮把机会让给了吴曼曼，肖婉兮说，歌舞团要发展壮大，必须扶植新人，把舞台留给后辈吧，我仍然做副，辅助团长。所以，吴曼曼对肖婉兮充满了感激和敬意。

　　肖婉兮散着步，走进歌舞团大门，来到昔日工作过的地方，她倍感熟悉与亲切。一个小姑娘看到她，又惊又喜，肖老师，您来了，好久不见您了。肖婉兮和蔼一笑，说，路过这儿，来看看。小姑娘说，我去跟吴团报告，说您来了，她见着您一定高兴。肖婉兮摆摆手，说，不必了，我就是随便转转，千万别惊扰她，她可在馆里？小姑娘说，在啊，吴团在排练厅跳舞呢！肖婉兮一愣，吴曼曼年过四十，已过了舞蹈演员跳舞的黄金年龄，随即问道：吴团现在还在跳舞？小姑娘说，吴团还在跳，大大小小的演出，还是她挑大梁，谁让她是咱们团的台柱子呢！肖婉兮说，你忙吧，我去瞧瞧她。

　　肖婉兮朝排练厅走去，路过一条长长的走廊，两边是团里的宣传长廊，专门悬挂团里演出的巨幅照片。肖婉兮看了几眼，几乎全是吴曼曼的照片，或领舞，或独舞。

　　行至排练厅，肖婉兮悄悄从后门走进去，在角落的长椅上坐下。吴曼曼和舞蹈演员们正在跳舞，没人注意到肖婉兮的到来。

　　在轻柔的乐曲中，舞蹈演员们围着吴曼曼旋转。位于中央的吴曼曼摇曳多姿，翩翩起舞，像一朵盛开的牡丹花，光彩照人。

　　一曲跳完，吴曼曼叫大家休息，大家四散开去。有人发现肖婉兮，一声尖叫，肖老师来了！吴曼曼闻声，欣喜地走过来，肖老师，您过来怎么不提前说声啊？快去我办公室坐。吴曼曼亲热地挽起肖婉兮的手。肖婉兮说，咱俩去外面寻个清静的地儿，喝杯茶，也好聊聊天，不知吴团可否赏光？吴曼曼说，能和肖老师一起喝茶聊天，我求之不得，不过，说好了我请您啊，您要给我机会啊。

　　两人说着笑着，步入一家叫"七里香"的茶馆。选了个僻静的角落坐下，侍者送来茶单，吴曼曼把茶单递给肖婉兮，肖老师，您想喝点什么，想吃什么点心，随便点。肖婉兮一笑，说，那我就恭敬不如从命，替你做回主了。

　　肖婉兮未看茶单，直接对侍者说，来两杯西湖龙井。

　　很快，两杯西湖龙井上桌，晶莹剔透的玻璃杯里，青翠的嫩芽如耸立的细笋飘飘悠悠。肖婉兮说，我尤爱龙井，因为龙井一般用玻璃杯盛装，可以欣赏茶叶在杯中尽情舒展的曼妙姿态，赏心悦目。

　　吴曼曼端起茶杯，说，无商不奸，您瞧这杯茶水，未装满，量不足啊。

　　肖婉兮优雅轻抿了一口鲜绿的茶汤，说，中国有句老话叫茶七饭八，意思是倒茶只能倒至七成满，太满则溢，容易烫伤饮茶者的手，留点空间和余地，最好。

　　肖婉兮举高茶杯，凝望其中，那些细嫩的茶叶，开始漂浮在表面，优美地打着转儿，慢慢落下，静落杯底。肖婉兮说，我喜欢看杯中茶叶，或许因为我是舞者，我看这些茶叶也像舞者，它们穿着绿色舞衣，最开始，在上面跳，而后，它们慢慢沉下，静落于底处，不跳了，静静散发出浓酽的清香。

　　肖婉兮放下茶杯，目光温柔注视着杯底的那一抹绿意，说，其实，做绿叶也挺好的，就像这些茶叶，它们的价值，丝毫不比红花逊色。

　　吴曼曼说，想不到肖老师不仅精通舞蹈，对茶也有颇有研究。

肖婉兮说，其实，世间万物皆是相通的，万变不离其宗。

吴曼曼聆听着肖婉兮的话，惹有所思，从认识肖婉兮多年，她从未见肖婉兮说过这么多话。

两天后，肖婉兮收到吴曼曼发来的信息：这两天一直在回味肖老师的话，有所顿悟，谢谢您的良言，受益匪浅。肖婉兮回复：我视你为女儿，所以漫无边际胡扯了一大堆，你觉得有益的就听，觉得无用只当是耳旁风便是了。

半个月后，肖婉兮在图书馆偶遇歌舞团的一个男孩，问起吴曼曼的情况，男孩说，吴团现在不上台表演了，转做幕后了，她叫我们这些小年轻多上台展现自己，还有，她还把她以前的演出照从宣传长廊取下来了，换上了我们的，想想以前，她是多么要强的一个女人啊，现在就像换了个人似的……

肖婉兮一笑，说，人嘛，都是会变的。

让你的船下水吧

原上秋

黄河在这里拐了个弯，匆匆奔向大海。在这个弯处，留下无数的故事，有惊悚，有温馨，不变的是，河流和光阴一样飞快地流淌。文昌顺着河往上游走，边走边喊，女儿，小娥……他的喊叫被涛声带走，被河风吹散，像轻飘的呻吟。文昌断定女儿小娥是因为家里穷才出走的。文昌有好大的力气，却拽不住小娥倏忽消失的衣裙。

到了郑州，文昌已经是一个名副其实的乞丐了。他的蓬头垢面与城市文明形成反差，差点去了收容所。文昌不停地诉说，我是找女儿小娥的。文明城市用文明的方式把他遣送到了村里。

被遣回的文昌独自干喝了半瓶"老村长"，蒙着被子一睡不起。他的手里一直攥着小娥的照片。

镇里包村干部是老曹，村干部报告说有三户今年不能脱贫摘帽。老曹在名单上盯一眼，就来找文昌。他说，文昌你这熊样五大三粗当贫困户，你感觉很光荣是不是？！

文昌被老曹拉到一个建筑工地，他在那里和泥搬砖运材料。文昌的心思还在郑州，他干了三天就不再去了。

老曹望着文昌破败的家发愁。文昌的渔船靠着墙根，像一条晒干的鱼。老曹说文昌你老婆跑了，闺女跑了，为啥？还不是因为穷。你不好好干，过几天你喂的猪啊鸡啊都会跑了。

文昌被老曹拉到一个编织厂，十几个老头唱着歌用桑条编织箩筐。老头们说文昌唱一个，文昌埋头编筐，他不唱。他的心思在郑州，他干了三天就不再去了。

老曹和村干部打了几十个电话，寻到了小娥。小娥在郑州一家制衣厂踩缝纫机。她说她不是嫌弃家里穷，她是看不到希望才离家出走的。

老曹朝文昌的屁股上踢了一脚，说文昌你听听，你这个熊样咋能给孩子希望。

从一条老船边，到一堆空酒瓶，老曹在文昌的家，走出一条曲线。这是一条抛物线。抛物线的起端在船上，落点是一堆空酒瓶散发着颓废气息。老曹说，我再给你个机会，再三天打鱼两天晒网，贫困户给你抹了，送你到山上当和尚。

文昌到河滩里去栽树。河滩里的村庄都搬走了，废墟变成了耕地。文昌把一棵棵树苗埋进土里，不多时便有一群鸟落了上来，它们扎堆笑啊唱啊，谁说黄河滩只有叹息。但是高兴是它们的，文昌的心思在郑州，他干了三天就不再去了。

老曹感觉文昌的病因在女儿身上。

小娥回来了。镇里在新区辟了一片工业园，有一间厂房给了小娥。小娥牵着从田地里走来的姐妹，一起踩起缝纫机，做了很好看的衣裳。这些衣裳挑出最好的，送到了郑州。城里人讲究，他们舍得花钱。那些不好的，留给自己穿。她们知道，好衣裳迟早会穿在自己身上，她们现在要脱贫。

文昌从被子下面拱出来，他想找点活干。他苦苦盼望的女儿，带回了他的魂，也带给他力气。

老曹说，文昌你个熊样回家喝酒吧，喝晕在家睡觉。文昌说，不喝了，也不睡了。老曹说，你不想当和尚了？文昌说，小娥回来了，我要给她希望。

文昌说他想去河里打鱼。

老曹说政府不让干的事，你就别动那歪脑筋。老曹转念想到了文昌的船，想到了滩区的树，想到了树上的鸟，想到了游人。他给领导建议，办一个黄河生态游览区，让鸟和人来个约会，让黄河里的金子跳上岸来。

文昌把斑驳的老船打磨又打磨，还刷上一层亮漆。他的船好久不亲近水了，水是它渴望的情人。老曹说，等绿化起来了，你的船再下水。记住，不是打鱼，是看管这片林子，还有这片水。

文昌这回是主动回到滩区栽树的，一开始是一个人，后来上来很多人。从岸滩到堤外，茂茂盛盛，全是树。春风一吹，绿了整个堤岸。

老曹说，让你的船下水吧。

文昌从河里捞了两条真正的黄河鲤鱼，他要用鱼请老曹和村干部喝几盅。老曹在电话里怼他，不摘贫困帽儿，谁也不会喝你的酒。

文昌让小娥过来，小娥说郑州要的一批衣裳快到期限，她们必须加班赶出来。

文昌很失落，他坐在那里呆呆地等。等啊等，不知道过多久，从门外进来一个人，是出走很久的老婆回来了。她的身后，是一脸春风的小娥。紧接着，老曹也满脸笑意地来了。老曹从来就没给过文昌笑脸，这个笑意义非凡。

文昌也笑了。醒来发现已是早晨。初升的太阳把亮光洒在河面，像铺一层金子，花花地眦眼。

扛包工

戴玉祥

五娘去世，我过去奔丧，碰见星球。

星球是我高中同学，二十多年没见，都高兴。

乡下办丧事，来奔丧的，是要记账的，记账后，要吃过饭才能离开。星球显然是记账后，过来等饭，碰见我的。我正坐在餐桌前，看晚阳趴在桌沿上，看苍蝇在晚阳身上飞。星球一把拽住我，说老同学多年没见了。我说是呀，好多年了。星球看着我，很快松开了手。星球坐到我对面。见星球铜色的脸上冒着酒气，我说老同学，中午喝了？星球有些得意。星球说，上午没活干，就喝了。星球说过后，目光就搁我脸上，碾过后，问，中午没喝两杯？我说，公务员中午不准饮酒。星球听了，一脸得意。星球说，没我自由！说后，放声大笑。我使眼色，星球才觉得这样的场合，不适宜，止了笑。

阳光不知啥时候溜走了，电灯亮起。

支客的在招呼过来奔丧的人入座，准备开饭。

我给星球倒了杯白开水，说老同学多喝点水，解解酒。星球感动，边喝着白开水，边跟我叙着往事。星球说，当年村里初中毕业三十多人，考上高中的，才七人，还记得吧？我说，怎么能不记得？还说，领录取通知书回来的路上，我们还偷摘了队里的香瓜，躲红麻地里吃，说是庆贺。星球说，记得记得。还说，我们七个，后来你与荣考上了大学，其余的，只好修地球了，不过……星球突然转移了话题，说，修地球其实很好的，你看我们吃的，那才是原生态的绿色食品，你们城里人吃不到吧？我们住的，院子想要多大就可以多大，搁你们城里，那要多少钱呀！星球越说越激动，越说越得意。后来，竟有些飘飘然了。

开饭了。

星球开了瓶白酒，给我也倒了杯。我说五娘去世，我不能喝酒。星球说，你五娘九十多了，活这大岁数才走，是白喜事，得喝！见我没动杯子。星球灌了口酒，说知道你是公家人，讲究多，咱老百姓，没啥讲究，但实诚。老同学，你要是实诚，就喝了。我只好"实诚"了。几杯酒下肚，星球显然是有些醉意了，话多起来，人也精神了。铜色的脸上，反射着灯光。星球说，老同学，你现在一个月拿多少钱？我说，一万出头吧。星球乜我一眼，很不屑。星球说，不是跟你吹，我有天扛水泥，往十楼扛，一袋十块钱，我两个小时扛五十袋，挣五百块，这样算，比你挣得多！说后，咕咚，又灌了口酒。我听了，心里很不是滋味，主动端杯，与星球碰。我们都喝了很多酒。

翌日酒醒后，我跟老婆说了星球的事。老婆听了，说他能那样对待生活，也是一种生活方式。我觉得老婆的话有道理，心里就好受多了。渐渐，也就将星球忘了。

一天，我正在键盘敲字，手机响了，是大哥打过来的。大哥说，星球死了，摔死的。我惊诧，急问怎么摔死的。大哥说，扛包时，星球为了赶速度，多扛，下楼时，直接在窗户上拴条绳子，然后顺着绳子往下滑。昨天，可能是中午喝多了，绳子没拴牢，从十楼摔下来，当场就没气了。我放下手机，就跑出去了。

我决定去送送星球。

坐在车上，我开始打盹。星球向我走过来，铜色的脸上，冒着酒气。星球说，上午扛了四百六十块钱，狠狠心，要了一盘菜，花二十块钱买了瓶好酒，喝得那个痛快呀……星球得意地说，喝了酒，趁着酒劲，继续扛。星球突然不说了，目光搁在我脸上，慢慢碾。好久了，星球才说，知道我为啥比别人扛得多吗？星球继续得意。星球说，别人下楼走楼梯，我下楼——星球用手比画着拴绳子的动作——直接手攥着绳子滑下来，那个快呀！星球继续得意，还说，你老同学厉害吧？我说，厉害！

开车的司机问我，在说谁厉害呢？

我这才醒来。

我说，一个同学。

还说，他真的很厉害！

老人与獾

孙春平

时下的人真怪，乡下人往城里挤，城里人却想方设法奔山岭建房墅，说山林里空气新鲜，养人。于是，大山里的村庄便一日日枯瘦，居住的人越来越少了。

岳老汉世代居住的小山村只剩老岳头孤寡一人了。拆迁公司一次次来人，开口就请开价，可老汉偏不开这个口。儿子隔三岔五打来电话，也请老人到南方去，说孙子想爷爷了，又说实在嫌南方潮热，我给你在老家县城里另买房子。岳老汉猜到这肯定是拆迁公司找儿子了，便直来直去地说，你个见钱眼开的瘪犊子，少给别人当说客！

入秋的时候，山下来了不少人，或喊他舅爷，或喊他姑丈，提着鲜鱼鲜肉名烟名酒，说是来给老人家过八十大寿。老人说，我的生日只过阴历，离八十还有小半年呢，你们是怎么个绕绕儿，给我说在当面。不然，我老头子不奉陪，这就上山遛腿儿去啦。众人面面相觑，只好交实底，说我们是被人请来的，这些东西都是人家花的钱。人家还答应，准备给你老人家雇一保姆，全天候侍候，直至百年。老人哈哈大笑，说那你们就带上东西赶快回去，递个话，说我老爷子永远健康，用不着他们孝敬！亲友们哭笑不得，离去时一路埋怨，说这老爷子，越老越倔。

老汉当然不可能永远健康。过了一冬一春，他突然给儿子打电话，说我要去见你妈了，你抓紧回来，有些事我要抓紧交代。儿子大惊，在电话里喊，老爸，你别吓唬我！老人说，我吓你干什么？四季轮回，生老病死，其实是一个道理。你抓紧吧。

儿子回来了，是乘飞机赶回来的。老人确是病弱不堪，已五六天没吃东西了。老人气喘吁吁地说，我死后，就把老房子让出去吧，要说条件呢，我只一个……咱家后园子里，贴北围墙有个獾子窝，你跟新主说，卖房的条件好商量，只是说啥也不许祸害那户人家。同是一命……人兽同理呀。

老人说完，就昏睡过去了。在守候老人的时光里，儿子去了家里的后园。那是夜半时分，天地清凉，一片静寂。后园已多年失于耕种，在荒芜的枯枝败叶中，男人果然找到了一个隐匿的洞口，离洞口三五步远的地方，放着一个木墩，木墩前的地面很干净光滑，面积只有锅台大小。莫不是，老人觉少，夜里睡不着，就坐在这里看獾子吗？

很快，儿子发现洞口探出一个獾子头，小小的黑亮獾眼很机警，长长的尖嘴巴四处嗅探。也许是獾子在来人的身上闻到了熟悉的气息，犹豫一阵，还是钻了出来，在园子里跑一圈，又钻了回去。在有些地方，獾子因嗅觉奇灵，又被称为狗獾。儿子端坐不动，他要看看这个獾子还有什么勾当。少年时，他没少陪老父捕獾，多少了解些这种小兽的把戏。果然，獾子又露头了，不过，这次不是四爪落地爬出来，而是仰面朝上，四爪抱怀，显然是被什么东西从洞穴里推出来，身上臭烘烘。臭獾被推出洞，身后闪出两只推它的獾子，直至到了离洞口远些的地方，臭獾才一翻身，在地上打了两个滚，抖落掉身上的臭东西，又从土石墙下的一个豁口钻出去，不见了踪影。月光下，儿子发现的新奇是，原来这只臭獾脊背光秃秃，鬃毛皆无，那一定是常被推拉磨损而成。而推它的那两只獾则明显带着伤残，一只在后足，一只在前爪，跛得都挺厉害。它们似乎也想从豁口钻出去，但只转了转，还是退回来了。拂晓时分，臭獾回来了，嘴巴上叼着一只半大的山兔，两只前爪还推着一个土疙瘩，细看，原来是颗马铃薯。两只残獾闻得动静，迅速跑出，将山兔和土豆接过，复回洞中。儿子由此想到，獾洞里肯定还住着行动不便的獾子，可能是老的，至少是一只。唉，老父天天坐在这里瞧，早把这一家子的事看清楚了。这一家子数那只臭獾最辛苦。獾子天性爱净，别看洞外乱糟糟，穴里却永远是洁净的。臭獾不光要将出不了窝的老獾排泄物裹在怀里送到洞外，还要趁着夜色去山林里为全家寻找食物，老弱病残，全靠着它了。老父不肯离开老宅，是感动于臭獾吗？感动又是始于什么时候呢？

老人一睡便是长眠。拆迁公司闻讯，立刻派人来帮助办理丧事。几天后，儿子主动谈了父亲对老宅的处理意见，拆迁公司的人自是大喜，说附近村庄就有獾子养殖专业户，我们把这一窝送去，只求尽心喂养，直至终老。儿子说，我老父若是有这想法，何必等到今日。你们另找个地方，山林之间，隐秘之处，还是让它们自由自在地生长吧。

獾子的新家地点很快选定。儿子带人去移獾子窝，锹镐之下，却哪里再见獾子的身影，一只也没见。有人说，送殡那天，我走在后面，感觉后面一直跟着几个小东西，我还以为是狗呢，莫不是獾子也通人性？儿子甩了一把泪水，说那就别打扰它们了。同是一命，人兽同理呀。

2020

红心点灯

蔡 楠

你看到村边那个大坑了吗？是早些年村民取土挖成的大坑。坑里后来才有的水，可深呢。我爹就是跳进这大坑自己淹死了自己。他为什么不想活了呢？是实在活不下去了。

我叫乜树长，我患有一种怪病。打一生下来就有这病，不但我有，我弟乜树根也有。就是一双手的手指粘连在一起，指间长着一层厚厚的膜，乍一看，就像两只小小的鸭掌，人们叫我们"鸭掌男孩"。父母就带着我们四处求医，做手部矫正手术。医生说，这种手术要一直持续到成年后骨骼停止发育。

我家过着土里刨食的日子，为给我们治病，卖粮食的钱花光了，我爹就去找亲戚借钱。就在我爹去借钱的当口，爷爷突发脑溢血，来不及去医院就不行了。爷爷出殡那天，奶奶给爷爷烧纸。她不在爷爷的灵前烧，她在屋里烧，她点着了被子，点着了房子，之后大笑，又大哭……

我妈说，你们看你奶奶怎么会这样呢？她可能是疯了。

我和树根就觉得我奶奶真是疯了。

我家的房子烧了，爷爷也在火葬场烧了。我爹就被烧得没了魂儿。他整天围着房子转，转够了，就去村外转，再转够了，就觉得那大坑是房子，就觉得那大坑里的水是床，是被子。我爹一想到床和被子，他就困了，就累了，他就在明亮的月光下跳进了大坑，跳进了那水做的床和水做的被子里。其实当时大坑是起了一圈儿波浪的，可是没人看见那波浪。我爹睡去了，那明亮的月光就又把大坑的波浪抚平了。

爹睡去了，娘却不能睡去。她整日整夜地发呆。有时候拉过我和树根来，摸我俩的头，摸我俩鸭掌一样的手，又把我们的手摊在她的面前，之后，她就用食指和中指比画成剪刀，嘴里咔咔地嚷着，就剪我俩的鸭掌。咔咔完了，她的剪刀还是她的手指，我俩的鸭掌还是鸭掌。娘就对着我俩笑，痴痴地笑，笑过，又搂着我俩大哭起来！

哥，娘怎么会是这样呢？树根哆嗦着问我。

我想起了奶奶，想起了娘说奶奶的话。我就对树根说，咱娘可能是疯了。

我说这话的时候，就从娘大哭大笑的包围里钻出来，我把家里的火柴打火机都藏起来了。我不能让我们好不容易修好的房子再次燃烧。

生活光有房子不行，还得有钱。没钱日子过不了，更不用说治病了。我的亲人们把我们一家四个病人分开了：娘和树根由我外公外婆照顾，我和奶奶则去了姑姑家。

听人说，我们每个人头上都有一盏灯，灯亮着，人就活着；灯灭了，人就死了。我爷爷和我爹头上那盏灯已经灭了，可我头上那盏灯呢？我奶奶，我娘，我弟弟头上那盏灯呢？没灭，但我怎么努力，也看不见它们在亮着。

直到我在姑姑家遇到王红心妈妈，我才知道，我头上那盏灯是需要点燃的。而红心妈妈就是那点灯的人。

那时候我还没叫她红心妈妈，我叫她红心阿姨。从大家的嘴里，我知道她是个警察，工作之余，多年致力于志愿服务。扶贫扶危、助学济困，都上了报纸、广播、电视了。可我知道这些离我很远，何况我不愿意让一个漂亮的女警察看到我的鸭掌。我自卑。所以，当她到我姑姑家来找我时，我逃了。

我逃回了我自己的家。

红心阿姨追来了。我知道她是举着火把追来的，不管我逃到哪里，不管是白天还是黑夜，她的火把都会指引着她。

在她面前，我似乎无路可逃。

那时候，我外公和外婆回了他们家，我正想给我娘和树根做点饭吃。柴火是湿的，锅是锈的，有几个馒头还是硬邦邦的，做什么吃呢？我掰着我的鸭掌犯了愁。

这时候，村干部领着红心阿姨进院了，进屋了。我躲到了被我奶奶放火烧过的门的后面，但还是被红心阿姨的笑容和温暖的手拽了出来。

红心阿姨的手真是温暖的手，也是神奇的手。她的手带来了衣服、书本还有吃的。她说，孩子，先吃个驴肉火烧吧！

我伸出了鸭掌。我接过驴肉火烧，去给我娘和树根，却发现他们手里已经有了，而且嘴里也有了。

我们一家吃着驴肉火烧，红心阿姨收拾着屋子。我们饱了，屋子也被她的手收拾得齐整了许多。收拾完了，她拿过一件毛衣，给我穿上，我却把目光投到了她带来的书上。我不认识别的，我知道里面有一套是《小猪佩奇》。我用鸭掌夹过一本《小猪佩奇》，红心阿姨却叹了口气，你是该上学的年龄了，可眼下，你们最需要的是治手，治好了手，才能上学啊！

就在那个冬天，我穿着红心阿姨给我买的新毛衣，和我的弟弟树根又一次住院了，我们进的是红心阿姨联系的大医院，在市里，有骨科专家为我们手术。

术后，我俩粘连的手指竟然被分开了，只是树根的小手指已嵌入了无名指中，手术时不得不把小手指截掉了一截。

当我们被推出手术室，我看到提着饭盒走上前来的红心阿姨。我举起缠着绷带的双手送过去我的兴奋和感激，我说，红心阿姨，以后，我能不能叫你红心……妈妈？

能！孩子，以后我就是你俩的妈妈——

我看到，红心妈妈的脸就成了我娘的脸。

妈妈，手术费……手术费，我们还没交呢！树根比我小，但这小脑袋瓜考虑的问题倒比我多。

红心妈妈笑了，报纸登了你们的消息，社会各界有一部分捐款，医院里也减免了一部分费用。别担心，孩子们，安心养病吧！

后来我才知道，红心妈妈把她被评为省级先进工作者的奖金也捐给了我们。

那时候，我觉得我头上的那盏灯亮了。树根的那盏灯也亮了。是红心妈妈的火把，还有好多火把点燃的。

一个月后，我娘头上那盏灯也点亮了。在红心妈妈的帮助下，一家精神康复医院免费给我娘开始治疗。

灯亮了，新的人生就会开启。出院以后不久，红心妈妈和她的爱心服务队，把我和树根接了出去，我们被安排在市里南湖学校读书了。当然，学校给我们免除了一切学杂费。学校还成立"一分钱爱心基金"，每天，600多名师生每人为我们哥俩捐出一分钱。我们的日常生活费用也就有了。

现在，多年过去了，我在这家学校已经读完了初中，即将参加中考。

就在今年中考前夕，我迎来了16岁的生日。

红心妈妈带着她爱心服务队的叔叔阿姨们来给我过生日。她将一张银行卡递到了我的面前，树长，这里面有19753元钱，是从我2010年认识你和树根之后，事情被媒体报道，众多好心人给你们捐的，这些好心人有的留下了名字，有的连名字也没留。这些钱我一直给你存着，今天给你办了张银行卡，密码是你的生日。

那天，我拥抱了红心妈妈，我含泪许愿：红心妈妈点燃了我头上的灯，我将来也要做一个点灯人，让世界上所有的人都生活在光明里。

人间山鬼

徐慧芬

　　画家老木眼前一亮，这女孩的皮肤、身段、眉眼实在是无可挑剔。但老天爷开玩笑似的，在她雪白的肤色上滴了一点墨，这墨点化开来变成一块钱币大的淡墨痕，落在她一侧脸颊上，分外醒目。

　　老木要完成预想中的创作，需要模特。他问小蝶，你在我这儿当裸模，不会有顾虑吧？小蝶爽快地说，这是我工作，有啥顾虑？再说你开的工资也比美院高呀。

　　老木的工作室是郊区租的两间房，画室里大大小小完成或未完成的画作堆满了屋。工作第一天，老木关照好小蝶一些要求后，小蝶就要脱衣服。老木说先别脱，咱们也像美院那样正规一点。老木搬过来两扇旧屏风挡在小蝶要坐的榻椅前，让小蝶在屏风后面把衣服脱好，在榻椅上摆好姿势后说一声。

　　屏风一撤，榻椅上的小碟还是让老木吃了一惊。褪去衣服的小蝶简直就是一尊白玉雕，身上竟无一丝瑕疵。老木心里叹了一下，开始画起来。

　　熟悉后，两人都说起了自己"出逃"的经历。老木是新婚不久的妻子去世后，睹物思人心太痛，就把市区的婚房卖了，逃到了此地画画疗伤已有几年。小蝶从小丧母，父亲惯出她坏脾气，大学时乱花钱，被父亲多说了几句，竟然书不念了，去当了模特。当了裸模后的小蝶，在外租了房，把她父亲气得个半死，父女俩已有几年不来往。

　　半年后老木预想中的创作完成了。画中的裸女，身披树叶头戴花冠，手执弓箭目视远方，骑在一匹马上，背景却是繁华都市。老木将其取名为《人间山鬼》。小蝶好奇这名称，老木就耐心地向她讲了"山鬼"的出处。

　　这幅画在两年一度的油画大展中，斩获了金奖，新闻发布会那天老木被记者围住。当晚，小蝶推进门突然扑到老木身上，大喊一声，老木，我要嫁给你！老木吓了一跳，推开小蝶，严肃点，开什么玩笑！我都可以当你爹了。小蝶哭了起来，你画了我半年，没有动过我一下，你是正派人我才想嫁给你，你嫌我没文化是吧？你才是老土，相差二十岁有什么稀奇？我们又不犯法……

老木想了一会儿说，你嫁给我要后悔的，要不我们先同居试试。两人同居了一段时间后，小蝶提出，让老木陪她去韩国整容，她想把脸上的那块胎记去掉。老木说天然的弄啥呀？就这点我才觉得你好看呢。小蝶说，骗鬼吧，我就知道你舍不得花钱，你卖掉几幅画不就行啦！老木哄她说，那就等我多画几幅画，多卖点钱，带你到热带去，太阳晒晒风吹吹，回来脸上啥都不见啦。

一天有个商人找上门，愿出价五百万，想买走《人间山鬼》。小蝶吓了一跳，老木却不开口。那人渐渐加价，一直加到一千万，老木还是眼皮没抬，不卖。

来人走后，小蝶跟老木吵，你笨死啦！卖掉了，不是可以再画一幅同样的吗？有了这一大笔钱，我们到市区买套像样的房子，享享福不好吗？老木说，你受不了啦？我还想在这儿静心多画几年呢！

不久，老木外出会朋友回来时，小蝶不见了。只见一块画布上写了四个字：别来找我。老木打她手机停机，再看看屋内，少了几幅画，《人间山鬼》倒还在。后来老木打听到，小蝶就是跟了那个商人走的。老木叹了两天气，继续画画。

一年后的一个傍晚，老木正在屋里煮方便面，门被推开，小蝶失魂落魄一头撞进来，而后大哭起来：老木老木，我被骗了，那人害我啊……

别说了，你饿不饿？要不这方便面你先吃了吧。老木盯着小蝶好一会儿，说出这几句话。又补了一句，我看你呀，吃些苦头是应该的。

吃过苦头重新回到老木身边的小蝶，安静了下来。又过了两年，老木和小蝶，住到了真正的乡下。老木在皖南山村租了一片地，亲手打造了一座庭院。小蝶的父亲也过来了，帮着种菜种果，打理几块地。小蝶生了一对双胞胎，孩子周岁时，我们几个朋友受老木邀请，来乡下喝喜酒。踏进老木一百多平方米的画室，那幅《人间山鬼》赫然在目。我在画前驻足良久，看看画，再看看一脸幸福的小蝶，她脸上的淡墨痕似乎不见了。

2020

悔 棋

赵淑萍

姜伯伯是我们的邻居，也是我们的偶像。

首先是他传奇的身世，红小鬼、解放军战士，参加过好多战役，转业后是爸爸单位的工会主席。最主要的是，他的妻子是一位烈士，牺牲在战场上了。于是，人们看见了他都十分敬重。

他什么都会。天寒地冻，我们曾亲眼看见他在厚厚的积雪上练字。原来，他的一手好字就是这么练成的呀。他的普通话特标准，那时，我们的爸爸妈妈操的都是杂牌的普通话。他还喜欢种兰花，他的屋子里很多兰花，开花的时候，就有一股幽幽的香气，让人闻着说不出地舒服。他是个单身汉。单位里发的或者人家送的水果，他都放在一张空桌上，自己一个也不吃，结果都是我们这些孩子一个个全消灭了。唯一的缺点是他的房间有点脏，东西摆得有点乱。

我和瘦猴跟他下棋下了无数次，有的时候单挑，有的时候二战一，每次都大败而归。看着我们不服气的样，他就哈哈大笑。

暑假的最后几天，我们找他下棋，总觉得有点不对劲。最后，发现是他的屋子干净、整洁了许多。然后是他下棋的时候好像有点烦躁。平时他平稳、淡定，落子不紧不慢。可是，接连两天，他都走神，险胜了我们。这一次，我跟他下。几个回合，又轮到他出棋，他那白子落的时候我就窃喜。他刚落子，突然意识到，要拿回时，瘦猴在旁边大叫"不许悔棋！""对啊，你是大人，不许悔棋！"我也说。姜伯伯很不悦，但是，没有拿回去。果然，一招不着，步步被动，这下我们稳操胜券了。我俩可得意了，看着他，还交换着眼色。这时，冷不防他看到我们的神色，激怒了，啪地站起来，一下子把棋盘给掀了，黑子白子落了一地。他走到一边。我俩面面相觑，最后，一溜烟跑了。

这是我们第一次赢他，很得意。而且，平时温文尔雅的他居然那么没风度。但是，不好玩的是，他掀了棋盘，以后就不会跟我们一起下棋了。

后来，开学了，学校里组织军训。那天，有爬山的任务，我四点多起来了。

天蒙蒙亮，人们都还在梦乡里呢。我下楼去，在三楼拐角，我看到二楼姜伯伯的门开了，一个女人从门里走出来，就急急下楼去。

那个女人我认识，是军军的妈妈。军军住在另一幢楼，他妈妈跟爸爸离婚了，他跟着妈妈过。真稀奇，姜伯伯的房间里居然走出个女人来。当天，我就告诉瘦猴，还有同幢楼的红红。红红说怎么会呢，姜伯伯是个英雄，英雄怎么会有那种事呢。

也许是因为他掀了棋盘，我很不爽。晚上，我告诉爸爸妈妈，他们一下子愣住了。

"那个柳凤仙，年轻时就喜欢老姜。老姜也动过心，但是，大概因为他死去的妻子，最后没成。"爸爸说。然后爸爸就告诉妈妈："你这个大嘴巴，别到处乱讲。"

可是，妈妈当面答应爸爸，一转身就去告诉了红红的妈妈。后来，大家都知道了。女人们好像揪出了什么秘密一样兴奋。然后说的大概是姜伯伯虚伪，道貌岸然，男人哪有那么实心眼的，再就是军军的妈妈不是个好女人之类的。

就像一尊神圣的高高在上的英雄的像，突然倒了，碎了。我们小孩子也不屑去他那儿了。至于军军的妈妈，我们背后叫她狐狸精，是她，祸害了我们的偶像。

我突然有一种负罪感。那一切，都是我的告密造成的。后来，我一直避着姜伯伯。有时候，下班他回来，我就绕道走。

过了没多久，军军的妈妈，居然穿得干干净净、漂漂亮亮地公开地来我们这儿。在那些楼下闲坐聊天的女人们好奇的鄙夷的目光里，很沉着地敲开了姜伯伯的门。这次，人们倒不知说什么好，好像一片阴暗角落的雪见了阳光，化了，反而没什么可说了。

我们渐渐地长大，后来陆续搬出了那幢楼。有一天爸爸拿来喜糖，说是姜伯伯结婚了。

三十年后，我回到故乡，碰到瘦猴，现在他胖得都有啤酒肚了。怀旧的我们说去小时候的地方转一转。红红应该还住在那儿，不过那幢楼拆了，又重建了。其实，我们都想着那个孩童时的偶像，只是谁也不说。

2020

当我们来到那幢楼时，看见一位老人正把一盆兰花搬出来晒太阳。八十多岁的人，身板居然还那么硬朗。走近了，是姜伯伯！他也认出我们了，非要把我们拉进去。一个穿着红衣的老太太迎了上来。"你是真真？"老太太又端水，又上水果。她就是军军的妈妈，八十多岁了，皮肤白皙、细腻，居然还有漂亮的感觉。

"如果有空，我愿意再跟你们下一盘棋。"姜伯伯说。

你长大了卖什么

羊 白

　　我的小学语文老师姓孙，他个子不高，尖嘴猴腮，右肩还有点斜，怎么看也不像是人类灵魂的工程师，因此起初我们并不喜欢他，背地里叫他"孙猴子"。

　　孙老师是个民办教师，家在我们邻村，有兄弟姐妹五个，他排行老大，高中毕业后没考上大学，复读吧，家里条件不允许，回村务农吧，又不甘心，就到我们小学当了老师。他的理想是有朝一日成为公办老师，公办老师和民办老师的差别很大，先不说待遇、名声，单找对象，就是一条很硬的资本。因名额有限，孙老师一直转不了公办，家里条件又不好，他长得又不气派，如此下来，二十七八了还是光棍一条。

　　孙老师脾气暴躁，动不动就想打人，我们班的女生尤其怕他。他发脾气时，脸上毫无表情，就那么冷峻地看着你，猛地扯你的耳朵，意思是你听哪里去了。被他扯耳朵的同学疼极了，就在心里骂他，骂他活该讨不到媳妇，活该转不了公办。

　　说起来，孙老师虽只是个民办教师，然而心性高傲（起初我以为是自卑），不但不和我们说笑，也不怎么和那些公办老师说笑，总是独来独往，一副心事重重的样子。听邻村的同学说，孙老师口琴吹得不错。

　　孙老师人特别，上课也特别，他教我们认字不是按课文和生字表来，往往是一组一组的，没学过的也会出出来，让我们比较着记。比如学一棵树的"棵"字，他会让同学们把自己知道的所有的木字旁的字都写到黑板上去，等同学们写得差不多了，他再补充上几个，然后，这就是今天的作业。一个字写三遍。第二天听写，不会的字继续写三遍。再不会，放学后留下来再写三遍。

　　孙老师的这套野路子，很多公办老师不服气，去校长那告状，说他不按教材备课，是误人子弟。可孙老师带出来的班语文成绩还不错，校长也就不好说什么，睁只眼闭只眼，由他去。

　　记得有一次，班里的几个差生还是分不清楚"买"和"卖"，老是写岔。孙猴子讲着讲着，发脾气了，大吼着说：你们都给我听清楚了，这"卖"字上的"十"字，就是你们家的"粮食"，有"粮食"才能"卖"，没"粮食"就只能"买"了，懂了吧。

说完，孙老师借题发挥，问我们长大了想当什么。

大家七嘴八舌，说什么理想的都有，声音最响亮、最有代表性的是售货员。售货员多神气，我羡慕得要死，往柜台里一站，感觉那些东西都是他的，可谓应有尽有，多美呀！

孙老师瞪我们一眼，说：你们不都想当售货员吗？那么，你们长大了想卖什么？

这个问题有意思。我们头头是道，有同学说卖冰棍；有同学说卖西瓜；有同学说卖甘蔗……同学们正兴趣高涨，孙老师把桌子一拍，似笑非笑地看着我们。然后摇摇头，意味深长地说：你们说的这些东西固然都不错，然而毕竟不完全属于自己，总有一天会卖完的。你们想想，有没有什么东西，是真正由你们自己支配，取之不尽，用之不竭？

我们疑惑了，我们能有什么东西呢？而且这东西取之不尽，用之不竭，那会是什么宝贝？是摇钱树，聚宝盆，阿拉丁神灯？

我们挠着头皮，还是想不出来。有胆大的同学，豁出去了，干脆把摇钱树、聚宝盆、阿拉丁神灯说了出来。大家一阵哄笑，又是七嘴八舌。

孙老师看我们闹得差不多了，又猛拍一把桌子，很生气的样子大声吼道：错。卖真才实学！

我们愕然，教室里顿时变得鸦雀无声，似乎空气也变得神圣了起来。我们极认真地看着孙老师，看着他的一举一动。当你盯着一样东西，往细微处看，盯久了，你会看出宏伟高大，而且发着晶莹的光。我们这才醒悟，这个外冷内热的家伙，他的严厉里，原来一直包藏着对我们恨铁不成钢的期望和爱。

此后，我们很容易就把"买"和"卖"分清楚了。孙老师的土办法，你别说还真管用。更重要的是，一个问题在心里萌芽了：你长大了想卖什么？

还记得有年冬天，天刚下了雪，极冷，下课后同学们都缩着脖子窝在教室里，感叹着说：哇，好冷呀，冻死人了！

孙老师本来已经出了教室，他突然返回来，站在讲台上很严肃地问：你们知道"冻死人"是什么意思吗？

我们都不敢出声，看着他。

他大手一挥，一字一字地说："冻死人"——冻的是死人，活人是冻不死的，知道吗？

说完，孙老师头也不回地走了。我们愣愣地看着他的背影，不知谁先醒悟过来，呼啦一下全涌出了教室。

孙老师懂得的知识也比较多，而且杂，比如，他说日本经济发达，为增加土地面积，种小麦时把土地推成山坡，种水稻时又平成水田。这样的知识准确与否且不说，让人听来很新奇，让人吃惊，似乎也蛮有科学道理。

在孙老师"歪理邪说"的熏陶下，我们这帮农村娃，还算有点见识。有次全县学校组织知识竞赛，我们班代表我们学校出战，本不抱太大希望，却过关斩将，最终拔得头筹，把县城的那些学校羞辱得够呛。孙老师名气由此大振，不久就转成了公办老师。而且，也很快有了媳妇，是我们村的一位姑娘，也是高中没考上大学，长得不是很好看，然而皮肤白，样子文静，和孙老师走在一起，就像是他的学生。

也就是在那次知识竞赛的表彰会上，上台发言的孙老师却没有发言，而是从裤兜里摸出了一把口琴，掷地有声地吹了一曲《欢乐女神》。孙老师站在高高的舞台上，神情激动，有股豁出去的架势，他的腮帮子卖力地鼓着，似乎要呼出肚里所有的能量。两只大手坚定地把住口琴，在嘴上抑扬顿挫地滑动，其神采飞扬的样子，实在是潇洒。我们都有点认不出他了。

那次表演回来，我们给孙老师起了另一个外号：孙悟空。

2020

摇摇床

王 溱

不眠不休加班两天两夜之后，他正式失业了。

电脑还是热的，空气也是热的，捂出一股速溶咖啡混合人体排泄物的味道，但办公室已经一个人也没有了，都跑去堵邱总讨说法去了。

他没有去。他强睁着浸泡过无数遍眼药水的双眼，摇摇晃晃出了公司。困，太困了。去他的加班，去他的裁员，老子只想要一张床，有枕头的，彻彻底底睡上一觉。

床有，在他租住的公寓里，尽管有点塌，崩线，几根弹簧还冒了头，它还是整个房间里最温暖最叫人挂念的物件。

他一进门就往床上扑，鞋都懒得脱，床嘎吱一声回应他的迫不及待。他的身体压在那床松软的被子上，陷了进去。那是他花了近半个月工资买的蚕丝被，也是这个房间里最值钱的私人物品。能让自己睡个好觉的东西，多贵都不算贵——这是他一贯的观点。挨枕头就能睡，刚躺下就打呼——这是他一贯的作风。

但是这一次，他发现自己竟然没有睡着。脑袋里闹哄哄的，同事们义愤填膺挥着拳头。

"走啊走啊，找那个姓邱的理论去啊！我们为了这个项目都几天没合眼了！"

"奶奶的，项目拿不下来就卸磨杀驴？！"

"那个姓邱的老奸巨猾，堵他有个鸟用！"

"那怎么办？把公司砸了？"

然后真的有人把椅子踹倒了，砰一声，他的眼皮跳了一下，头好重，里面像塞满了铅，荞麦枕头都承受不住了。眼皮困得睁不开，但就是睡不着。翻了个身，鞋子蹭到木床的护栏，他才骂了声"shit"！爬起来脱鞋。

脱了鞋，又脱了发臭的袜子、厚厚的牛仔裤，还有沾了咖啡渍的衬衫，扔得满地都是。这次他是掀开被子钻进去的，赤条条，很够诚意，睡姿也标准，但闭了好一会儿的眼还是无法入睡。隐隐约约有人在自己眼皮底下打架，但眼皮太重了，他抬不起来看。太阳穴一下又一下有节奏地跳动着，像闹钟的秒针一样，他总疑心一会儿闹钟那骇人的铃声就会像往常一样响起，催赶着他赶紧起来，上班去！

还上什么班？项目组都解散了。

"走吧，走吧，为自己的心找一个家……"脑袋又响起不合时宜的歌声，他想关掉，就是找不到按钮。呸！找什么家，找工作还差不多，过几天房租就到期了，拿什么交？

他有些愤怒地坐起来，用力捶了几下自己的脑袋，震得眼镜都掉了下来。他捡起来，放到床头的柜子上，喃喃自语："难怪呢，难怪呢。"通常他睡觉都会把眼镜摘下来的，做梦可不需要看那么清楚，谁知道是美梦还是噩梦。

他滴了眼药水，再一次钻进那温暖而柔软的被子里，眼睛里冰凉冰凉的液体慢慢冷却快要燃烧起来的眼球。他觉得自己应该做点什么，不能坐以待毙。数绵羊？没用！整天跟数字打交道，脑子能给你数到一个亿。他只好努力想象着自己在一望无际的大海边，天那么近，又那么远，海浪轻轻涌过来洗刷他沾满沙子的脚丫，洗刷掉沙滩上那行歪歪扭扭的脚印，刚一刷掉，又印出了新的脚印，再冲刷，再印……他以为自己这次能睡着了，但是并没有，老爹就在大海的那一边骂，骂声那么近，又那么远，有一些被海浪冲刷走了，有些没有，被海风吹到了他的跟前，变成了深深的叹息声。就像前些天老爹在电话里的叹息声。"崽啊，今年苹果收成好，可是卖不出去哇，都要烂在地里了，唉！天杀的，价格压那么低……"他想安慰爹几句，又看不到爹在哪儿。一转身，那些海水啊沙子啊什么的全都搅拌在一起，搅得脑袋生疼。有些海水从他的眼眶漏了出来，他用手抹掉，又有更多的海水涌了出来。

"操！操！操！"他狠狠往床上锤了几下，干脆不抹了，静静看着天花板，任由那些水流到枕头上，渗透进去。

忽然，他听到有人在唱歌。是个女的，唱的是摇篮曲，像所有要把娃儿哄入睡的年轻母亲一样，声音轻柔，缓慢，还带着甜甜的奶味。歌声一钻进他耳朵，他就着了魔似的怔住了，一动不动地接收着每一个音符，每一个字。他十分羡慕摇篮中的那个孩子，对这个世界一无所知，却又像什么都知道一样淡定，高兴就笑，不高兴就哭。他紧紧地把柔软的被子搂在胸口，就像被妈妈紧紧抱着那样，他隐约感觉到身下的床摇起来了，摇篮一样，左一下，右一下，又像海浪一样，轻轻涌起，又落下。他变得十分轻盈，像脱了壳的蜗牛，藏在安全的摇篮里，摇呀，摇呀，他终于慢慢发出了鼾声。

这一觉，他一直睡到了第二天正午。醒来的时候，阳光正好照在他脸上。他爬起来喝了杯水，伸了伸胳膊腿，嗯，复活了，力气也有了，就是去工地搬砖也没问题了，饿不死的。

他十分感激昨晚唱歌的邻居，又不知是哪个，便向房东太太打听："我旁边房间住着什么人？"

房东太太对这个问题很鄙视："什么旁边？你是说左边？右边？上边还是下边？"

他也分不清，挠头："总之，总之就是有年轻的妈妈带着孩子的。"

"没有！"房东太太斩钉截铁地说，"我这里租住的都是单身白领，我才不租给有孩子的。"

那就怪了。他摸不着头脑。难不成是床自己在摇？

戏痴范真

揭方晓

山村有好酒。对这句话，我深信不疑。那年，朋友范真请我喝酒，不是去闹市酒肆、繁华酒楼，而是去了一偏远小山村。其实我知道，他请我喝酒是假，看戏才是真。

江家村，离圩镇有近四十公里，其中大半路程都在深山里或隐或现。有时看似才临深涧，转眼又越大峦，有如游龙蜿蜒，不知几多曲折。村里有一项经常性的重大活动，是其他村子少见的，那就是看戏。村民们年节时看戏，农闲时看戏；生活滋润时看戏，日子寡淡时看戏，一看就是十天半个月，仍然意犹未尽。

范真是个超级戏迷，基本上县里哪村哪堡演戏，他都会猴急般赶去看。看得多了，也哼得几句；哼得多了，有的戏整本都可以唱下来。据他自己说，不仅能唱，还能演，特别是旦角，什么时候甩袖，什么时候回眸，什么时候寒蝉凄切，什么时候骤雨初歇，都拿捏得非常到位，非常精准。当然，大家也只见过他唱过一两段，演过一招半式，至于是不是如他自吹的那么厉害，谁也不知道。

"范痴，你啥时也上台演几出啊，让我们开开眼。"我喊他"范痴"，是说他对戏曲过于痴迷，毫无贬低、糟践之意。

"我啊，也只是面对你们时才自个儿吹吹，过个嘴瘾，一来咱没个师承，报不响名号；二来没系统学过，肯定不专业，哪能真上台演呢，丢不起那个人。"范真丝毫不在意我喊他"范痴"，却对自己在戏剧方面的斤两，特别在意。

来到江家村，已近黄昏，一切都沉寂在炊烟与暮霭当中，只隐隐听见吆喝子女回家吃饭的轻责声、倦鸟归林的振翅声、牧牛悠闲的晃尾声。它们交织在一起，莫辨彼此，一幅清新和谐的山村画卷就这样次第展开。我们将从山外带进来的鱼、肉、菜放到一熟悉的村民家，请他代劳加工。厨房里是大锅大灶，熊熊的柴火一烧起来，一股浓郁的山村气息就快活地扑面而来，心中已然有了几分醉意。

没多久，一桌子菜就做好了。待我们团团坐定，东家拎出了几壶酒，说杨梅酒，让我们品尝品尝。杨梅酒，采山上野杨梅，用高度谷烧酒浸泡而成。我们细细一品，啧，酒里面浓缩的时光首先按捺不住，一下子冲出舌尖，在齿颊间，在唇腭中荡漾、旋转，像岁月那样温柔地荡漾，像阳光那样斑斓地旋转。等这一切都安静下来，沉淀下来，正想歇口气儿，啊，酒的劲道又上来了，一下子掠过喉咙，在食道里，在肠胃间呼啸、燃烧，像山风一样恣意地呼啸，像热血一样纵情地燃烧。

几口酒下肚，我们就都有些醉意。这时，听得村中四下里响起了脚步声、叫唤声，只见三个一群，四个一伙，村民们陆续朝着村里的古戏台走去。我们还想再喝两口，范真不干了，死命按住酒碗，任东家怎么劝，再也不肯添加一滴了。毕竟看戏要紧。匆匆扒拉几口饭，我们赶紧向戏台走去。

那晚演的是古装戏。说的是古代一女子突遭横祸，蒙受不白之冤，最后历经坎坷，得他人相助沉冤得雪的故事。故事本身并无新意，据说也已演出过很多场次了，但仍大受村民们的欢迎。其实，这种正义战胜邪恶、公理战胜强权的故事，映射的不正是普通百姓对美好生活的祝愿与期盼吗？

村民们都在认真地看戏。唯有范真皱起了眉，低声对我说："这旦角估摸着是个新手，唱词没有韵味，表演没有神采……"听得出，酒意正在他心胸里汹涌澎湃着呢。

我也醉得有些含糊，瞪了他一眼，说："你行你上啊！"

那晚，范真就是这样凭空消失的。

不，他又回来了。在后台化了个淡妆，直冲到戏台上，将旦角轰了下去，自己与台上错愕不已的其他演员演了起来。

好在，大家也只错愕了几十秒，一看这上台的鲁莽汉子其实并不鲁莽，不论是唱腔还是表演，都有模有样，跟大家合作得严丝合缝，比被轰下台的那位好多了，就索性留他在台上，将这出戏演了个酣畅淋漓，赢得观众阵阵掌声。

很晚了，我们实在熬不住，架起范真驱车离去。此时，戏台上其他剧目还在上演，直至过了村头，那绵长的咏叹和密急的金鼓还清晰可闻。

后来，我每每感叹说那晚的酒的确好。

范真总是急眼，说那晚的戏才是真好呢。

相 亲

夏 阳

"我想抽根烟，你介意吗？"女人礼貌地问，从随身携带的挎包里拿出一包烟。

"没事，你抽吧。"

最近很多咖啡厅都开始禁烟，但这家店没有，桌上依然摆放着烟灰缸。

烟是黄芙蓉王，劲儿挺大的，很少女人抽这牌子，一看就知道是老烟枪。看着桌上摆的黄芙蓉王烟盒，他的心里涌起一股酸楚。

以前他也抽烟，只抽黄芙蓉王。朋友笑他感情太专一。他认真解释道，只找对味，而且时间久了，也惯这一口儿。他抽了很多年。但当岳父死于肺癌晚期时，妻子再三请求他戒烟，就差没跪在地上。从此，他再也没沾过烟。

那时候的妻子，哭得像个泪人。"你要是有个三长两短，我以后还怎么活……"妻子还说，"我现在是没爹没娘的孩子，你是这个世界上我唯一的亲人，我只能赖着你了。"

唉，世事无常，没想到妻子却走在自己前面。

"那我就不客气了。"

女人点燃烟，深深地吸了一口，从鼻孔里喷出大量烟雾。她的脸上，有极为短暂的一瞬间，浮现着陶醉的神情。然后，别过脸，看着窗外，默然。窗外，是玉龙河湿地公园，茂林修竹，正绽放着盛夏时节的绿肥红瘦。

两个人隔桌而坐，谁也不说话，宛如一对老夫老妻，早已习惯彼此的少言寡语。女人抽烟，他倒不反感。相反，他认为女人偶尔抽支烟，有一种别样的风情。只是这女人长相过于平常，矮墩墩的，也没化任何妆，挎个硕大的塑料包，像上菜市场买菜路过这里。

"你为什么不问我有没有车，有没有房，家里多少存款呢？"他率先打破沉默，口气听起来有些幽默风趣。其实他并不喜欢耍贫嘴，只是突然想和女人说说话。很奇怪，这次他没有像以往那般拂袖而去。

　　女人的烟快烧到手指，见他主动说话，赶紧抽了一口，然后把烟在烟灰缸里摁灭，抬头细致地看了他一眼，扑哧一声笑了。女人说："你以为我还十八岁，可以卖个好价钱呀！"

　　从女人的笑容中，可以看到她门牙旁边的牙齿掉了一颗。同样的位置，妻子那里也是空的。他劝过妻子好几次，让她上医院找牙医镶一颗，妻子一直犹犹豫豫，说到底，还是心疼钱。今天是423天。423天前的傍晚，妻子在回家的路上，被一辆风驰电掣的泥头车撞得血肉模糊。

　　女人注意到他脸色的凝重，忙止住笑，认真地说："我只想找个人踏踏实实过日子，车啊房啊不重要。"

　　这话如果从一个十八岁的姑娘嘴里说出来，他可能会付之一笑，但是面对一个爱抽黄芙蓉王烟的女人，他多少还是有些动容。人到中年，一个人会把寂寞过得更寂寞，两个人或许能抱团取暖，相依为命。

　　可是，他的心里还一直装着妻子，压根儿还没腾出地方来。妻子走后，有时是因为无聊，有时是好心人盛情难却，他也相过几次亲，面对对方车啊房啊存款啊一番盘查，总感觉自己是农贸市场里待价而沽的牲口。

　　如今面对女人的表白，他的脑中顿时一阵呆滞，茫然不知所措。尽管亲戚朋友都曾嘱咐他，有机会找一个好女人过日子，快快乐乐地活着，千万别委屈自己。可是，这423天累积下来的委屈，他似乎习惯了。

　　女人见他低着头又不言语，一时也不知该说什么。女人伸手从烟盒里又摸出一支烟，自顾自地点上，吞云吐雾。他用手掌心在桌子边沿轻轻地抹了两下，柔声说："烟不是好东西，少抽些。"

　　女人幽幽地吐出一个烟圈，透过玻璃窗看着远处，神色黯然地说："又快到端午节了。"

　　他猛地抬起头，默默盯着女人的脸，看了好几秒钟，声音不大，却像是批准了一样："你说。"

　　"四年前端午节的前一天下午，我老公在赣江边游泳溺水死了……"

　　他听了，痛苦地闭上了眼睛。四年前，端午节前一天的下午，他记忆深刻。那时，妻子还在，每至端午节前的一天，他都会和妻子回娘家送节，多少年都这样，雷打不动。而四年前的那次，是岳父去世前的最后一次。因为中午陪岳父喝了点酒，临到傍晚，他才和妻子骑着电动车急匆匆地从河西往市区的家里赶。当行驶到剑邑大桥上时，听到桥下的江岸边有女人号啕大哭，撕心裂肺，捶胸顿足。他停了不到两分钟，觉得惨不忍闻，走了。

　　命运居然如此神奇，没想到四年兜兜转转下来，他和这个女人坐在一家咖啡厅里相亲，同为天涯沦落人。想到这里，他的心中充满无限感慨。他没有告诉女人，那天他正从桥上经过，目睹了她生命中最黑暗的时刻。以后，他也不打算说。他手伸向烟盒，对女人微微一笑：

　　"不好意思，可以给我一支吗？"

合 谋

相裕亭

杨家起磨了。

两头被蒙上眼睛的驴子，并排套上梭套，如同一对孪生兄弟，并驾齐驱地拉着同一根磨杆。磨杆的另一端，有铁环紧扣在一根垂直于地面的立柱上，而驴子与立柱之间，便是那个匾圆且可以转动的高大石碾子。起磨的一刹那，需要人力帮助驴子助推一把。否则，那两头叫驴（公驴）瞪圆了眼睛，四蹄刨土，都很难启动那个丈余高的大石碾子。

"叭——"

主人当空炸起一声鞭响，那两头被蒙上眼睛的驴子，都认为皮鞭抽到对方身上，庆幸没有打到自己的同时，担心下一鞭子再打过来，立马就会扬开四蹄，"郭嗒，郭嗒"地拉起那高大的石碾"咯吱咯吱"地转动起来。其实，主人那当空一声鞭响，谁也没打着，只是诈唬驴子呢。同时，也是告诉磨坊里做事的人，赶快各就各位。

石碾一转，添粮的、翻粮的、起粮的、箩面的、装面的、抛糠秕的，男男女女随之都会忙动起来。炸驴的那一声鞭响，如同学堂里的小学生听到上课铃声一样，每个人立马就会去寻找自己的位置。

杨家在盐区开磨坊，已有些年头。起初，杨氏祖父杨万顺，凭着年轻时的一副好身板，来盐区这边砍大柴，且砍下的大柴，专往盐区的大户人家送。送到大盐商杨鸿泰家时，便攀上了本家。其实，杨万顺是南城杨，而人家杨鸿泰是沭阳杨。两地相差一百多公里呐。

可初来盐区混事的杨万顺，攀上大户，如同外甥随娘住到娘舅那边一样，改成娘舅的姓氏，不被外人所欺。

接下来，杨万顺在南河沿那边开起了磨坊。

南河沿是盐区的粮市，各家的店铺商号，一字排开，五颜六色的狗牙幌子，如同万国旗似的随风飘摇。摆粮匾的筐斗，就在那"万国旗帜"下，恰如大珠小珠落玉盘。斗斗筐筐里，装满了玉米、花生、大豆、小麦、芦秫之类，颜色也是各尽其美。

只可惜，前来购粮的盐工及盐工的家属们，大都是干一天、吃一天的穷苦人，他们中没有隔夜粮。一个个手持布袋或芭斗，挨个粮匾里捏试干湿，时而还会用牙咬开粮粒儿看看。买上一升（三市斤）或一合子（一市斤），就手提到杨家磨坊去磨（或换）成面粉或糊糊。

杨家磨坊里有湿磨和干磨。湿磨有槽，可将泡过的小麦、玉米磨成糊状，端回去摊饼子、烙煎饼。而干磨，即石碾，无槽。可将干透了的粮食，平摊在"碾道"上，任其高大的石碾来回碾轧，并不断地翻腾，待碾过的粮食筛去糠秕，便是精细的面粉。

而杨万顺家那两盘石碾，又名：大胖子、二胖子，恰好就满足了盐区人的需要。每天天不亮，就听到杨家磨坊里如滚春雷一样"咯轰轰"地响动起来。时而，还会听到"叭！叭！叭！"的炸鞭声。

杨家养了十几头拉碾的驴子。

两盘石碾转动时，同时需要四头驴子。其间，歇驴不歇碾，即前面的四头驴子累了，可以换下来，牵至南场院去打个滚儿、喂些草料，歇息着；而后面，紧跟着又有四头驴子顶上去了。箩面的工序，也从先前的手工丝箩，换成脚踏式半自动晃框——碾好的粗面，装进一个长方形的木框里，靠人工蹬踏，就可以晃动木框里的丝箩。

杨家磨坊，多为杨家人把持着。尤其碾面、箩面，多一道工序，就能多出一份面粉，直至最后面粉里掺进了糠皮，杨家人仍然当作面粉出售。当然，这其中的价格与前面的头道面、二道面悬殊是很大的。而码头上扛大包的盐工、船夫，以及盐河边等米下锅的穷苦人家，都愿意去买杨家那种价格低廉的粗面。而开磨坊的杨家人，也吃那样的粗面粑粑。

杨家老太爷是受苦过来的人，他不仅要求自家人要吃粗粮，娶进门的儿媳、孙媳，只让穿三天的新嫁衣，便要顶上头巾、扎上围裙，到磨坊里去做事。颇为有趣的是，杨家的女眷到磨坊里做事，可以当月领到工钱，而杨家各房的公子只能等到年底分红。这样一来，杨家的女人（含杨家的闺女、孙女）们都争着去磨坊里做事呐。因为，杨老爷给她们所开的薪水相当丰厚。

盐区这边，家有俊俏女儿的人家，都愿意把闺女嫁到杨家去。而杨家所娶进门的媳妇，个个都很好看，她们所生出的崽儿，一个一个都赛小虎崽似的。

杨老爷严谨的治家之道，促使杨家人丁兴旺。

然而，时光到了光绪三十年（公元1904年），赣榆举人许鼎霖，在盐区创办了海丰面粉公司，购得美国面粉机15台，日产面粉千余袋。一家伙抢占了盐区的面粉市场。

原本靠磨面粉为业的杨家人，突然间断了财路。时而，靠磨一点高粱、玉米及多皮的荞麦，已很难维持大家庭的开销。

杨家磨坊里，欢腾一时的"大胖子""二胖子"，到头来，一个"胖子"也欢腾不起来了。而海丰面粉公司那边，却昼夜马达轰鸣。杨家人眼睁睁地看着钱财被那"洋机器"给吞走了，却一筹莫展。

可好，这一年腊月，也就是盐区人家家户户要买面包饺子的时候，海丰面粉公司那边，因为传送带连夜转动而摩擦失火，把15台磨面机都给烧趴了窝。

一时间，杨家磨坊里的"大胖子""二胖子"，纵然又欢天喜地地转动起来。

可好景不长，海丰公司那边又恢复了生产。随之而来的是，杨家这边摊上了官司——"海丰公司"诉之杨家人故意纵火，烧毁了他们的面粉机。

可官府追查下来，并非杨万顺家这边派人纵火。而是大盐商杨鸿泰家的一个狗奴才自行其是。

究其原因，杨鸿泰在杨万顺家磨坊里投了股份。那奴才自然是受了两户杨姓人家的支使。但他，宁死不说实情。

鸬鹚邬

聂鑫森

　　春风节一过，剪草镇邬家村的老少爷们，最喜欢去的地方是邬海蛟邬爷的家。大家来邬家，一是邬爷辈分高；二是邬爷是驯养鸬鹚的高手，人称"鸬鹚邬"；三是邬爷热情大方，有酒有茶有烟招待，还特别会"摆古"，上知天文下知地理，一肚子奇闻趣事。

　　邬爷说他家的鸬鹚有勇有谋会捉鱼，是品种好基因优，延续了一两百年的"香火"，它的先祖就属个中豪杰。众人笑了，这不是胡说八道吗？邬爷呷口酒说，我家鸬鹚的先祖，最有名的叫作乌帅，干过惊天动地的事，你们想听吗？所有的人竖起耳朵，不再说话。邬爷接着说，乌帅个大，嘴长而曲如钩，如两把锋快的弯刀，还有那双鬼眼，寒光闪闪，还力大无比。那一年冬，我的老祖宗和同行下湖捕鱼，性急的人先赶鸬鹚下水，入水出水竟无所得。有血气方刚的人，脱衣泅水去看是怎么回事。原来是深水下，大鱼互咬其尾，层层叠起来，从顶上到四周，围筑成"城"，小鱼被保护在"城"中。没法子破"城"，自然捉不到鱼。老祖宗听了，哈哈一笑，把乌帅放下水去。还告诉那个泅水的人，你喝几口烈酒，再去看看"城"是怎么破的。

　　众人问，"城"是怎么破的？邬爷慢腾腾地说，乌帅先沿"城"巡看，发现鱼嘴咬鱼尾的地方有缝隙，先用嘴插进去，再将头也挤进去，横绞直捣，乱啄乱咬，挤在一起的小鱼受惊了，胡乱奔逃，大鱼也受不住这股内力，于是"城"破。船上人见湖波陡起，知乌帅得胜，把鸬鹚通通赶下水去叼鱼。小鱼一只鸬鹚就可叼起，大鱼它们同心协力，咬尾的咬尾，咬腮的咬腮，咬鳍的咬鳍，把鱼抬出水面，各船皆满载而归。你们说乌帅厉不厉害？我家的鸬鹚是乌帅代代相传的血脉，当然不同一般。

　　有人问邬爷，除鸬鹚的遗传基因之外，驯养上还有什么妙法？邬爷打了个哈欠说，我困了，该上床睡觉了。大家赶忙起身告辞。

　　剪草镇镇长惠大为忽然接到匿名电话举报，说邬海蛟每夜三更后，都驾船去湖上用鸬鹚叼鱼！惠大为早闻邬爷的大名和不错的口碑，但还是决定一个人去乌家私访。这天到邬家，进门就对邬爷说，邬爷，我今天冒昧登门，打扰了。邬爷忙迎上前说，惠镇长，我知道你为什么来，有人告我的状了，是不是？邬爷先去关了院门，回来对惠镇长说，我先让你看个稀奇。

他从池塘边的一个棚舍里，抓出一只体型很大的鸬鹚，真的是威风凛凛，翅羽如铁，嘴曲如弯刀。惠镇长双眼一亮说，这是个可以领兵挂帅的角色。邬爷说，我从不让它去叼鱼。惠镇长问，那为什么？邬爷说，你马上会明白的。

邬爷放下鸬鹚，拿出一张小型新网，再在池塘沿岸的水中，插上长竹竿，把网布好，又从厨房的水池里抓出两条鲤鱼，丢到入水的网中。鱼虽在网中，泅水后却不见踪迹。惠大为满脸疑惑，不知邬爷要干什么。

邬爷做好了这些准备工作，接着拿来一把异型刀，他把短柄塞进鸬鹚的嘴里，再用粗粗的橡皮圈缠紧套牢，然后顺手把鸬鹚丢到塘里。鸬鹚很机警地游了几步，猛地扎入水中，好一阵才浮出水面，再跳上岸，来到邬爷脚边。邬爷蹲下来，松开橡皮圈，取出刀子，再拿块鱼肉塞进鸬鹚的嘴里。

惠大为发现有残网漂出水面。邬爷说，有人发现我驾船夜出，是真的，但我不是去偷偷捕鱼，是去切割外乡人到这个地方来非法捕鱼布的网。我这样做，也是个秘密，歹人知道了，岂肯饶我？惠大为说，这个你放心。不过你也得受点委屈，我不能公开嘉奖你噢。那是小事，哈哈……哈哈……

惠镇长问，用鸬鹚衔刀割网，你是怎么训练出来的？邬爷仰天又是一串哈哈大笑，说请到堂屋去喝茶，说话……

喝酒的俄罗斯女人

安石榴

这趟绿皮火车从北京站出发是中午十二点。我在上铺。这一隔间其他铺位的乘客我没有注意。我承认我这方面的能力比较薄弱。但我发现了一个有趣的场景，隔壁，下铺的两位旅客是白种人，可能是母子。男孩子十岁左右，女人无法判断年龄——我对白种人一点也不了解，我看不出。她很大只，我猜是寒冷地区的俄罗斯人。她那么大只，把小男孩衬得有点病态的瘦弱样子，其实他可能健康极了。他一刻也停不下来，自己玩儿，谁都不打搅。他妈妈与他隔着茶桌，专心地做着一件事：喝酒。

茶桌上还有别的食物，我猜并不都是这对母子的，也有别的乘客的。但我也没有注意到这个隔间的其他旅客。俄罗斯女人在喝酒。一支红酒，一只大部分杯身有着钻石戒面花样的没有"脚"的玻璃杯。她缓慢地拿起酒杯喝一口，再缓慢地放下。神情专注地放在一件什么重要的事情上，因此眼睛总处于凝神状态，但又绝对没有将面前的事物收纳在眼中。就是这样。我看得明明白白，她所沉醉的那件事只能在她的心中，跟此时此刻此景没有任何关系。

这只不过是几秒钟内观察的结果，直勾勾盯着别人多么失礼呀。我从洗手间回来就直接爬到我的铺位上去了。没有困意也躺着。在硬卧车厢那种局促的空间，闲坐真的有点尴尬。

听到售卖小车叫卖的声音。我午饭上车前吃过了，也不打算买别的什么。手机关掉了。随身带的书在手包里，手包挂在铺壁的挂钩上，没拿下来。身体僵僵地躺着，脑子在转动，想许多，不为应对任何事情，只因为脑子不能空转。后来进入半睡半醒之间，偶尔听到有人在接听电话，还有别的不能确定的声音。

我从上铺爬下来的时候，手表显示下午四点零八分。俄罗斯女人的红酒不见了，空杯在。茶桌上摆着六个啤酒拉罐。她的手握着六个中的一个。并非我有多么吃惊，但我心中还是一动，大约这种事情并不常见的缘故吧。

我坐在边座上向外看着风景，觉得窗外的河北和东北的确很不一样，具体不

2020

同在哪里，又傻傻说不清，看起来都是褐色的，但就是不一样。这种感觉同样会在其他情况下发生，不便剖析的矛盾，全在细微的情感中，不能其实也不必深究。车窗外的景色在不断地闪动，窗子上偶尔映出俄罗斯女人的身影，那身影静止不动，似乎什么都没做，然而我知道她还在喝着。

后来售卖小车又过来了，我买了一桶方便面。俄罗斯女人从小车上拿下来两瓶二锅头！她并没有马上开瓶喝酒，直到夜里十点多，我起夜去厕所，从上铺一下来就闻到了一股烈性酒味。旅客差不多都睡了，即使没睡估计也在假寐等待瞌睡到来。俄罗斯女人坐在黑暗中，庞大而寂静的一堆意味深长着什么似的，我心里突然一悲，也不知道那是什么。去完厕所之后，我在两车之间的门前站了一会儿，尽力想弄明白，还是不行。窗外漆黑一片，近处与远处连成一片如同深渊，仿佛什么都可以在此刻陷落。

第二天早上我一睁开眼睛，正好看到已经打开窗帘的车窗，外面白雪皑皑，一些穿着各种大衣的人在清扫铁路上的雪。我从铺上爬下去，先去看隔壁，下铺全空了，俄罗斯女人和小男孩已经下车了。

窗外的景色美极了，据说下了一夜的雪。但我想可能是暖雪，因为原野，山林呈现出温柔的线条。铁路边上的树，无论松树还是柳树杨树，都被落在树上的雪装饰得非常漂亮。这么美！我暗暗叫道，于是就兴奋起来了，真的很高兴，心里非常舒服的那种高兴。这当儿，俄罗斯女人又上心头了。但我并没有多想什么，我为什么要多想呢？

四 卫

李晓东

四卫是一个村庄的名字，也是一个人的名字。

四卫姓赵，在村里生活了七十多年，还曾当过村主任。他从小听老辈说，村子四周有河港环卫，因此得名。四卫村是个古村，出过不少名人先贤，也留下众多明清老屋。

数年前，村里还住着十来个老人和小孩，年轻人要么迁到城镇居住，要么外出打工。平日里，村里静悄悄的，连公鸡也懒得打鸣，狗也不想吠一声。一年夏天，村外河港洪水暴涨，淹进村里。于是，最后几个村民也被迁到几里外的镇上居住。无人居住的四卫村，就像古代帝王遗弃的行宫，又像金蝉羽化后留下的空壳，败落得很快。

可四卫在镇上住不惯，更看不惯四卫村的冷落。他每天都要来村里村外"巡视"，顺便打扫卫生。四卫先是来到村前的月塘边，看村里的总门楼，然后去看村中的"清风鹤琴"老屋，再看"芳云玉尺""水木清华"等老屋，接着看"大夫第""师倚楼""双峰耸翠""儒林第""进士第"等老屋，最后看"俭德流芳"老屋。转完一圈后，四卫发现老屋门额上的石匾还在，门前的石狮子没被搬走，精美的窗雕没被撬掉，厅堂里的旧水车、青铜香炉和雕刻着荷花鲤鱼的明代大石缸也没被盗走，他心里总算踏实了。

就在前年，村里遭到盗贼的光顾和洗劫。那天，四卫过七十大寿，大清早便来村祠堂里点烛焚香贴寿联，猛然发现祠堂大门两侧的石狮子不翼而飞，就连大门上面的石匾"赵氏宗祠"也被人撬走了。四卫慌了神，跑到其他老屋前检查，发现几乎每栋老屋的石匾都被撬掉，留下一个个大窟窿，就像盲人的瞎眼惨不忍睹。四卫欲哭无泪，从此每天必来村里看看，甚至晚上也独自住在老屋里。

作为曾经的老村主任，四卫和四卫村的感情太深了。去年，经四卫和村民们多方争取，四卫村得到上面不少扶贫拨款。于是，村里村外铺了水泥路。村前的月塘也被拓宽挖深，引进清水，养了锦鲤，四周还围上了白石栏杆。村里的老屋均修缮一新，大门上都换上新石匾。尽管找不回失窃的旧石狮和原石匾，但也只能如此了。

四卫来村里的次数太多了，老伴常嘀咕："你索性待在村里，别回镇上来。四卫村又不是你一个人的，别人都出外打工挣钱，就你去守村，图个啥？"

就连四卫儿时的玩伴文发叔也忍不住挖苦道："四卫村建得再好再美，也就是个无人村，又没有人来旅游观光，更不会被开发利用。莫非你还能在村里孵出金鸡蛋来？"

可四卫深信"种好梧桐树，自有凤凰来"的道理。他依旧每天来村里走走瞧瞧。你瞧，他来到师倚楼前，在窗外台阶下栽了一丛芭蕉，顿时平添了几分古韵。师倚楼高两层，高墙深院，"文革"时著名书法家舒同曾躲到楼上，竟长达两个多月，始终不为外人知晓。像这种富有文化底蕴的老屋，村里有不少。你瞧，四卫可忙啦，今天在这栋老屋前栽一丛芭蕉，明天在那栋老屋后种几竿修竹，后天又在巷头巷尾养上几盆紫茉莉和鸡冠花，再后天又去墙角栽络石藤、薜荔藤，去天井旁摆上几盆吊兰、虎耳草什么的。可以说，一年四季四卫都没闲着。

老伴最看不惯四卫"瞎折腾"，骂他吃饱了撑着，力气多得没处使呢。四卫说，总有一天村民会重返村里。四卫甚至幻想着村里迟早会被有品位有眼光的人相中，比如打造影视村，或者成立文艺创作基地，又或者建农耕文化博物馆什么的。他仿佛真的看到演员来村里拍戏，作家来村里潜心创作，画家来村里写生呢。

老伴笑话四卫想多了。四卫便说反正自己闲着也是闲着，给无人村做无用功，就权当锻炼身体好了。老伴无语。四卫成了名副其实的老村主任，依旧日日照看全村的老屋，还不时补栽花草，清扫垃圾。

一日，四卫站在村口，忽然看到几个城里人正开着小车进村来。四卫一边带路，一边解说。领着他们参观。他们一个个连连夸赞四卫村环境清幽，简直遗世独立，像个世外桃源。总算遇上知音，四卫心里美滋滋的。

翌年春天，四卫又在村外栽满芦苇，还有芒、荻、白茅等。这年深秋，来四卫村游玩的人渐渐多起来，他们看到村外的芦花开成了雪，开成了海，河畔还停泊着一只小渔船,船上栖着好些白鹭。有人情不自禁地说:"芦花深处泊孤舟。这里真是个隐居的好地方!"大伙笑着附和:"等退休后,我们都来这里养老!"他们一路说说笑笑,走进村里,猛然看见村头矗立着一块大石头,上面题着三个绿色大字:隐士村。

可惜的是,四卫再也看不到这一切了。一个月前,四卫去世了,彻底归隐了,隐没在村外的茫茫芦花中。

艳 遇

穗 子

礁石上站着个女人。

礁石上站着个长发女人。

礁石上站着个年轻的长发女人。

盯了半个多小时，抽完半包烟之后，于大军终于迈开脚步走过去，心咚咚直跳。有那么一瞬，他觉得自己在走向海的女儿。

于大军是打算在海边待一整天的。一早上他转了转市场，唉，啥都这么贵了，三十三天以来的第一个休息日总得隆重点儿过，也得安抚一下自己满身满心的疲惫，转了两个来回，六根水灵灵的小黄瓜和一块热情的猪头肉到底降伏了他的吝啬，还有两罐啤酒和一个大发糕，统统背了过来。今天，老子是爷。

于大军一直以为这截海岸只属于自己，进厂工作以来的所有休息日都消磨在这里，静静地听海浪的猛烈和海鸥的热烈就是最好的休息，他也看，朝海的深处看，朝家的方向看。不下雨时他会枕着石头睡，睡在温暖的阳光里，每次午醒他都以为自己是个幸福的人。四十七岁的于大军种了三十年的地，去年才狠下心出来打工，在亲戚的帮助下进了这个著名的企业，这里做满一年后公司给交养老保险——这是个巨大的诱惑，没文化没特长年龄又大，肯给交养老保险的工作实在是不好找，所以尽管基础工资只有两千出头，尽管每天特别紧张特别累，为了可能得到的老年保障他跟其他成千上万的人一样，认了，好在有加不完的班可以增加些收入，好在隔一两个月还有一天半天的休息日。

今天，这片海湾里出现了个女人，于大军不淡定了。本来，于大军是带着一肚子愤怒来的，新搭档是个丝瓜样的中年妇女，对合作过的无数个工作伙伴于大军第一次用了极端的评价，小人。昨天处理电器元件时他漏贴了一个防尘棉，很快他就意识到刚才的错误，急忙去流水线上找，问她时她说没看见，脸上一点表情也没有。于大军只能自认倒霉，出现失误一天活白干了不说，还得挨训。随后，对面工位新来的小姑娘压低了声音紧着喊他"大哥大哥"，并转动了一下黑眼球，顺着小姑娘的眼光他看到丝瓜女人正把那个漏贴的元件交给下一道工序的作业人员，于大军及时扑上去纠正了自己的错误。

线长来巡视时，丝瓜到底参了一本，害得线长把他好顿骂。对线长新给的"热乎狗屎"这个称呼，于大军无声地认下了，就像他之前也认下了"先天傻瓜""后天脑残"什么的。娘的，我都是狗屎我还怕谁！你还敢骂得更难听一点儿不？于大军咬咬牙，手却未敢停下。

于大军的工位要同时干三样活儿，两处贴棉和一处透明贴纸都得及时、准确地弄好，一点儿也不敢马虎，可神经绷得再紧也免不了有一时半会儿的走神儿。于大军不住地劝自己，再熬两个月，入上交养老保险的队伍就多一天也不干了。一起入厂的工友最近在陆续辞工，都说受不了越来越大的劳动强度和挨骂频率。当面就使坏的丝瓜显然没把他放在眼里，昨天下班后在食堂吃饭时稍微熟悉的工友讲了些她气跑无数工友的战绩，于大军还是倒吸了一口凉气。毕竟自己离可以交养老保险的期限越来越近，丝瓜是不是公司有意派过来挤对他、逼他也自动辞工的？搭档是不能选择的，合作这才刚刚开始，于大军头疼。

海风阵阵，长发飘飘，不远处那个面朝大海一动不动站立着的高挑女人让于大军暂时忘记了头疼。掐灭香烟后，他把食物摆在一块低矮平坦的石头上，猪头肉和发糕放中间，啤酒和黄瓜分别放在两端。他知道没有什么海的女儿，那只是孩子小时候儿歌磁带上的童话。这个女人肯定跟自己是一个工厂的，其他人谁会出现在这个远离城市的荒僻海湾呢？于大军走过去时心里多少有点后悔啤酒买少了，他迫切需要跟人交谈，他有太多的烦恼需要倾诉，他需要借酒壮胆。于大军在迈开步子的一刻执着起来，只觉得必须得跟这个女人说说话。

"你好，我觉得我们是工友。"他指了一下胸前印有自己名字的厂牌。

"你叫于大军呀！"女人很白净，细眉细眼的，声音也细气。

"你叫什么呢？"这样文静的女子，在工厂里是怎么熬的呢？于大军的心头一紧。

女人从裙摆隐藏的衣袋里掏出厂牌，举到他面前，并狡黠一笑。

"冷，冷……"于大军一头雾水。

这是家台资企业，所有的文案和宣传都用繁体字，包括每个人的身份牌。早上线长点名时，一些人的名字会被喊出不同版本，成为工余的经典笑料。能笑的时间和能笑的事儿实在不多，比如昨天晚上加班时对面的女孩儿因为吃了两粒花生被开除了。工作时不允许吃东西，不管多饿。这个帮助过自己的女孩儿，名字中有个字于大军不认识，还没来得及问呢人就走了，唉。

现在，他也认不出眼前这个女人的名字，眼看着她咯咯笑着转身走开，于大军觉得自己正在变成一块礁石。

"艳，丰色艳。"细气的声音沿着海岸线传来，余音悠长。

田字格

王利群

　　当，当，当……村小学上课的钟声飘过来。娘侧耳听了听，看我拎着弹弓，捏着几只死麻雀走进院门，嗔怒地点着我的脑门说：你这个淘气包，我非得把你送到"田字格"手里，让他拿戒尺天天打你！

　　"田字格"姓田，是我的一位远房表舅。新中国成立前教过几天私塾，张口闭口总是之乎者也的。解放那年村小学缺教师，就把他招了进去。别看他一副酸腐样儿，教学还挺认真。总用田字格约束学生正确书写文字，谁把字写出格，他就用戒尺惩罚。久而久之，大家就送了他这个绰号。

　　没过几天，娘把我拽到田字格面前，说：大兄弟，这小子非淘即诈。再不严加管教，不知要干出啥样出格的事呢，你帮我好好收拾收拾他。

　　我嬉皮笑脸地喊了声大舅。他举起桌上威严的戒尺啪地一拍，喝道：叫老师！吓得我一哆嗦，低声弱弱地叫了声老师。

　　开学头一天，他给我们每人发了个田字格练习本。板着面孔扫视着我们，干咳几声，举起戒尺，像拍惊堂木似的往讲桌上一拍，一字一顿地说：这些练习本都是学校花很多的钱买的，要珍惜使用。用田字格练字，不光是约束你们规范地书写文字，更重要的是培养你们做人处世的好习惯……记住，谁在田字格里写出格一个字，我就打他一下手心。说着，他高举戒尺往自己手心上使劲打了一下。

　　戒尺虽然落在他的手上，我们的手却都不由自主地抖了起来。

　　头些天，他教的文字笔画都很简单，没有一个人把字写出田字格。随着文字笔画逐渐复杂，写字出格的人就多了起来。大柱最先挨了打，疼得吆吆哈哈。接着英子也被打得直叫唤。最惨的要数二蛋，一节课写出格了五个字。不仅如此，还做了出格的事。他把英子的橡皮窃为己有，还偷吃了大柱中午用作午饭的馒头。

　　"田字格"说：窃取别人的橡皮，偷吃别人的馒头比写字出格性质更为恶劣。这关系到长大走什么路，做什么人的问题。结果数错并罚，二蛋挨了七下戒尺，疼得大鼻涕哭老长。

好在那个年代没谁计较体罚学生的事，家长听了大多先是一笑，抡拳还会再打孩子几下，边打边骂：谁让你出格，该打！

我怕戒尺落在自己手上。因此，除了认真写字不出格，就是约束自己不犯错，还为班级做好事。"田字格"欣慰地拍着我说：孺子可教也。马上提拔我当了班长。

一天下午，"田字格"让我跟他上商店为学校购买书本。商店人真多，店员忙得脚打后脑勺。我明明看见店员把买书本剩的钱倒给了"田字格"，转身工夫那个店员又攥着几十元钱来给他倒钱。看"田字格"出了店门，便把钱塞给我。我暗想，"田字格"刚收了倒回的钱，再拿这份钱好吗？可看店员们把很多钱往柜台里的钱箱里甩，便自我安慰：商店钱多，兴许不差这点钱。再说了，这些钱够买多少本田字格呀？明天我把这些钱交给"田字格"，他一定会大大夸我一通。

第二天早晨，我得意地把钱递给"田字格"，讲了多得钱的事。他暴跳如雷，举起戒尺追着要打我，大声呵斥：你贪图小便宜，这比写字出格还要恶劣一万倍！

商店当晚结账发现少了钱，开始追查。虽然第二天上午"田字格"就把钱送了回去，商店还是硬说他当天没来还钱，是起了私心想密下钱。

按理说，这事该翻篇了。谁想，来了场"运动"。有人趁机把这事翻出来，说"田字格"企图贪污公款。结果，他被学校开除了。

我深感愧疚，无颜面对"田字格"，毕业就跑到村外谋生。直到我娘病重，才回到阔别多年的小村。

刚到村口，便遇见患了脑血栓的"田字格"。他坐在轮椅上，握着那把戒尺，"啊，啊"地叫着，冲我笑。

身旁的舅妈说：他身体还行，就是说话不太清楚。

一阵酸楚袭上我心头，对舅妈说：都怪我，其实，大舅那年要是不去送钱，他们兴许查不出来……

没等我说完，"田字格"的戒尺已经重重地落在我身上。只听他操着含糊不清的声音，大吼：混账！偷，打打……

这是"田字格"用戒尺第一次打我，也是最后一次打我。虽然疼在身上，却铭刻在心里。

后来，无论我走到哪儿，总觉得脚下有无数的田字格。

2020

河上有风之左某癸

非鱼

我当然知道她的名字，但我不想再提起。

对她的熟悉和了解，让我无法在我的故事里，把她绕过去，但我又不能再说出那三个字，暂且叫她左某癸吧。反正你们也知道，所有这些人物，都不过是个代号。

我的初恋——那个连代号也没有的女孩，是突然消失的，比风都干净利索，就像是我做的一个梦，从此，消失在茫茫人海，去追寻她的美好未来了。

还是说左某癸吧。她是我的小师妹，第一次约她被放鸽子后，我以为在毕业前，我依然要保持单身了，谁知道她告诉我，她临时爽约，是因为她表哥来市里了。

表哥这个词原本就是多义，我也看到了她和那个男孩的背影，只能认定她不过是给我一个体面的说辞而已。

谁知，才过了一周，她竟然主动约我，说有音乐会，德国一家乐团来市里演出，她有两张票，希望和我一起去。好吧，我需要重新定义我们之间的关系。比如，在看演出之前的半个下午，一起喝一下咖啡，吃个和音乐会搭调的饭。

嗯，这样一个下午加一个晚上，堪称完美。我在毕业前夕可以预见的美丽爱情，虽然有了一个糟糕的开端，但似乎接下来都很美。

左某癸即将大四毕业，而我，即将硕士毕业，如果不出意外，我们会愉快地参加工作，经过一段过渡期，然后结婚、生子……人总是健忘，我几乎忘了在和初恋交往时，我也无数次这样设想过，直到她突然消失。

我不敢把这些设想告诉左某癸，我怕说出来就实现不了了。可她似乎比我更喜欢设想。

我们的约会，经常是沿黄河步道一直走，一直走，要么走到桥上，要么走到桥下。我给她讲我遇到的那些人，那些人的故事。她听得很认真，偶尔，我们俩还会猜一下从我们身边经过的某个人，他的身份，会有什么故事。她对我观察到的那些人和故事很感兴趣，甚至怂恿我再去，她也可以一起。可我，当下，对别人的故事毫无热情，我只对她有兴趣。

左某葵知道我已经签了意向单位后，特别开心。她说，一定要大醉三天。还是桥头那家小酒馆，一荤一素两个菜，我说点四个，她说喝酒才是重点。于是，那天晚上，我们两个人喝了一整瓶的二锅头。走出小酒馆的时候，她一直在嘻嘻地笑，脸蛋红嘟嘟的，眼睛亮晶晶的，我也在笑，两个人像傻子一样，互相搀扶着，依靠着，挤进一辆出租车。

她的头和身体紧紧地贴着我的胳膊，有点发抖。她小声说，我给我爸妈说过了，毕业不回老家了，就在这边找工作。我们可以经常这样喝酒啊，喝酒啊。

我摸了摸她的头，把她单单只是喝酒的设想又往前想了一步，我想带她回家……我已经快二十六了。

很快，寒假来临，她的宿舍要封楼，她不能再留在学校了，必须回家，我送她到高铁站。在空旷寒冷的广场上，她非要拉着我自拍。我说，太傻了。她说，不傻，我得计算着在家的日期，一天一张，一定要拍够三十五张，才能见到你啊。

好吧。我们站在空旷的广场上，我用长长的手臂裹着她，这个嘴巴、眼睛，甚至鼻子，哪里都是小小的小女孩，就在我的怀里。她努力伸长胳膊，仰着那张小小的脸，要求我和她一样做出各种表情，我哪里会啊。她说，大哥，你就是一根木头，还有个春夏秋冬呢。于是，我很努力地配合她，在冷风中拍够了三十五张照片。

终于把她送进了检票口，还没等我转身，她的微信就发来了。

我在学校又磨蹭了几天，每天和她视频、语音，害得我书也看不进去，什么也不想做。

回到家的时候，是腊月二十六。家里热火朝天，田小已经从苏州回来了，母亲蒸了上百个大馒头，炸了油饼、酥肉、鸡块、带鱼，家家户户都飘着过年的味道。我给左某葵拍视频，让她看母亲的杰作。我说我把她照片让家里人看了，大家都夸她漂亮，可爱。她很生气，说我让家人看的那几张照片都没经过美颜和修图，是最丑的。

尽管网上关于新冠肺炎疫情的消息铺天盖地，但我天天在村里，似乎并没有很紧张，每天和家人吃喝聊天，亲戚也不用走。更何况，我还有左某癸呢。有了她，我就有了全世界。

毫无征兆地，大年初九那天，我起床后第一时间给她发信息，没有收到回复。而头一天晚上，临睡前，她还说，如果第二天醒来我没有第一时间给她发信息，我就死定了。那一整天，她的微信没有任何回复，视频、语音无人接听，电话也无人接听。

我一遍遍地翻看着她的照片，我们的聊天记录，坐卧不安。我不知道还有什么办法能联系到她。左某癸，难道也像我的初恋一样，也毫无征兆地消失了？

我每天给她发无数的微信，打无数个电话。三天后，她的手机关机了。

我试图对自己说，嗨，又不是没经历过，又一个消失的女孩而已。

她能去哪儿？飞走了啊，美人儿蕾梅黛丝不是跟着床单都飞走了，也是那么好一个女孩。

村妇是个哲学家

王海椿

宛教授是个有意思的人。

他是教哲学的，已退休。但人退心没退，还对学问感兴趣。前段时间，写一篇论文，已写了一大半，却放弃了，倒不是完全写不下去了，而是觉得缺乏新意。他决定到乡下住一段时间，换换脑子，说不定会柳暗花明又一村呢。

宛教授的老家就在乡下，苏北的麦地村，老宅子是两间低矮的小瓦房，连着一间更小的小瓦房，算是锅屋。家乡变化大，几乎家家是高大的楼房了。他家的小房子孤独地卧在村尾，像是风烛残年的老人，又像是一帧岁月的影像。

锅屋是土灶，这反而让宛教授感到亲切。他就常出去拾些树枝、杂草等，作炊之用。五六月份，正是毛豆上市之时，新鲜、饱满。他常煮盐水毛豆吃，品咂着故乡的味道。

宛教授穿着本就不讲究，出去捡柴火就穿以前的旧衣服。一次他在路边拾树枝，一帮孩子路过，走到远处，突然回过头来冲着他喊：教授教授，拾草煮豆。边喊边跑，明显在嘲弄他。

宛教授几十年中回来次数不多，村里的年轻人大多不认识他了，更别说孩子。他们显然把宛教授当成可以随便戏谑的老头。宛教授想起小时候，他们这里有个人在国军食堂做过伙夫，曾被当成"坏分子"。这人叫严术道，有的孩子有时就会结群跟在其后面喊：术道术道，没术没道。以此取乐。

宛教授笑了：此时的我，其实相当于当年的严术道。教授，只是个符号。那么我这个人在家乡，是自我、本我，还是超我呢？

宛教授的邻居是刘来富家，按庄邻称呼是宛教授侄子，在外打工，媳妇董二花在乡小学校打工，家里还种着十几亩地。

董二花不识字，但麻溜、勤劳、泼辣，待人和善，对宛教授也很礼貌，一口一个"大爷"。

宛教授注意到，董二花喜欢和村里人看上去没用的人交朋友。什么叫没用的人，就是老实的，头脑有点"整"的。这里却大有奥妙。第一，他们在村里属于下等公民，到董二花这里赢得了尊重，会心甘情愿替她做事——董二花一个人种十几亩地，时不时需要帮手；第二，他们心眼直，没脑筋，董二花对他们不用设防；第三，董二花甘把自己降格为同类人，让对方觉得是可靠联盟。有一次，她和刘小保媳妇在收玉米，有人随口夸她能干（当地礼节性恭维话）。她说，你看我像能干的人吗？我要能干，世上能干的人都死光了。

用网络语说，董二花这叫自黑；做人上，叫自谦；书面语，叫自嘲。宛教授称之为表面自我否定。董二花的这种否定，其实是为了得到别人的肯定，但肯定的不是其"否定"，而是其否定背后隐含的肯定。

——这个董二花，简直就是个哲学家呀！宛教授啧啧。

董二花在乡小学食堂是负责买菜洗菜切菜，为厨师打下手的。有一次，后勤主任批评她切菜有点马虎了。这个后勤主任是本村的，宛教授也认识。董二花在家门口说道这事，他能什么？除了拿笔杆子拿不过他，我什么不如他！有本事丢掉那工作和我走出去瞧瞧，提鞋担担随他选！

宛教授在意的，不是此事的原委，而是董二花的言语——这会儿不再自我否定了，而是自我肯定，甚至进入"超我"境界了，也就是尼采说的"超人"。

董二花养了十几只鸡，平时是关着的，傍晚"放风"。今年春上，西邻陈二婶说董二花家的鸡钻她家菜园子，把刚出荚的萝卜秧子吃了，让董二花放鸡时看着点。董二花从厨房出来，用手比画着，指着存在与不存在的鸡骂开了："你作死了，哪里不能去，要跑到人家地里去？家里园子不够你吃的吗？天天喂你，你还跑到别人家园子里吃，你不知道那是人家的吗？吃自己家的没得说，旁人家的，怪人家说话吗？"骂得陈二婶反而觉得难为情了。

鸡，当然是不懂人言的，董二花虽不识字，却随口就能说寓言。她的寓言有两层意思：一、鸡们，我晓得你们听不懂，不是说给你们听的，我是做样子给陈二婶看的；二、陈二婶，你也听到了，鸡都被我骂成这样了，你一个大活人，还要跟鸡计较吗？

没有文化的董二花，却把哲学"活用"得炉火纯青。但宛教授又思忖，这些，只是自己想想而已，董二花并不会想得这么复杂，她连"哲学"这个词都不知道。而自己总结的，对董二花也并无什么用。

他摇摇头，剥了几粒毛豆丢进口中，边嚼边自语：教授教授，拾草煮豆。

三哥营地

陈　毓

　　早起开门，三哥打眼望见坪场上那棵板栗树下，环绕树冠炸开一地油亮亮的板栗。三哥看着板栗出神，一只松鼠突然跳到树下，被随之坠落的栗包惊吓到，长尾巴一甩，呼一声跳进坪下的林子里去了。

　　远看一个人从林下小路冒出头来，一点点走近，直到三哥看清，是熟人张律师。张律师远远喊一声三哥。

　　三哥家住大庾岭，有两条小路呈人字形从房前屋后过。张律师走的是林下小路。小路考究起来颇有来头，据说唐代出长安城的韩愈，翻大庾岭往长安去的张九龄，都曾从这条路上经过，路是古道。另一条路是这几年政府开发旅游新修通的盘山公路。开车的人走公路，想要爬山的人走古道，都要从三哥这里过。最近几年热闹起来，三哥也学会了和外面的人打起交道。

　　说来有趣，三哥是不想住城里的儿子家才回大庾岭的。"我住在城里干什么？让你养活我，还没到那时候。"三哥和儿子算账，在城里他就是吃了等天黑，还花钱。找工作吧，快六十的农民能找到啥工作？还是山上好养活自己。在山上吃的自己完全能种出，绰绰有余。儿子想了想山上的父亲和城里的父亲，似乎明白了，同意了。

　　等儿子回去看父亲，看见自家那棵见证过四代人的老杏树下坐着一群城里人，很吃惊。等到明白这些人都是来他家吃喝的，简直乐坏了。儿子哈哈大笑逗着父亲："你和城里人有不解之缘，你从城里跑回山里，人家就从城里跟过来。"

　　第一个吃过饭的人赞叹三哥门前风景好："白云回望合，青霭入看无。"说三哥门前，土地平旷，山如簇如聚，不近不远，站在这里俯瞰，众山一览，人就有欲辩已忘言的心境。

　　来人出主意，让三哥给自家起个响亮的名字，给人介绍的时候也容易说清楚。干脆叫"三哥营地"。"你看你这儿就是我们的营地，这地方太适合安营扎寨了，要是放在古代，无论人从哪边过来，到你这里都要放下行囊，歇一歇。"三哥没想到叫家的地方现在需要另起一个名字。他实在想不出啥名字更适合。

有一回，一个画家在三哥家的白墙上画了两匹奔马，马蹄腾空，眼看要飞过屋檐，和天上的一团白云去比高低。后来的人都要站在那面墙前合影留念。再后来又来一位画家，她在另一面墙上画了一群收割稻谷的人，与那两匹奔马相互对应。

三哥家现在已有好几个名字了，有红颜料写在树上的"三哥营地"，有刻刀刻在门楣上的"白云居"，还有用墨写在木板上挂在杏树杈上的"古道人家"。

三哥不承认自己是农家乐，也就是有人找上门了就招待一下，没人来就开门自己过日子。但是总有人冷不丁开车沿着曲折的山路上来，沿着小路爬上来，吃了他养的鸡下的蛋，吃了他做的土豆、南瓜面，甚至有人吃了临走还索要联络方式，表示下回再来。三哥洒脱地说："你来了，想吃饭随时招呼，我做。"

今天午后就有二十个人到三哥这里来，还要住一夜，第二天早上再返城。电话里再三大声嘱咐三哥："啥都不用操心，只要水和柴。"要燃篝火，诵诗词，唱歌，吃烧烤。三哥咋都想不起打电话的是谁，但这一点也不影响他的热心和细致，柴早都劈好了，水是山泉水，水龙头一开清泉就在手边淙淙流出了。三哥看着眼前这一地的板栗，决计今天不捡板栗，板栗留给下午上来的那些人亲手捡，叫他们惊喜雀跃吧。

二十个人到来前，张律师先来了。张律师头回来，也像所有第一次来的人一样，站在三哥屋前大声赞叹："你这里可是神仙之地啊，举头红日近，回首白云低。"大喊畅快。张律师赞叹够了，给三哥自我介绍："就叫我张律师吧。我心里没诗，要找诗得到这里来。"

张律师总会在周末一个人来。他不爱说话，但腿脚不闲，来都是走古道，走得大汗淋漓，上来歇一会儿，喝够了水，在水龙头下冲洗，对三哥说："痛快，一周的辛苦和憋闷都散了。"之后从背包里取出吊床，绑好，睡一觉。醒来，嘱咐三哥："熬锅粥，烙个饼，随便炒俩菜。"

三哥弄好那些，在边上看律师吃得津津有味，叹一声："还是年轻，胃口好。"律师笑道："不爬到你这里，我在城里也吃不动。"

2020

今天律师到得比往常早，说要爬到上面那个高台，所以早出发。嘱咐三哥，饭如从前，他三点下来吃。三哥把暖水瓶都装满开水，又给鸡舍加固了一道护栏。前夜黄鼠狼祸害了鸡，三哥没找到黄鼠狼打的洞，因此相信黄鼠狼有缩身术，就把鸡舍的竹篾又劈细加固了一道。

律师曾经问三哥有没有野猪来，三哥说有黑狗在，野猪就敢不来。

现在黑狗慢悠悠在坪上游荡。三哥想起律师给黑狗起的怪名字，心里笑着说："城里人，就爱起名字。"

我就跟他在一起

刘国芳

这天休息，领导去了灵谷峰，想爬山，但不知道怎么回事，居然有人知道领导的行程，一个人打了领导的电话，这人说："李书记，听说你在灵谷峰？"

领导说："想爬爬山，呼吸些新鲜空气。"

对方说："我来陪你。"

领导说："不用，你忙你的。"

对方说："这怎么行，李书记到了我的属地，我怎么也要过来陪你。"

领导说："真的不用。"

对方说："我这就过来，你等我一下。"

领导没法，只好在山脚下等。后来，领导看见地里有人在忙，便走过去。近了，领导看见一个老人在地里挖薯，一个孩子，在扯薯藤。领导看老人年纪很大，就问："老人家今年高寿？"

老人说："八十了。"

领导说："身体还好吧？"

老人说："还行。"

领导又问孩子：你哩，多大了？

孩子说："八岁了。"

领导问："读书了吗？"

孩子说："读二年级。"

领导说："成绩好吗？"

孩子说："还行。"

领导就摸摸孩子的头说："要好好读书。"

老人毕竟年纪大了，挖了一会，喘起来，领导见了，跟老人说："我来帮你挖吧。"

老人说："你会做农活？"

2020

领导说："我是农村出来的。"

领导说着，脱了外套放在路边，然后从老人手里拿过锄头。领导真会做农活，三锄两锄下去，挖出一蔸薯，又是三锄两锄下去，也挖出一蔸薯。有一个薯很大，红红的，孩子见了，不扯薯藤了，捧着红薯左看右看，爱不释手的样子，还跟老人说："爷爷，这薯真好看。"

老人说："好看你就当宝贝留着。"

老人说话时，把一个一个薯往编织袋里捡，忽然，老人咳起来，不停地咳，领导见了，问老人："不要紧吧？"

老人说："不要紧。"

领导："老人家这么大年纪，怎么还种地呢？"

老人说："种了一辈子地，哪里闲得下来。"

领导说："那是。"

老人说："再说如果不种地，这地就荒了，我最怕地荒了。"

领导说："这倒是，我有时候在乡下走，看见地荒了，心里就慌。"

老人说："不错，不种地心里会慌。"

领导说："所以老人家八十岁了，还喜欢种地。"

老人说："其实种地也蛮有意思，比如栽这些红薯，开始是秧，慢慢长大，绿油油一片，后来，就能挖出这红红的薯来。"

领导说："我以前也有这样的感觉。"

领导就这样一边和老人说着话，一边挖着薯。这天天热，领导额头上冒汗了。老人见了，就说："天热，你到边上歇着吧。"

领导说："不要紧，再挖一会。"

老人说："你是当官的吧？"

领导说："算是吧。"

老人说："你这个当官的一点架子都没有。"

老人说着，把自己头上的草帽戴在领导头上，老人说："你戴草帽吧，挡下太阳。"

领导笑笑说："那我就戴几分钟。"

那个给领导打电话的人，现在到灵谷峰山脚下了，但他没看到领导。于是那个人打领导的电话，但领导的手机调到振动，加上手机放在外套的口袋里，领导并没听接到电话。那人见领导没接，便喊起来："李书记——李书记——"

老人听到那人喊，便跟领导说："那个人是喊你吧？"

领导点点头。

老人就应一声说："李书记在我们这里。"

那人往这边看了看，但李书记戴着草帽，那人没认出来，于是那人大声说："胡说，李书记怎么会跟你在一起？"

领导这时应声了，领导说："我就跟他在一起。"

其实我也这么想

谢志强

我持起菜刀打算先将萝卜们切成片。她冲着我脊背说："你切萝卜，要切成一片一片的。"

我应着嗯啊，便想把煤气灶打着，烧上半壶水，待会儿做个紫菜汤什么的就便当了。

她的声音又响起，要求我先烧半壶水，供冲紫菜汤用，口太干燥，没汤咽不下饭。

我表示我已有数了。烧上水，切了萝卜，我的目光落在锅上了，而思想展开了翅膀飞进了电冰箱。

我的手朝炒锅方向行进的途中她又发了话："可以坐上锅开始炒菜了，否则这餐饭得到啥时辰？"

我的手在半空中停顿住了。回过脸，不认识似的瞥了瞥她，说："没注意我正着手进行这项工作吗？"说着，我回转头继续刚才进行了一半的动作。然后，倒些许菜籽油，锅底顿起一阵沙沙啦啦的响声，那是油和水珠在进行你死我活的搏斗，油自然占着绝对的优势。我故意将坐锅、放油这两个环节衔接得结构紧凑天衣无缝，不给她以可乘之机。我得意地想，这下子你插不进话了吧？可是，我以往总是等到锅稍许预热了再倒油。

趁着油在锅里酝酿的工夫，我去打开电冰箱的门。我多么担心她又说出有关这一举动的话。因为在灶与冰箱之间存在着五六步的空间。我穿过这个空间需要六七秒钟的时间。这样，又给她留下了语言的空隙。我几乎在心里祈祷着你不要发表讲话，像八路军伤病员过鬼子的炮楼那样。

但是，不可阻挡，她说："爆炒过的肉丝在冰箱上格里，和萝卜片炒拢。"

我觉得我被全部解除了武装，那道精神堤坝决口了。我本能反应是索性任凭电冰箱敞开着门，义正词严地向她声明："其实我也这么想！"

她说："瞧你这副模样，提醒你不对啦？"

我说："你千正万确，不过，你不嫌这样过于烦琐了吗？建议下回草拟个萝卜片炒肉丝操作规程，其中包括每个步骤的制作要点、间隔时间，以便我参照执行。或者，你把我当作机器人，装上电脑，程序由你预先编好输入，省得多费口舌不是？"

她委屈得泪花盈满眼眶。

就在这时，我们都被轰然一响震惊了。只见灶间一团火。此刻，我确实把她的指令抛在九霄云外，何况，她已慌得束手无策。事后我都不敢相信我竟那么果断、麻利。先抓起锅盖一家伙扣住油锅，再去旋上煤气瓶阀门。这连续动作在短暂的几秒钟内完成，完全符合现场灭火的要求。那个我像是从平常的我的躯壳中破壳而出的另一个我，颇有勇猛、敏捷的气概。

她说："油在锅里热了那么久，你却……"

我望着避免了一场火灾的灶间，平静地丢过去一句："我等待你发指令呢！"

站 岗

芦芙荭

　　秦大福住在麻城郊区，说是郊区，也只是和麻城隔着一条河。

　　河叫麻河，桥自然就叫麻河桥。这座桥就像是条扁担，一头挑着的是乡村，一头挑着的是城市。一水之隔，风景却是大不一样。就跟那时的家庭结构一样，父亲是城市户口，吃的是商品粮，而母亲却是农村户口，吃的是农业粮。我们麻城人把这样的家庭叫"一头沉"。

　　麻河桥也是一头沉的。沉的是南边是乡村。

　　晚上，南端的人站在桥头，就能看见桥北边城市的灯火辉煌。能听见城市的声音，能感到城市的呼吸，感受到城市的脉动。可他们只能隔桥相望。只有到了白天，他们骑着自行车从桥上走过去，去帮这个城市建高楼，帮这个城市里的人清扫街道，他们甚至可以到高档写字楼里去送水，才算融入了这个城市。可一到了晚上，他们就不得不还原他们的身份。他们只能住到桥的另一头去。

　　秦大福每天早上都会骑着他的那辆二八自行车，随其他人一块到桥北边去"站岗"。桥北的桥墩下有个劳务市场，麻城人把去劳务市场揽零活儿叫"站岗"。他们的自行车或摩托车上都挂着自制牌子，上面写着他们的手艺，比如修水电，比如通下水道，再比如砌墙、粉墙等等。他们一天的收入全凭早上这站岗等来的机会。其实，到这里揽活儿，也是碰运气。平时，他们三三两两地聚在一起，要么抽烟谝闲传话，东家长西家短地扯。或者一副扑克牌，挖坑，打三代，赌资5毛1块的，全是消磨时间。有揽客来了，好似鸟群里丢下一块石头，他们一哄而散，丢下牌抓起地上的零钱，也不管是揽什么活儿的，一拥而上。

　　秦大福坐在那里却是不急，别人揽下活儿了，需要人都会叫上他。老秦干活儿肯出力，又不在工钱上计较，谁要是揽下活儿了，都爱找他当帮手。可秦大福也有要求，干完活儿就得把工钱结了。他觉得钱放在自己的兜里才安全。秦大福早先有个老婆，后来得病死了，也没给他留下一儿半女，日子是一个人过。一个人的日子，吃饱穿暖，再有点儿结余就很知足了。他把每天的钱分成三份，一份留着存起来，以备不时之需。有时候，揽工的人也会管饭，那么这吃饭省下来的钱，也都划转到存款里面。一份是吃喝开销，千里做官，为的吃穿。秦大福做的是苦力活儿，这吃是不能亏待自己的。秦大福喜欢吃面食，特别是手擀面。手擀面从揉面、醒面、擀面到煮面都是做面人手上的功夫，也很讲究，面与水的比例、揉面人手上的力道，还有醒面时间的长短，全凭的是经验。麻城西背街有一家小面馆，专门卖手擀面。面馆的门脸很小，老板娘擀的面却很筋道，特别是饭馆自制的油泼辣子往面上一浇，那面的味道一下子就提起来了。

秦大福每天干完了活儿，无论多远，他都会绕到那家面馆吃一碗那里的手擀面。要是吃饭的人不多，老板娘会给他拍一根黄瓜，用蒜泥调味，再浇上油泼辣子。或是一盘豆芽拌面筋，也得浇上油泼辣子。秦大福那酒喝得就特别有味儿，吱吱的，好像要把老板娘仅存的那点儿风韵都喝下去。临走时，秦大福去付饭钱，他会把饭钱和卷成一个卷的今天全部收入的三分之一——并扔进老板娘的钱盒里。

老板娘平时是不化妆的，过上几天，秦大福去吃饭，见老板娘化了妆，就不喝酒了，一碗面磨磨叽叽地吃到客人全走光了。

麻城的好多人都知道，秦大福挣的钱，其中一份塞给了这饭馆的老板娘。意思是说，他这钱花得不明不白，填进了一个无底洞。可这世上的钱，有几个花得明白的？老板娘一个人要做生意，还带着两个上小学的孩子，也是不容易。一个小面馆，要养活两个孩子，里外是不够的。再说了，这日子就跟这面一样，光有面没那油泼辣子调味，味道是不一样的。

这样的日子过了有三年还是三年多？秦大福有点儿记不太清了。记忆力就是这样，坏日子刻骨铭心，幸福的日子都是一晃而过。

有一天，秦大福干完活儿依旧去面馆吃饭，见一个修着平头的男人在饭馆里帮忙。秦大福心里一下子明白了，老板娘的男人回来了。为了求证，他拿目光去看老板娘，可老板娘从他进门，自始至终都低着头。吃完面，秦大福依旧去结账，他依旧把那天收入的三分之一——并放进了老板娘的钱盒里。不过，这一次，那钱不再是蜷缩着，而是在钱盒里伸直了身子。

之后，秦大福每天收了工照旧去面馆里吃面。有时候，那个修平头的男人在面馆里，有时候不在。得空时，老板娘把眼神探过来，那眼神像是一条蛇，时不时地吐一下芯子。进门时，秦大福就发现老板娘是化了妆的，而且那妆化得特别醒目。秦大福却低头吃他的面，呼呼噜噜的，似乎要把那装面的碗也呼噜进嘴里。吃完饭，他照旧将饭钱和收入的三分之一放进老板娘的钱盒里。

秦大福走出面馆时，天已黑，他走向面馆旁边的自行车停放点，那里停放着一排自行车。秦大福突然就飞起一脚向那排自行车踹去，那些自行车一辆接着一辆倒了下去，发出哗啦啦一片响。

他抬头看天，一轮圆月正在天空中慢慢地升起。

裂　缝

滕敦太

　　这是一个新开发的小区，四周是一片绿化林，树林很高，空气很好，好得让人无话可说，除了夏天有蚊子。

　　刘新住三楼，窗户全部安装了纱网，可还是不敢开窗，甚至开门都要以闪电速度，怕进来蚊子。

　　那天，刘新在阳台开窗晒衣服，稍不留神，房中就进了蚊子。一夜之间，娇妻花骨朵一样的小脸蛋被叮了几个包，儿子胖嘟嘟的屁股上也留下了好几个小红点。

　　刘新果断行动，灭蚊香太慢，电蚊器有噪音，喷雾杀虫剂直接有效，但味大，老婆对气味过敏。就在一天的灭蚊试验中，房中又进了蚊子，刘新只能学着范伟的腔调：唉，防不胜防啊！

　　下午，老婆带孩子回了娘家，说晚上不回来了。还下了最后通牒：不解决蚊子问题，不考虑回家问题。

　　房里有蚊子，后果很严重！

　　当天晚上，刘新将房中全部喷洒了灭蚊剂，结果味太浓，辗转反侧没睡好。没办法，半夜里发朋友圈求助。很快就有回复：本店新进喷雾灭蚊剂，高效无味，放在床头想喷就喷，丝毫不影响睡眠，就是价格贵一点。

　　再贵也买！第二天是周六，刘新跑了大半个县城，买了一瓶新上市的高效无味灭蚊剂。回家的第一件事，就是故意打开窗户，诱蚊深入。

　　晚上，刘新躺在床上，找了个连续剧熬时间，他要试试这种新药的效果。零点时，果然听到了蚊子的叫声，刘新大喜，迅速关好门窗，他要瓮中捉鳖。

　　刘新手持着这种高效无味灭蚊剂，睁大眼睛寻找这个倒霉的蚊子，过了十多分钟也没找到。刚上床一会儿，又响起了蚊子的叫声。这次，刘新干脆下床寻找，终于发现这家伙潜伏在窗帘的缝里。将喷雾剂对准这只该死的蚊子，猛烈开火，那蚊子惨叫着，像驾被击中的飞机那样上下左右地飞，垂死挣扎。

刘新歪着脑袋，得意地欣赏自己的杰作，等他发现蚊子不见了，这才想起应该拍照片发到朋友圈，普天同庆。

真奇了怪啦！干净的床单上，敞亮的地板上，雪白的墙壁上，桌面上，墙角里，到处找遍了，就是找不到蚊子的死尸。刘新看看房门，一直关着；看看窗户，也一直关着。别说是只死蚊子，就是一只活的蚊子，也断断跑不了的。

刘新童心大起，就不信找不到这只蚊子的尸体。考虑到房间的灯光不是很亮，他干脆打开手机的手电筒，墙壁、地板、床上、窗帘缝、墙旮旯，细细地找了个遍，还是没有。

刘新的劲头上来了，活要见蚊，死要见尸，掘地三尺，也要找到这只蚊子！他从抽屉中找出放大镜，再次在房中找了一遍，还是没有找到那只蚊子。

邪门了。

刘新揉揉太阳穴，强迫自己清醒一下，然后进行理性分析：第一，卧室里确实进来了一只蚊子，并且喷了药，挣扎着在空中飞了一会儿，才没了声息；第二，找遍卧室所有地方，没找到蚊子，两只鞋都脱下看了，没踩到蚊子的死尸；第三，门窗紧闭，一直没放开。

采用倒推法，刘新得出两种可能，一是蚊子死掉了，二是逃走。既然房间找遍了，确实找不到蚊子死尸，那只剩下第二种可能，就是逃走了。

问题来了，这只蚊子是从哪逃走的？门、窗没问题啊，会不会是这间卧室的某一个地方有裂缝，蚊子从那里逃走了？

刘新突然意识到更大的问题来了。如果这房子有裂缝，而且是蚊子能够飞出去的裂缝，那道裂缝应该很宽的。有这样的裂缝存在，这样的房子牢固吗？安全吗？如果遇到了地震，能支撑得住吗？

这还了得！刘新顾不得找蚊子了，他开始在墙壁上寻找裂缝。一遍遍地用手摸，用纸擦，没有。不死心，又打开手机的手电筒，仔细查看墙壁、地板，又在床上放了椅子，站在椅子上把天花板查了好几遍，还是找不到裂缝。

刘新出汗了，这房子既然有这么大的裂缝，当初买房子时不会看不到的，肯定是进行了人为的伪装！花了这么贵的代价，买的是有安全隐患的危房啊！我岂能善罢甘休！

"我家新买的楼房有裂缝，有一道很大的裂缝，有一道很大的经过伪装找不到的裂缝。我要投诉！"第二天，刘新站在小区的主干道上，咬牙切齿地喊着。

呼 救

谢大立

呜呜叫着的寒风里，夹裹着一个声音——救命啊，救命……邻居们开窗的声音噼噼啪啪，我也赶紧开窗，心里同时说，难不成还真有命案在我们这个小区里发生？

我们这个小区，自建房多，租户多，物业公司收物业费难度大，撤了。先是放置在楼下的电动车、摩托车不翼而飞，随后是一家接一家的门锁被撬……有人说，看着吧，后面发生的，说不定就是命案……大家被吓着了，自发组建起了个自保会——碰到事后，大家一起上，自己保护自己。

噼噼啪啪的开窗声形成一种气势，果然，风里不再有那个呼救声。别的人此刻是什么感受我不得而知，我的心里是有一种自豪感的。因为，我是小区自保会的发起人之一。噼噼啪啪的响声又起，关窗的声音。我也关窗，同时在心里说，歹徒被我们的气势给镇住了，逃之夭夭了。

刚关上窗，喷嚏、冷战接踵而至。要感冒？我赶紧往浴缸里放水。就在我躺在热水里感觉有寒气往外冒时，呜呜的风声里，又有了那个声音，在喊出那声救命前，还有一声拖长了的"啊——"，我一愣之后，从浴缸里坐起来，随着我的坐起，噼噼啪啪的开窗声又起。

按照我们自保会的公约，这种情况下，大家要一起赶赴案发点，可我正处在逼寒气的关键时刻，寒气没有逼出来，再去冷风里逗留，真的会感冒的。家家户户都是自保会成员，还有十个委员，他们去了，我再去，只是多一个少一个的问题，我这不是有特殊情况吗，找个机会给他们解释一下就是了。

于是，继续逼我体内的寒气，直到额头上冒出了汗珠子，身心畅快地躺到床上。这期间那个声音没有再出现，我为我的判断正确感到骄傲，一定是有不少人赶赴现场了。也为我的选择正确点赞，冒着感冒的风险去了，身心现在有这么舒服吗？感觉好，一会儿我就进入了梦乡，睡梦里也是无比惬意，最后我竟是笑醒的，梦见我们自保会的那些兄弟们有的拿着棍子，有的拿着拖把，追赶着一个黑影，那家伙屁滚尿流，洋相百出……

醒来后的早晨，寒风的呜咽声仍在继续，以往这样的天气，小区的街道上是没有人的，大家要么赖在床上还没有起来，要么把自己宅在家里避寒，今天却有很多人的说话声，声音虽然不大，在这个远离了闹市的湖滨，大致都能听出来每个人说的什么。听了一会，我的头就大了起来。大家说的是，在小区与另一个小区相隔的桥洞下，死了一位姑娘。

死者是否是头天晚上呼救的女子，是大家探讨的中心。有的说可能是，有的说也许不是。最后大家说，是的可能性比较大。说完了，沉痛起来。接着是反省：开头听到呼救声，大家使劲开窗户是对的，邪不胜正，歹徒显然是被吓跑了。

第二次的呼救声，那是歹徒去而复返，歹徒一定是看大家干打雷不下雨……随后是有人后悔：第二次听到呼救后，要有人去了，姑娘可能就得救了。

说这话的是张三，李四说，后悔药谁都会吃！不等张三回嘴，王五怼李四说，你不是也没有去吗？李四说，我不是自保会的头。自保会的张头说，我是想去的，想到自保会十个牵头人，我排老十，有他们九个去，我去不去也就是多一人少一人的事。李头说，我也是，想着我不去有人去，最后就没去。王头说，我以为是谁在开玩笑，开窗时被风吹了，打了好几个喷嚏，怕感冒，想谢头他们会去的……谢头呢？有人说，他应该去了吧，他最应该去，他平时可是咋呼得最响……

我正朝他们走去，他们提到我，赶紧准备搪塞他们的话。另一头，一位警察也朝他们走去，警察快我一步，拿出张照片让他们认。还有一张纸，写着我们的小区名。警察说，大家仔细看看，是不是自己的亲戚、周围邻居的亲戚？纸条是从死者口袋里搜出来的，初步判断，死者与你们这个小区肯定有瓜葛……

大家摇头，我摇头的同时，脑子里嗡的一响。几年前，我代表单位进山里的一所学校扶贫，在挤满了孩子们的教室里，我慷慨陈词，希望他们日后能从大山里走出去，上大学，成为国家的有用人才。其中几位姑娘叽叽喳喳说，领导，我们若去城里上学能找到您吗？我说，当然能。到了城里怎么找您？我报了我的单位名，这里的小区名，她们在作业本上写了歪歪扭扭的"大洋彼岸"几个字给我看……

难道？这时候，风的呜咽声更大了，类似悲号，悲号里仿佛还有一个声音——呼救的声音。救什么？一时又听不大确切。

2020

电话号码

申 弓

得，这女子真漂亮！S君是这样说，当然是在心里说，S君决不敢说出口来。

这是五金店里遇上的，也是S君开春以来遇上的第一个靓女。

这天S君执行一个简单的任务：选购一个多用插座。当S君来到五金店，入门就发现了站在柜台里的她，白皙、苗条，一双大眼微微地笑着。S君一见，便觉得舒服受用，甚至有如坐在云端，有种酥麻麻的感觉。跳出S君心里的第一个念头就是想跟她交朋友。而交朋友的第一步，必须取得联系，一个最便捷的办法，就是要搞到对方的电话号码。而很明显地看到，她的牛仔裤兜里就装着个电话，小灵通？手机？不管是什么，只要拿到了号码，便是拿到了交友的钥匙。

S君说要一个多用插座。她便飘然来到了面前。S君一边拿插座，一边近距离地打量着她，他发觉她真的是天生丽质，那脸面，那皮肤，没有半点的装饰，只是嫩白，是自然的嫩白。

S君拿到了多用插座，便想问她的电话，可又觉得不好开口。可你不开口，人家又怎么会主动告诉你？除非是……

S君正犹豫着，步子不由得迈向门外，看着就要迈出了门槛，可就这样离去，S君心有不甘，便又折了回来，来到了柜台前，指着一个漏电开关说：

小姐，麻烦你拿来看看。

她便又微笑着来到了跟前。

S君付过了款，还是开不了这个口。S君再看货架，指着一个电吹风说，小姐再拿给我。她又微笑着将电吹风送到了他的手上。付过款后，S君说：

你的……

是的，我的职责就是……

她正微笑着面对他，他便又改了口：

不是的，我是说你的手真白！

是吗？我很喜欢你这样说。

真的，我从来没有见过这样白的。他真想掴自己一个嘴巴，明明想问人家电话，却怎么搞成奉承人家来了。

也许是晒太阳少吧，别人都这么说。先生你还需要什么吗？

要的，请你再拿个手电筒。

好，这是最新科技产品，四珠充电电筒，够亮，方便耐用，而且节能。

S君付过了款，还在柜台前流连。

她向S君微笑着。于是S君又要了几件东西：暖手器、电子台灯、电工刀……看看购到的东西足可以开个小五金店了，他还是下不了这个决心开不了这个口。

她还是那样的微笑着：

先生还要什么，尽管说。

听了这句问话，S君便在心里默念：下定决心，不怕牺牲，排除万难去争取胜利！准备战斗！豁出去了！

我想要一样东西，不知肯不肯给？

说吧，只要我能办到，一定效劳。

你的电话。

哦，我说是什么，好，你打进来吧，要不，我打过去，这样不是双方都有了吗？说着从后裤兜掏出一个小巧的手机。

啊，想不到她也有这个想法。

如愿以偿了，可S君一时又觉得欠缺了点什么。

闹 人

刘正权

秦嫂把汤匙吹了吹，说喂药得这么喂，喂水呢，才能你那么喂！

陈海木不服气，都是往喉咙里灌的东西，哪那么多穷讲究。

秦嫂看出他心里的不服，把药碗晃悠一下，免得有沉渣，眉眼上纹丝不动，别小看对病人的陪护，讲究多着呢。

大实话，整个医院陪护中，秦嫂的讲究要几富裕有几富裕。

故意闹腾人不是？

陈海木脸上有了颜色，我自己的娘，当我不晓得怎么伺候？

话是这么说，娘之前躺在床上，压根没吃他喂的一口药，那张脸，义无反顾朝着墙壁，要不是秦嫂过来，呵呵。

娘向来对他是无条件顺从的啊。

才一晚上，就变了个人。肯定是秦嫂背后闹腾了的，都说医院陪护鬼气大，还真是。

陈海木碰了软钉子，但他不怕，血浓于水呢，你秦嫂怎么都是外人。

秦嫂倒是很不见外，说就这么喂，你娘准保把药喝得一滴不剩。

你呢？陈海木一怔，一句话差点脱口而出，我出钱雇你，你倒安排上我了。

我隔壁病房还有点事没交代完！秦嫂很理直气壮地出了病房。

陈海木找不到合适理由反驳，本来，秦嫂在隔壁病房照顾的那个半岁的孩子，今天才出院，是他昨晚强求秦嫂照顾娘的。

秦嫂这是跟他玩仁至义尽呢。

陈海木很想看看秦嫂如何仁至义尽法，没准是去收人家不方便带走的营养品吧。

在医院，很多亲朋好友带来的营养品，完全派不上用场，病人饮食上得遵医嘱。

娘偏偏这会张大了嘴巴，等着他给喂药。

喂水要急，喂药要缓！秦嫂的话在耳边响起。

娘的病，需补水，急一点没问题，喂药，则得缓一点，让药物充分在体内挥发。缘于这个充分，娘把个药喝得像燕窝汤，居然品咂得出了声，津津有味了都。

陈海木很是不解，良药苦口，光闻一闻药味，他胃里都泛着酸水。

娘总算把药吃完了，是的，陈海木觉得用吃比喝更符合娘的行为，连漱口水都吞进喉咙了。

当那是刷锅汤啊。

陈海木爹过世早，娘一人拉扯他长大的，因为穷，刷锅汤从没浪费过。

把习惯延续到吃药上，陈海木有点愠怒，娘真是天生的穷命。

请陪护，不就为让娘享受一把富贵人生。

陪护，对了，秦嫂呢？这个交代还真像模像样啊！陈海木看着因为药力发作睡眼蒙眬的娘，悄悄起身，到隔壁病房去见识秦嫂所谓的仁至义尽。

场景如出一辙，秦嫂把汤匙吹了吹，说喂药得这么喂，喂水呢，才能你那么喂！

哪么喂？一个年轻爸爸用眼神询问秦嫂。

喂药要急，喂水要缓！秦嫂慢条斯理说出这八个字。

说反了吧，陈海木的话很突兀响起，记得你跟我说是喂水要急，喂药要缓的！

年轻人闻声转头，秦嫂不转头，孩子小，喂水缓慢可以让他干裂的喉咙得到滋润，哪个孩子病了不是哭得撕心裂肺口干舌燥的，喂药不一样，药苦，你要喂缓了，他咂摸出滋味会给吐出来，起码得糟蹋一半。

嗯嗯，喂急了，等他咂摸出苦味，药已经下了喉咙。年轻人点头称是。

就是这个理！秦嫂说孩子名下，得耐烦，再闹人的孩子，都有顺毛摸的时候。

年轻人笑，他怎么闹人，都是我命根子，能不耐烦？

秦嫂说，晓得就好，那我就交代到这了，有事你再问我。

年轻人有没有事问秦嫂，陈海木管不着，眼下他有事问秦嫂，我娘这把年

2020

纪，什么苦没吃过，干吗给她喂药要缓，娘嘴里得多苦。

傻孩子，秦嫂摇头，你娘是苦在嘴里，甜在心中。

啥意思？

啥意思你自个儿想想，要不是你娘病了，你一个月有几天在你娘眼跟前晃？

陈海木在脑子里狠狠过滤了下，还真是，一个月他最多在娘跟前晃悠一次，给娘送生活费的时候。

你娘不缺吃穿，她有一碗刷锅水都能活命的！秦嫂冲病房那个年轻人努努嘴，你也看见了，父母对儿女的爱，总认为是顺水顺流，顺理成章；儿女对父母的孝，却认为是倒流回流，感天动地。你觉得一个月一次就仁至义尽了？那是你娘呢。

果不其然，明明已经睡着的娘和护士的对话，从病房里传了出来，大妈，您真有福气，儿子给您请了陪护，还亲自给您喂药。

那是，我儿子啊，喂药可讲究了，一口一口吹了喂的。

一口一口，吹了喂的！陈海木眼里一涩，娘当年一口一口吹了稀饭往自己嘴里喂的情形，清晰再现在眼前。

他的脑海，一直缺这个片源的。

再现的情景中，儿时的陈海木是那么闹人，娘端着稀饭老母鸡一般抗挲着翅膀，一步一步追赶着呵护着步履蹒跚的陈海木，每喂上一口稀饭，娘的嘴角都能绽放出一片灿烂的笑容。

我是您学生

安 谅

第一次见到他，是在明人签名赠书的活动上。

那时，明人正龙飞凤舞，在赠送的著作上签名。"老师，能为我签个名吗？"是一位矮胖的中年男子，圆脸、毛稀，薄嘴唇。他细小的眼睛里露出两道不可捉摸的目光。

叫老师是一种尊称，尤其是在这种场合。明人微笑点头，接过他递来的书，在扉页上写下了自己的名字。"能不能也写上我的名字，我叫李惠，谢谢明老师啦。"那人口气诚恳，似乎也让人不忍拒绝。举手之劳，何况还有时间。明人于是一笔一画，工整地写上了他的名字。但在怎么称呼上，他有点迟疑了，一般应该谦称先生的，这人挺陌生，怎么写更合适？那人开口道："明老师，您就写李惠学生吧。"明人禁不住抬头瞥了他一眼，他又说："没关系的，我久仰老师您好久了。"明人有点不好意思了，回道："你客气了。"也就随手写上了"同学"两字。男子千恩万谢地走了。明人这一刻，心里生出一丝莫名的虚空。

第二次是在一场展销会上巧遇，明人驻足观摩一家客商的智能产品，这是一家不错的公司，发展势头如日中天。这时有人挤到明人身旁，嗓门不低地叫了一声："明老师好！好久不见，这么巧！"那语气似乎与明人已熟稔了。

明人瞅了他一眼，只礼节性地点了点头。毕竟，智能公司老总正在介绍他们的产品，他的这一声招呼，有点干扰了。何况，这时候叫老师，也有点不合时宜。他微微皱了皱眉。

智能公司老总刚介绍完，那人又插嘴了，说："明老师，他们新产品很有创意，您可以多多支持他们。"那男子的口吻，竟如此直接。智能公司老总朝那男子点头致谢，他一定以为他与明人很亲近。明人又一次皱了皱眉，但他很快面露微笑，略加点赞了几句，对这家公司的产品，他还是很认可的。

明人离开时，听见那男子又叫了谁一声老师。明人从余光中看清了，是展会的一个普通工作人员，应该是在问询什么。他心里想，也许，就像此前普遍流行的"师傅"一样，这人习惯以"老师"称呼别人吧。

但当晚，明人又疑虑重重的了。他收到了智能公司老总发来的一条微信："明领导，李惠是您的学生吧？他想代销我们的新产品，我们正在考虑。"

明人赶紧拨了他的电话。那老总明白无误地告诉他，那位男子，说是明人的学生，还把随身携带的明人签名书，亮给了老总过目。

明人哭笑不得，问道："这人是干什么的？"对方回道："名片上写的是一家不大的销售代理公司的总经理，从交谈上看，对市场还比较熟悉的，对您也如数家珍呀！"

明人说："你们按市场规则，该怎么办就怎么办，他不是我学生，你们也不要受我影响。"他从不干预此类业务，对这个矮胖男子有些恼火，难怪第一次见他，他的目光流露的东西，就令明人心生忐忑。

这天，明人正主持会议，办公室秘书来咬耳朵，说："有一位您的学生，在大堂上等您半个多小时了。""今天没安排这样的接待呀，"他轻声询问，"叫什么名字？"秘书说："他叫李惠。"明人顿时血往上涌，重重地吐出了两个字："不见！"秘书半张着嘴，显出一点尴尬，刚想离开。明人转脸又叫住了他："你让他等一等！"

会后，明人径直到了大堂，那矮胖男子笑眯眯地迎上来，刚张口叫了一声"老……"，便收住了口。明人铁青着脸。"你，找我有什么事？"明人克制着问道。

"哦，没，没什么，明老师，我只是来看看您。"男子舌头打结了。

"我不是你老师，你也不是我学生！以后不要再这么说了，没事，我就不陪了，我也正忙着。"明人憋不住了，三言两语，把话都挑明了。说完，明人转身就走。他的确忙得两脚都扛在肩上了，也不想再见到这种人了。

"老，老师，明老师，您不要误解我哦。"后边，男子的声音轻微而清晰地传来，明人也不想搭理了。

差不多把这人给忘了的时候，已过了大半年的光景。这天，明人出席一场招商酒会，外事部门组织的，规格挺高，嘉宾满场。明人还碰到了某区T区长，正儿八经的大学同窗。他们正寒暄着，那个矮胖男子不知从哪也冒了出来，还恭敬地叫了这位区长一声："T老师。"T区长欢声应道，还连忙招手，让他走近。T区长热情地向明人介绍道："这位是我的学生，搞销售的，挺有点想法的，你来认识认识。"矮胖男子瞧着明人的脸色，有点畏葸。T区长笑吟吟道："你害怕什么，我和明领导是老同学！"

矮胖男子这才毕恭毕敬地上前一步："明，明领导，T区长是我老师，您也就是我老师。我是T老师的学生，当然，也是您的学生，请多多指教。"说完，他还欠了欠身，非常绅士的模样。明人此时也不便多说什么，只是神情淡然，心里不是滋味。

明人后来悄声询问T区长："他是你什么时候的学生？"T区长哈哈一笑："我上次受商会之邀，给他们讲了几课，他都参加了，就一直称我老师了。怎么，我这老师名不副实？"

明人笑道："哪里，只是我做他老师，就沽名钓誉了。"他还没说完，酒会正式开始了。

2020

小轮子和大远方

万 芊

　　李远从小喜欢轮子。他喜欢砖轮子，喜欢木轮子，喜欢铁轮子，喜欢橡胶轮子。凡是能够转动的轮子，他都喜欢，而且是那种如痴如醉般的喜欢。他曾用最简单的工具，打磨了四只砖轮子，装在家里一只小木凳上，然砖头毕竟禁不起折腾，没多久就破碎了。他也曾用爹的木工工具，制作了一副木轮子，木轮子装在小凳子上，坚固耐磨多了，这让李远特兴奋。

　　李远的大舅是陈墩镇农机厂的钳工，见小小的李远如此沉迷于轮子，便把厂里几个报废的旧轴承偷偷带回家送给李远。李远第一次见到如此精美的铁轮子，简直乐疯了。李远前前后后花了半个月的时间，把三个轴承装在自己常坐的那只小木凳上，一大两小，一前两后，还动足脑筋，给这只有轮子的木凳子装上了驱动和制动的装置。这一年，李远九岁，读小学二年级。

　　李远是个双腿残疾的男孩，从小患有小儿麻痹症，两条腿严重萎缩，走路得拄双拐，还挺费劲。自从小木凳子装上轮子后，李远似乎多了两条腿，他不用爹妈背着上学了，别人推着小凳子就行。短距离的路，他自己驱动着来去自如。李远有了自己专用的交通工具，同学们都挺羡慕，几个要好的同学专门和李远结伴同行，那带轮子的小木凳子也真精巧，一推就动。所有的人见了，都夸李远心灵手巧。

　　这样带轮子的凳子，李远做了一只又一只，越做越精巧。他把别人家丢弃的童车的轮子卸下来，装在爹请人做的椅子上，那轮椅又结实又耐用。李远还专门为自己设计制作了一款多轮的能够在别人的帮助下爬楼梯的轮椅。那年，他十九岁，读高三。

　　高考时，李远报考的是交通院校的物流专业，同学们一个个惊诧不已。后来竟然考取了。

　　大学毕业后，李远没有去任何一家物流公司投简历找工作，他买了辆人家淘汰下来的二手四轮残疾人摩托车，加入了送快递的行列。他嘴快手勤车轮更快，送快递送得还算顺溜，他享受着四处奔忙的感觉。

　　送了半年快递，李远跟爹娘说，想把那套爹娘给自己准备的旧房子卖了，买一辆大货车跑长途。爹娘知道儿子的心思，没说什么。李远终于有了第一辆属于自己的大货车。看着大货车一个个崭新的齐腰高的大轮子，李远情不自禁地吻了一下。李远请了名年轻的司机，问，愿意跑长途不？司机说，我就想满世界跑跑看看。李远说，正合我意。司机只管开车，李远随车管后勤、接洽生意。李远特别喜欢跑那种上千公里甚至更远的长途，尤其是那种人家不愿意跑的又远又偏的单子，李远总是很乐意地接了，随着司机开开心心地去，快快乐乐地回。李远的微信朋友圈里，是满眼天南地北的实景照片：大兴安岭、塞北草原、川藏公路、北部湾、中原大地、江浙沪、黄河入海口、广东沿海等。一处处实景照片，让那些在公司里整天忙碌的同学们羡慕不已。

　　过了一年，李远用爹娘的房产证抵押贷款，买了第二辆大货车，又请了两名司机，吃住在车上，天南地北地跑。李远是学物流专业的，他总是有一些比一般人更好更多的点子，短短两三年时间，竟然取得了很不错的业绩。有人主动提出带资加入他的团队。就这样，李远的车队渐渐有了规模。与其他公司不同的是，李远一直随车队东奔西跑。车队里所有的事，不用部下请示，总会在第一时间得到妥善处置。司机们的生活，李远也总是安排得井井有条。有几次现场处置突发事故，对方事主、交通警察一看见坐在轮椅上或拄着拐杖的李远在那里拿主意想办法，人家就先服了，再难的事也能顺利解决。

　　后来，李远在网上认识了一位性格直爽的内蒙古姑娘，聊得挺好的，两人都相见恨晚。李远问她，我腿脚不方便，你介意不？姑娘说，不介意，你有轮子。姑娘问，我在远方，你介意不？李远说，我有轮子，我喜欢远方。三天后，李远带车队绕道五百多公里，赶到了姑娘的老家。姑娘一见，乐了，带着户口本随着车说走就走。几天后，李远带着姑娘回到江南的家，李远的爹娘见了，更是乐得合不上嘴。只是，李远和姑娘办了婚礼后没几天，就带着姑娘又随车远行了。

　　司机们跟着李远走南闯北，都说李远到哪，好像公司就到了哪、家就到了哪。

2020

回家过年吧

庞滟

　　进腊月门的小北风脾气见长，一天比一天厉害。陈老汉如同经了霜冻的老白菜，一天比一天发蔫。自从老伴前年去世后，他害怕过年了。

　　老伴在时，儿子和闺女还回家过年。看着影儿，听到声儿，心里也舒坦。两个孩子从小就惧他，像老鼠见猫。他对闺女不待见，总觉得替别人家养了媳妇，怎么算都是亏；对儿子恨铁不成钢，两个人见面就吵。不管怎么吵，他还是疼儿子——没黑没白地土里刨食、水里捕鱼，挣来的钱都拿去培养儿子上大学了。

　　当官的儿子倒是给他脸上贴了金，忙得没时间回来看他，经常寄回一些高级食品和用品。他见人就显摆："看看这贵重东西，多好啊！都是我那当官的儿子孝敬老子的。"

　　去年，他早早给儿子闺女打电话，让他们早点回家过年，年货都预备好了。年三十那天，两个孩子都没露面——儿子陪岳父一家人去国外旅游了；闺女说，过年忙着卖菜回不来，等过了十五再回。

　　他怕村里人笑话他是空巢老人。一个人坐了最慢的火车，晃晃悠悠来到儿子的城市。他没有走出候车室，蒙头盖脸窝在冰凉的椅子上，啃冷馒头，躺到初五才踏上回村的路。望着城市喧嚣的烟火，他想到了野地里遗留的候鸟，身体里流窜着冬天的风。临走前，他买了满满一兜子糖果，大街上都是亲热团聚的老老小小，迎着风的他直想淌眼泪。

　　回到村里，陈老汉一脸张灯结彩，逢人就散烟发糖，喜气洋洋地说，在儿子家过的年，天天大鱼大肉都吃腻了。城里人放的礼炮那个好看啊，欢天喜地闹腾个没完呀。村里人都夸他养了个好儿子，这让他憋屈的心敞亮起来。

　　今年，陈老汉提前两个月给儿女打电话预约过年。儿子声音嘶哑，说了句"再说吧"，电话挂断了。他气得跳脚直骂："不孝子，不就当个小官吗，脾气还长得没边儿啦，老子话都敢不听了？"

　　闺女还是那句话："到时看吧，过年可能又回不去了，年后抓个时候回去，多补一些钱给爸。"他气得火冒三丈——我不差钱啊！

年三十这天。他把屋子烧得暖烘烘的，把老伴的照片擦得亮亮的，盼着两个孩子能回家过年。一个月前，他又下了最后通牒，命令儿子必须回家过春节，告诉闺女，卖菜的钱别计较，我补给你。

日头过了中天。频频闯进北风里的陈老汉，连儿子闺女的影儿都没看到。他压住火，给儿子家打去电话，低声下气地说："我说啊，你们都回家过年吧！再忙，也要一起吃顿团圆饭再回去啊。"

儿媳妇接了电话，不高兴地告诉他，不能回去过年了——你儿子被临时派遣到外地处理紧急工作了，你孙子太小，大冷天的不敢带到乡下去。

陈老汉望着一屋子年货唉声叹气，找来一辆车赶往小镇的闺女家。这一路，他想起曾对闺女的种种不好，亏欠了那么多父女感情，一颗心像掉进冷水里，难受得心慌气短。

闺女还在菜市场卖菜，姑爷子坐在轮椅上，在弯腰替买主刮鳞剖鱼。两个七八岁的娃，鼻涕拖得老长，用冻红的小手摘着烂菜叶子，帮忙理顺捆扎。陈老汉颤声呼唤两个孩子，一家人都陌生地望着他，如在梦里。闺女结婚后，他还是第一次登门，这场景是他始料不及的。

不算丰盛的年夜饭，陈老汉和闺女一家人吃得很温馨，他愧疚的心被暖化了。晚饭后，一家人出去放烟花。陈老汉看着热闹的街景，热闹的人群，想到空荡荡的房子，想到忙碌的儿子，他低下头去，抹着眼睛。

闺女偷眼看着他，哽咽着问："爸，我哪又做错了吗？您打我骂我都行，您别这样，让我心里难受啊！从小到大，我都不争气，还嫁了个穷人。孩子他爸半夜去拉菜，翻车把腿砸坏了，没敢告诉您，也不敢回家过年，怕给爸丢人啊！您放心，他的腿开春就能好了。"

"闺女啊，是爸爸错了，你没错！三十年前，你们需要爸爸时，我没做好。现在你们不需要了，我偏要做爸爸，都怪我不好。不管穷富，一起过年就好！"陈老汉的眼泪又冒了出来。

小外孙女跑过来，仰起稚气的脸，骄傲地说："姥爷，我今年考了双百分，长大也像大舅一样，给姥爷和我妈争气！"

"孩子啊，只要好好做人，学点真本事，一家人活得舒心就好！"陈老汉抱起孩子，抹着眼睛笑了。

大年夜的鞭炮声越来越响，父女两人抬头看着多彩的夜空，追寻一簇簇烟花升起又落下，都努力地笑着。

命 运

戴 希

西琴在池塘里生活得很自在，要不是那天瞥见了一条肥美的蚯蚓在水中晃动，要不是那天它游过去张口就咬那条蚯蚓……可是晚了，悲剧立马发生。它的樱桃小嘴被一个凶残的鱼钩钩住，在一阵锥心的疼痛之后，鲜血汩汩流出。它想挣脱，可无济于事，它只好认命，眼睁睁地被拖出水面。到了岸上又被垂钓者信手扔进深深的鱼篓里……

南大街菜市场，一位老太太左看右看，流露出满意之色，毫不犹豫买下西琴。

老人家，求求您发发善心，放我回家吧，家有父母和兄弟姐妹，我舍不得它们，它们没有了我，恐怕都活不下去了。西琴在菜篮子里哀求。可老太太听而不闻。看来死里求生是不可能了，西琴索性闭上眼睛，任命运的安排，油煎也好，炖汤也罢，怎么死都是死，早死早托生。

老太太急匆匆地来到池塘边，这池塘正是西琴的家。老太太一边鞠躬一边祈祷，然后小心而迅速地把西琴放入水中。西琴想，我的运气真好！它一个猛子扎进水中，很快又腾空一跃跳浮出水面，向救命恩人深深地鞠了一躬。游走后又回头，看到救命恩人还在水边祈祷，救命恩人慈眉善目的模样永远定格在它心灵的深处。

西琴绝处逢生，回到家里，一家子喜极而泣，但全家老小既庆幸又心有余悸。教训深刻，教训深刻啊！西琴的父亲长叹。西琴的母亲沉思道，俺们可不能好了伤疤忘了疼，一定要火速提醒沾亲带故的觅食时千万千万要力戒贪心，认真分辨食物与诱饵，高度警惕那不易察觉的细牢的丝线和丝线下隐藏的残忍。

西琴的亲身经历和深刻教训一传十，十传百，很快整个池塘里的鱼都长了见识，个个变得精明如猴。从此诱饵再鲜再香，再美轮美奂，鱼儿只是驻足远观，看看，但绝不咬钩，充其量轻轻地触碰一下诱饵立即潜水，以此调戏盯着浮标的垂钓者。

2020

　　高兴而来，空手而归。垂钓者不爽，池塘里的鱼类却很得意，还有些鱼儿甚至在挑衅。它们觉得和垂钓者玩玩这种有惊无险的游戏也是一大快事。殊不知，垂钓者是为了享受乐趣而来，钓得多少鱼倒在其次。没有收获的日子多了起来，垂钓者就没有耐心，更没了面子，他们恼怒，甚至大骂池塘里的鱼个个成精了，要想办法收拾它们。

　　这天，垂钓者拿一张渔网在池塘里撒，渔网拖起，被网住的鱼比被钓住的鱼不知要多出多少倍。鱼们心中就生出空前的惶恐。这种绞杀几乎天天发生，危险无时无处不在，怎么办？它们绞尽脑汁就是想不出锦囊妙计。池塘的鱼们还没有想出对付网捕办法的时候，又有人用电来电鱼了，这是要让我们断子绝孙啊。西琴看到今天这种局面，后悔自己侥幸逃脱，后悔自己死而复生，后悔自己教育同类。西琴在悲观绝望之下，选择了自杀，接着西琴的父母兄弟姐妹一个个自杀。池塘里的鱼们也都无可奈何地纷纷自杀，水面上到处漂浮着鱼的尸体，散发出刺鼻的腥臭味。这下岸边的捕捞者愣住了，他们目瞪口呆……

　　也许垂钓者是在警示我们，如果垂钓不能如愿以偿，他们就改用网捕电击来捕获我们！会上一中年鲫鱼这样猜测垂钓者。会议主持者一条老鲫鱼当即建议，只要他们再来垂钓，我们还得上钩。可上钩就等于送死！有年轻鲫鱼哀叹。也不一定！万一遇上行善者放生呢？西琴不是回来了吗？西琴那是运气好，不是每条鱼都有西琴那样好的运气。即便如此，这样也可让他们不再撒网或电击我们，每天上钩一两次，这样可以减少死亡。鱼们在会上积极发言，献计献策。最后鱼首领皱皱眉说，道理是这样，可让谁自愿上钩？这是其一，其二我们要尽快找到绝对安全的好办法。

　　一条老鲫鱼站起来大义凛然地说，要不这样吧，不如让我们老鲫鱼先上钩吧，老的先上，爱护年幼鲫鱼是我们的责任，我们老了离坟墓更近一些。鱼首领面露难色地说，这……这……这……老鲫鱼坚持己见地说，只能这样，为了整个鱼类的繁衍生息。好吧！鱼首领沉默良久，说这终归不是确保我们安全的最好办法。大家再好好想想，能否找到让我们不受侵害的锦囊妙计。鱼们绞尽脑汁，群策群力，办法终于有了。

　　果不其然，网捕几天之后，垂钓者又开始尝试垂钓。鱼类又开始咬钩。鱼一上钩，垂钓者又不撒网和电击了。终有一日，无论网捕还是电击，垂钓者再也见不到鱼的踪影，垂钓者纳闷，池塘里怎么没有鱼了呢？

那次鱼们开会后，它们万众一心，众志成城，筚路蓝缕，前赴后继硬是在水底开凿狠挖，于池塘地下深处建起新的家园。它们组建了侦察兵，昼夜侦察不敢大意。一有危险立即报警，一有警报立马潜入地下城池，待警报解除又回归池塘。为了这一天的到来，它们牺牲了整整一代老鱼，但过上了太平的日子。

尽管是池塘，但地块好，它们万万没有料到，太平的日子没过多久，池塘就被人填平建起一座高楼大厦。开发商哪管池塘里鱼们的命运？他们大肆宣传他们的楼市，激起人们的抢购风潮。若干年后，鱼们都成了化石……

2020

一个人的钢琴声

许心龙

理查德·克莱德曼，他一提这个名字，他夫人就笑话他，说真能耐，就记住了这一个外国钢琴家的名字。

夫人也知道，他对理查德·克莱德曼情有独钟，连他的手机彩铃都是大师的钢琴曲《致爱丽丝》。手机不知换了多少个，可彩铃一直是《致爱丽丝》，百听不厌。他说听德曼兄的钢琴声，提神健胃，神清气爽，胳膊大腿有使不完的劲儿，打篮球抢篮板，一蹦三尺多高，十多秒还落不到塑胶上。可惜，手机彩铃响的次数不多，换句话说，打他手机的人少。因为他只是一个科员，无职无权。他曾私下里嘱咐夫人没事时也一天拨打几次电话，他光听铃声不接通。

然而，突然变了，他的冬天结束了，春天来了，百花竞相开放。

突然，钢琴曲《致爱丽丝》在裤子口袋里弹奏开了。他顿时浑身通泰，闭目欣赏了足有10秒的曼妙弹奏。手机屏上一串陌生的数字在闪烁。他优雅地止住了大师的弹奏："喂，哪位？好好好好！"

原来是一个重要部门的带"长"字的平时联系不多的人，亲自说情免罚单的："吴队长，一个朋友的车，能免一百是一百吧。"

哦，忘了介绍，他是管理城市的人，中队长有一百块的豁免权。

突然，大师又弹奏开了。听这首曲子真是享受！在欣赏中他猛然醒悟，这位大牌钢琴师的弹奏明显比先前频繁了。原来是某开发部项目李经理说情免单的。一百块钱对他来说还是钱吗，值当亲自打个电话？

突然，熟悉的钢琴曲在副驾座上弹奏开了。这次他直接挂了电话。好像有点心烦。

不久的一个饭局上，他与那个李经理一对一喝着纯生啤酒。李经理说，免多少，那不是钱的事，是说情人的脸面，也是人的社会价值的体现。他笑笑。李经理又提到一个人，让他一下子抖洒了杯子里的啤酒。因为这个人曾不止一次找他"免一百"。李经理说，这个人昨天下午出事了，听说有两千万的事。他咕咚一口啤酒咽下肚，一时算不清一百占两千万的比例。

某天，他向大队长提了一个建议。没想到大队长爽快地点了他肥硕的大头。当时，大队长一愣："你嫌权小？！"他说："我受够了一边是清纯的钢琴声，一边是充满狡诈的交易！"

他这个建议是——取消中队长的一百元豁免权。

后来，听说不少中队长对他颇有微词，也是他预料之中。

没了豁免权，轻松自在又回到了他的生活。只是没想到，他很快被调到另一个部门，孤零零仨兵，天天闲得跟苍蝇说话，举着的蝇拍都不舍得落下。有时他望着静静的手机保持沉默。德曼兄如水一样的钢琴声还得靠亲爱的夫人适时地馈赠几次。

这天中午下班前他伏案瞌睡了一会儿，做了个梦，又拥有了那一百块钱的豁免权。当然是大队长恩赐的权力。只是大队长的恩赐他还没来得及启用，梦就醒了。是楼道传来的仓促的踢踏声惊醒了他。他迷迷糊糊打开办公室的防盗门，突然一个披头散发的女人冲了过来。他一趔趄。

下午下班前一分钟，他的手机冷不丁发出了钢琴声，清晰起伏，大珠小珠落玉盘。他正想耐心听会儿，斜眼一看是大队长的手机号，忙滑屏接听。他没料到，大队长想要破例给他豁免权。

他稍一犹豫说："大队长，规矩面前人人平等，我不能坏了规矩。"

大队长有些意外，好久没吱声。

"大队长，我两眼白内障，看东西模糊得很，正想找您请假手术呢。"

"好！好！"

挂了电话。他长出一口气。他没想到听着德曼兄的钢琴曲，淡定了，从容了。

他抬手夸张地用座机拨了一个号码。他亲眼看着信号像一只喜鹊，从办公室扑棱棱飞出，绕着圈飞到中国移动，盘旋半个城市，又飞回到办公室，一头扎进眼前的手机里。黑色手机似点了穴位，一激灵叫响了。理查德·克莱德曼又激情地弹起了《致爱丽丝》。钢琴声中，他隐隐听到大队长喃喃自语："好同志还是有的嘛！"

2020

将军的眼泪

马新亭

小时候，爷爷是我的骄傲。爷爷不但是一名将军，还是一名参加过长征的老红军。每逢"七一"或"八一"，都会有学校请我爷爷去做报告。爷爷几乎是有求必应，临出门前，爷爷总要换上他那身有点破旧的军装，胸前挂满有点褪色的大大小小的军功章。爷爷腿脚不灵便，每次他都攥着我的手要我和他一块儿去。

到了学校，学生先给他戴上鲜艳的红领巾，再把他搀扶到学校礼堂的主席台上。他坐在一张桌子后面，面对主席台下黑压压的学生，声情并茂慷慨激昂地讲起来，讲述那些发生在革命年代，他和他的战友冒着敌人的炮火冲锋陷阵的感人故事。讲到动情处，台下的学生，有的脸上挂满了泪花，有的悄悄抹眼泪。爷爷讲到最后，总是叮嘱学生们，要珍惜今天来之不易的幸福生活；不忘抛头颅洒热血的先烈们，鼓励孩子们好好学习，天天向上。

爷爷有一个怪毛病，在学校礼堂的主席台上，无论讲战斗多么惨烈，环境多么残酷，从没见他掉一滴眼泪。可是等他回到家，就哭。有时泪如雨下，有时蒙头痛哭。

有一年，爷爷病了。学校又派人请爷爷去学校做报告。家人担心爷爷身体不好，不让爷爷去。爷爷从床上爬起来说，我身体没事，小毛病，讲一年少一年了，我去。爷爷照例穿上破旧的军装，挂上大大小小的军功章，去了学校。

从学校回来后，爷爷刚坐到沙发上，又哭了起来。只是，这一次比任何一次哭得都狠。我忍不住走过去抱起爷爷一条胳膊说，爷爷，你咋每次回来都哭呢？爷爷这次忽然说，孙子，你想知道我为啥哭吗？我点点头说，想。爷爷抹把眼泪扭头看着我说，可不许说出去。我狠狠地点点头说，行。

爷爷又抹一把眼泪说，这件事发生在爬雪山过草地后不久，我们的部队遭遇到一股围追堵截的敌军，战斗打得异常惨烈，我们团负责阻击敌人，掩护大部队前进。打到最后全团只剩下我和团长了。不知道大部队走到了哪里，敌军的援军正往这里赶。团长受了重伤，没法走路，我只能背着他行军。团长说，敌军越来越近了，放下我，你走吧，别让我拖累了你。我说，不丢弃伤病员是红军的传统和纪律，我怎么能扔下你不管呢？团长说，多活一个人就是为革命多保存一粒火种。还没说完，团长昏了过去。这时，在公路远处出现了一个赶脚的，走近后，看见一个中年男人，背着褡裢，牵着一头毛驴，毛驴背上驮着两袋子东西。我跑上去抓住了缰绳。那个人也紧紧攥着缰绳，不肯放手。僵持了一会儿，我说，放手，放手。那个人哭着说，这头驴是我家的命根子，没了这头驴全家就没法活了！我犹豫片刻，看了一眼躺在地上的团长，用黑洞洞的枪口对准那人说，再不松手，我可要开枪啦！那人放开手一溜烟似的跑了。我在后面喊道，老乡，你家住哪里？我们以后会还你毛驴的！那人已跑得没影了。我把团长抱起来，放到驴背上，牵着毛驴去追赶大部队……要没有那头毛驴，我和团长要么被俘，要么被打死。后来团长当上了将军，再后来我也当上了将军。

我插话问道，你们以后没再去找找那人吗？

爷爷叹口气说，新中国成立后，我和团长都去找过，找了很多次也没有找到那人。这也就成了我一辈子的心事，一想起来我就忍不住要哭，忍不住掉泪。我老是想，那个被我抢了毛驴的老乡，后来怎么样了？他全家怎么生活？都活过来了吗？他去了哪里？

没想到那竟是我爷爷，也是将军，最后一次哭。几个月后，爷爷去世了，临死时，爷爷沟壑纵横的脸上布满老泪。

励志课

袁炳发

天已经黑了。

老孔下班回到家，撂下公文包，媳妇就把饭菜端上来。老孔看着盘子里的鱼脸色立马变了，媳妇赶紧低下头不敢吱声。

老孔神色严肃地端起盘子，倒进厨房的脏水桶里，然后把几个孩子叫到跟前，严厉地说，这鱼不能吃！

鱼是单位同事彪子送来的，他和老孔一个科室，双职工一个孩子，生活条件不错，他是想帮老孔一把。开始的时候老孔也没多想，觉得彪子有一颗善心，同事之间相互帮助那也是应该的，在这种心理的驱使下，业务上老孔也没少帮助彪子。

两人的关系越来越好，隔三岔五的，彪子总带一些东西去孔家；孔家的几个孩子对彪子也特别亲切。如果赶上礼拜天彪子便留在孔家吃饭。

可渐渐地，老孔发现了问题。他的几个孩子对彪子的帮助有了依赖心理，要是彪子几天不来，他们都很期待，好像接受一个人的帮助成了理所当然的事情。

那天夜里，老孔的眼前不断晃动着几个孩子的身影，他们期待的眼神，让老孔内心惶恐不已。

月光隔着窗子进入屋里，仿佛打在老孔脸上的巴掌，他怎么也睡不着了。

第二天，老孔把自己的想法直接对彪子讲了，他告诉彪子以后别再帮他了，他现在的家庭状况虽说不好，可还能生活下去。

彪子认为老孔这是小题大做，纯粹是吃饱撑的。就连老孔的媳妇也不以为然。

后来彪子再送东西的时候，便背着老孔，几个孩子和老孔的媳妇也背着老孔。可时间长了老孔还是知道了，这让老孔内心十分苦恼。

彪子对老孔说，我们是朋友，难道帮助不应该吗？

老孔觉得跟彪子是解释不清了，他为了躲避这种帮助，后来干脆从北市区搬到南市区，从北到南几十里地，来回一趟挺麻烦的。彪子知道老孔是在躲避自己，自然很生气。他认为老孔那些所谓冠冕堂皇的理由，说到底还是没有瞧得起他这个朋友。就这样他们的关系也渐渐疏远了。

老孔的媳妇没有工作，就老孔自己挣钱，随着几个孩子长大，陆续上学，老孔家的生活比以前更困难了。

但无论生活怎么艰难，老孔的脸上始终带着笑容，他觉得人活着最重要的是心情，上帝绝对不会因为冬天寒冷，而让春天提前来临。

距离孔家居住的南直路有一个很大的斜坡，一到礼拜天老孔便带着几个孩子在斜坡上帮助过往的畜力车辆推车，一天下来挣的钱足够一周买菜的了。小儿子只有八岁，推车的时候小脸憋得通红，可是他跟在父亲和哥姐后面从不退缩。

时间长了，老孔的精神意志自然感染了孩子们。他们很努力，后来都相继考上了国内知名度很高的大学。

老孔也因为工作突出被提拔当上了科长。这时候的彪子早已经调到另一家单位，因为能力不够一直还是个小科员。老孔几次打电话给彪子要和他聚聚，可都被彪子拒绝了。

想不到的是时隔不久，老孔所在单位招人，而彪子的儿子刚从一个不怎么样的大学毕业，他想让儿子去自己原来的单位，只好去找老孔。

老孔说，你过去没少帮我，可这事儿我没法儿帮你，要想进咱们单位只有参加考试！

彪子当时就急了，说要参加考试我找你干啥？

说完这句话，彪子也不听老孔解释，转身走了。

后来彪子的儿子参加考试，在第一轮笔试便被淘汰了。老孔虽然觉得自己没有错儿，可心里很不是滋味儿。

那天，老孔亲自登门去谢罪，彪子连一杯茶都没倒。他一脸不悦地低着头，好像根本不认识老孔一样。

老孔说，没能帮上你的忙，是我对不起你，但我必须跟你说真话，把孩子交给我吧！

彪子神色迷茫地看着老孔没说话。

老孔接着又说，在我心里你一直都是我最好的朋友，你的孩子也是我的孩子！

转年，在老孔的辅导下，彪子的孩子如愿地考进一家政府的大机关。

彪子十分惭愧，他终于明白了老孔当年为什么拒绝他的帮助了。

等待失主

司玉笙

老头儿已经连续三天在这儿等人了。

其实，他所要等的人他并不认识，只是两幅照片的失主。这照片是他在这条名为合欢路上的一个移动垃圾箱里扒拉出来的，均镶有精致的玻璃镜框，约一尺见方。从垃圾箱里提溜出来时，镜框是在一个塑料袋里，与废纸、旧笔记本等混杂在一起……

自退休后，老头儿不知怎么迷上了废品。每天走合欢路晨练时，都会到这垃圾箱瞅瞅。晨练回来，手中提的不是文具书籍，就是废纸，还有八九成新的衣物等，俨然是一个打劫回来的浪人。老妻见了，嗔道，你捡这些破烂干吗，咱家有些东西还得往外扔哩。

你不懂，多好的东西都当垃圾扔了……

老妻说不动他，又撺掇女儿劝。

爸，咱家不缺钱，你不嫌丢人我们还觉得脸发臊哩？

发啥的臊？浪费东西看似不丢人，实际上是等于犯罪。

就算不丢人，天天拾来那些东西你往哪儿放？

有地方，有地方。

他家住一楼，带个小院，还有一间放三轮车的小房子。拾来的物品，老头儿都会细心地分类整理。衣物鞋袜打捆打包送到一里外的"爱心捐衣箱"内，其他的积攒到一定的数量便拉到废品收购点换取现金。文具和书籍是他最钟爱的，清理干净放到小房子里。遇到喜爱的书籍，将边边角角抚平。掉了封面的，用漂亮的硬纸再封一个，并写上书名，注明哪年哪月哪日拾于何处。包装好了，坐在院子里，仔细地阅读，还在本子上记什么。

老妻有时对回家的女儿说，你爸啥也不热，就热那些垃圾，喊他吃饭，连瞧都不瞧我一眼，有病了哩。

女儿笑道，那不是病，是癖好——总比打麻将强。

2020

是的，老了老了多了这一癖。

听到妻女的对话，他冷不丁地插了一句，世人都有这一癖就好了！

玻璃镜框被带回后，他仔细地将它们擦拭干净，一对老人的合影便清晰地显现出来。另一幅是"全家福"，老老少少五个，是四十年前拍的，黑白照。从中依稀可以辨认出坐在前排的就是这对老人中年时的容貌，且个个都面带自然的微笑。再看看那老年时的合影，尽管是彩照，可那微笑竟没了。

怎么能将老人的照片丢进垃圾箱？是粗心大意，还是发生了什么变故……

翻翻那笔记本，有字的都被撕掉了，也没线索。他的眉头皱起几道浅浅的弯沟，心想，一定要归还失主，一定！

次日天刚亮，他便骑着三轮车出去，到那垃圾箱附近等待。

这条路不是主干道，很僻静，过往的车辆行人不多，只有那个年纪偏大的女性环卫工在合欢树下忙绿。他将照片挂在车把上，而后不由地向垃圾箱走去。忽又停下，转身回到车前，守着照片原地转圈儿跑动。

太阳升高了，路上的行人渐多，他们急急匆匆而过，没有一个人注意到镜框。等到上班时间，一个骑自行车的年轻人瞥了照片一眼，下了车倒回来，问，老先生，您在寻亲？

不是我，是他们在寻亲。他指指照片。你认识不？

年轻人眯了眼凑近了看，摇摇头，走了。

这一整天，除了那个年轻人问问，再一个就是那环卫工。

第二天有三个人问，其中一个与女环卫工年龄相仿，近七十了，戴副宽边眼镜。她本走过去了，忽像发现了什么，摘下眼镜过来瞅照片。瞅着瞅着，一滴亮晶晶的老泪便溢出眼角。

这位大姐，照片上的人你认识？

女人摇摇头，跷出一根手指抹去泪珠。看看他，说，真像我二姐……

是二姐的就拿走呗。

我二姐陪护我父母一辈子，从未嫁过人……

说着，低泣离开。走了几步，悲声大放，看得他也禁不住泪下。

第三天，他将三轮车停在距垃圾箱较远的一个单位家属院大门旁，以防众人误将他当作拾荒者。可等到傍黑，也没有人往那照片上多看一眼。而他的三轮车上，不知啥时候堆了不少纸箱子等。他也记不得是谁往这车上丢的，他也不敢翻看，怕再发现被丢弃的照片。

此时，身边多了一个人，是女儿。

爸，回家吧，我妈做好饭在家等你哩。

哎，三天了，还是等不到失主……

爸，这世上有很多失主，你可能永远找不到他们……明天你还来吗？

来！

下雨了，是清明雨。

2020

一个喜欢我的人

白旭初

标题的这七个字是柳城著名作家吴逸飞在他的散文集里说的。

吴逸飞去世快一年了。他妻子陈冬华在绵长的思念中，每天都要翻翻他的诗集、散文集。一次在阅读他的散文《乡思》时，忽然看到了这样的句子："我曾对一个喜欢我的人说，我死了，你有空就到诗墙公园我那首诗下，放一枝鲜花，我就知道是清明了。"

陈冬华觉得好笑：我就是喜欢你的人呀，作为妻子，清明去祭奠亡夫是天经地义的事，谁不懂啊？有必要写进文章，用商量的口气征求意见似的提出"有空"才去"放一枝鲜花"吗？

陈冬华与吴逸飞结婚25年，一直相敬如宾，没拌过嘴，没干过架。吴逸飞见多识广，每日说些逸事趣闻让她开心，枕边软语更是如山泉小溪，清澈而悠长。

回忆往事，陈冬华心里暖暖的。当她回头重读一遍那些句子时，一个念头猛地跳进脑海，她惊住了——吴逸飞什么时候对自己说过这话？她使劲地想呀想，没有，肯定没有。

这似乎是吴逸飞对另外一个女人的嘱咐呀！这又是一个什么样的女人呢？

陈冬华内心像大海的一股暗流，表面平静，却波涛涌动。想一想丈夫在世的所作所为，她马上就平静下来，她想，故人已逝，恋情已了。她好奇的是，那个女人真会记得去送一枝鲜花吗？她决定清明去会一会那个喜欢她丈夫的女人。

吴逸飞的诗《沅江》镌刻在诗墙上，陈冬华是知道的，也随丈夫到诗墙公园散步看过几回。

诗墙公园是柳城一大景观，坚如磐石的高墙汛期可保城内安康，洪水退去，城墙外芳草如盖，绿树成荫，是市民休闲的福地。更有一千五百余首古今中外名诗妙词佳赋镌刻在长约三公里的外墙墙面的大理石上，蔚为大观，被誉为世界一绝。

清明说到就到了。

本地有个习俗：最佳扫墓时间是清明的前三天和后四天。也就是说，陈冬华要见到送花的女人需要七天的守候。

前三天不是假期，陈冬华请的事假。人海茫茫，她怕错过那个女人，还带了矮凳、点心和水，像个便衣警察样不放过任何一个适龄的女人，结果，在诗墙《沅江》这首诗下面驻足的人虽有几个，竟然没有女人。

又过了三天，陈冬华仍然无功而返。

陈冬华有些沉不住气了，她想：这个女人太薄情寡义，那么爱慕你、你也喜欢的人，说忘就忘了？！

转念又想：这个女人也许觉得与他阴阳两隔，没有必要兑现毫无意义的承诺。

即便如此，陈冬华还是不死心，她要坚持到最后一天。

这是一个天空阴云很厚的日子。一大早，陈冬华就立在了诗墙《沅江》诗的下面，附近没人，她便轻声吟诵起诗句：

小城，偎着沅江睡了，睡得很甜很甜，

水里，半明半暗，半江灯火

半江山……

诗没念完，她感觉身后有人，回头看时，那人刚好擦背而过，是个女人：步履匆忙，穿坡跟鞋，牛仔裤上面是黑色风衣，披发过肩。

陈冬华跟上去，要看看女人脸辨女人年岁。

眼看要并肩了，忽然大雨如注。

在江边过道漫步，在空坪舞蹈，在树下歌唱，在花草旁弯腰踢腿的人，一瞬间，都飞奔到了诗墙防雨防晒的墙顶宽檐下。

躲雨的人把陈冬华和黑风衣女人一下挤散了。陈冬华在拥挤中穿插绕行四处张望，哪里还有穿黑色风衣女人的身影！

陈冬华不罢休，又到更远的地方去寻，连穿黑色衣服的人也没看见。心下着急又失望：七天白等了！

雨，来得匆匆去得也匆匆。躲雨的人四处散了。

陈冬华十分沮丧，也想和散去的人一样回家去，走到进城的闸口时，她又停了脚步，不能回去，七天时间还没完呢！

陈冬华慢慢往回走，诗墙下的过道上已空无一人。快到《沅江》诗的地方时，她看见一个小男孩从跨墙楼梯通道上下来，径直跑到《沅江》诗的下面，捡起一条小手帕就走。

陈冬华问，小朋友，谁的手帕？小男孩边爬楼梯边答，我妈妈的。

陈冬华看见了墙脚边赫然卧着一大朵明丽的玫瑰花，在黑色的诗墙边显得特别耀眼。她顾不得惊讶，连忙追上小男孩，大声问，你妈妈是穿着黑风衣的吧？小男孩已爬完了楼梯，扭头问：你认识我妈妈吗？

陈冬华来不及回答，喘着粗气爬上有行道的墙头，小男孩已不见踪影。

当天下午，陈冬华来到吴逸飞的墓碑前，摆上苹果、馒头等祭祀品和一大束菊花后，又从硬纸袋抽出一枝玫瑰花，花朵很大很鲜艳。她把花送到吴逸飞戴着眼镜的眼前，哽咽着说：死鬼呀！你人不在诗墙公园，看不到的花，我给你带来了。

她揉了揉眼，又说，只要你高兴，我一点儿也不恨她……

二十年如一日

何葆国

夫妻俩难得一起吃晚餐，便唠唠叨叨的满是话语配饭，菜也忘了夹——当然主要是晓瑶在说，天南海北漫无主题，老邱偶尔抬起眼睛看她一眼，然后嗯的一声。晓瑶只吃了小半碗饭便收起碗筷，说："能免费入城市户口，多好啊，可是下午我听说他却跑了，不告而别，打电话也打不通……"

尽管晓瑶说得没头没脑，老邱还是一下听明白了。市里几家传统媒体和新媒体这几年合办一个评选活动，叫作"最美的外来务工人员"，初选后在网络平台上投票，市政府非常重视，当选者可以获准迁入本市户口，成为本市的正式居民，这对外来务工人员很有诱惑力。晓瑶是市日报资深记者，此前采访过环卫工简土根，她向保洁公司提议，推选简土根为候选人，公司领导说这家伙是不错，到公司二十年了，过年都没休过一天。晓瑶根据公司提供的材料，又找来简土根采访了一遍，虽然简土根木讷少言，没说上三句话，但是晓瑶摇动生花妙笔，还是洋洋洒洒写了千把字的文章，就叫作《二十年如一日》。文章发表后，简土根也通过初选，成为"三十选十"的候选人之一。就在这时，简土根给晓瑶打了个电话，要求把他撤掉，他不想参加评选。晓瑶很不解，说难道你不想在这城市有个正式户口？简土根在电话那头沉默了一会，僵硬地说了三个字：我不要。今天上午评选正式揭晓，简土根得票数第五名，晓瑶想打电话向他道贺，却发现电话关机了，不久公司领导就来电告知，这个简土根突然失联了，这可是从未有过的事情。

"二十年如一日……"老邱突然满脸正经地看着妻子，嘴里念叨着，好像对这个词产生了某种疑惑。

"是呀，你说，辛辛苦苦干了二十年，现在也算有了个回报，他却跑了……"晓瑶说。

"跑了？为什么跑了？"老邱端着碗愣住了。

"我也不懂，好奇怪，多好的机会……"晓瑶叹了一声说。

老邱放下饭碗，说："晚上我还是到局里加班。"

"刚才不是说今晚不用了吗？"晓瑶问。

"我临时想的……"老邱没说完，匆匆就离开了家。

第二天早上醒来，晓瑶发现老邱还没回来。通宵加班，对他这个工作狂来说，也算家常便饭。她打开微信，跟在外地读大学的儿子视频聊天。儿子问老爸呢？她说，加班，没回来。儿子笑了笑，说：二十年如一日。晓瑶一怔，说：你说什么？儿子说：二十年如一日啊。晓瑶猛然想起，二十年前老邱还是小邱，还在下面B县的刑警队，负责当地一个杀人案的侦破，但是那个案子一直没破，后来老邱调到了市局，心里还一直记挂着那个案子，儿子根据时间的推移，偶尔会打趣他说，十年（十五年、十六年、十八年）如一日。今年是第二十年了，昨天她也用到了"二十年如一日"这个词，当时就察觉老邱的神情有点异常，一时不明白他怎么会这样，现在总算是明白过来了。无疑，这个词触动了他的心弦，可是她说的是环卫工简土根啊，两件事完全不搭界。

刚来到办公室，晓瑶又接到环卫公司领导的电话，说简土根还是没有消息，一查他最原始的招工档案，也没有留家庭地址，只填个籍贯A县。领导在电话里大叹，可以转城市户口了，他居然不要。晓瑶刚放下电话，又一个电话响了。这是老邱打来的。

"终于，我把他抓住了……"电话里老邱抑制不住兴奋地说。

"你说什么？抓住谁了？"晓瑶惊讶地问。

"就是那个简土根，不，他真名叫作高土成，就是二十年前B县那个杀人案的嫌疑人，指模、DNA都对上了……"

"啊！"晓瑶惊得手机差点掉在地上。

"这次你们那个评选活动，他当选后听说迁入户口，要到公安局按指模、抽血验DNA，他怕了，干脆一跑了之——这么好的事，一般人怎么会跑呢？"

"这、这也是啊，我也奇怪，就没想到……"

"他二十年如一日，我也是二十年如一日啊，总算没有白费劲，感谢你那篇《二十年如一日》的文章。"老邱带着一丝诙谐的语气说。

晓瑶愣愣说不出话来。

灯 塔

刘建超

父亲名字叫海，名字叫海的父亲当兵前从来也没有见到过海。

给父亲起名叫海的爷爷也没有见过海。

父亲曾问过爷爷，海是什么？

爷爷指着村子里有个半亩地大池塘，说，江河湖海都是水，这池塘就是海。去，下海耍吧。

父亲光着屁股蛋子在池塘里扑腾，那时他以为，天下有水的地方就是村里的这一块池塘。

父亲参军，跟着部队南下。

首长问，你们谁能爬山？

父亲把手举得高高的，我从小就上山放羊砍柴，每天翻山越岭如走平地，没啥说！

首长又问，你们谁会游泳？

父亲把手举得高高的，我会。村里的海，我能一口气扑腾几个来回。没啥说！

父亲的两个没啥说，就随着部队的改编成了海军。他以为海军就是要上舰艇，开着军舰像开着坦克车。

父亲被派去学习航标灯和柴油发电机的维护和保养，他学得很快，成绩也好。学习结束，他被分配到远离大陆的小岛上，岛上只有他一个人，守着航标灯。

排长对父亲说，这个小岛你就是岛长了，所有活着的东西都归你管。岛上活着的东西就是空中的海鸟，滩上的海龟、螃蟹。

排长说，守护好航标灯就是守护好祖国的领土。能看到航标灯的地方都归你守护，小海，你要自豪呢。

父亲很自豪。父亲每天的日子就是在小岛上巡逻，给航标灯添加柴油。父亲没有一点的失落。

日子单调枯燥，父亲却喜爱上了这个小岛。父亲说，在守岛的日子里，他真的学会了游泳，学会了钓鱼，学会了和海鸟交流。

寂寞的时候，父亲就给母亲写信，每周来岛上送给养的船就成了他们传书的鸿雁。

父亲的书信封封都是海岛的说明书，岛的静，岛的动，岛的趣，岛的乐，没有半句岛的苦，岛的累。

他告诉母亲，坐在礁石上可以看到水中的游鱼，扎个猛子可以捞出红薯大小的海参，晚上睡觉，都会有螃蟹来敲你的柴门。

母亲被父亲的描绘迷乱了，带着红薯干炒花生到了海岛。母亲上岛的日子遇到了风浪，被颠簸的母亲把胆汁都吐出来了，船还是靠不了岛，就这样依稀地看到个人影在挥手。母亲没有上岛，她死心塌地要嫁给父亲。母亲说，那么艰苦的日子父亲都乐观地面对着，跟着这样的男人，靠得住。

排长带着送给养的几个战士，为父母亲举办了个简单又热烈的婚礼。

母亲留下和父亲相伴在孤岛上守候航标灯，两个人的世界把寂寞过成了快乐。闲暇，父亲教母亲游泳，在滩头捉螃蟹抓海参。他们把钓的鱼晾干，让给养船带回连队的炊事班。

父母最快乐的就是给未来的孩子起名字。两个人对孩子叫什么名字争执不下，父亲说，周一、三、五，叫我起的名，二、四、六叫你起的名，星期天咱俩一起带出来玩。

于是经常听到父亲喊着，海星、海带和我一起出操，正步走——母亲会说，岛儿、灯儿开始做饭喽。

母亲怀上我的时候，遇到一场特大风暴。

浓雾翻滚，暴雨雷鸣，海天像倒翻过来，几十米高的巨浪一排排咆哮着疯了般拍到岛上，航标灯都被震得摇晃。父母从来没有经历过这么大的阵势，有些不知所措，偏偏柴油机发生故障。

母亲说，这么大的风浪，不会有啥船只过往的，等风浪小了再上塔修理吧。

父亲背上工具包，不能这么说。上级交给我的任务就是维护好航标灯，首长说过，岛上的灯塔是国家主权的象征，一分钟也不能灭。

父亲登塔，风浪扑得他站立不住。母亲担心，找来绳子系在父亲的腰间，另一端长缠在自己身上，两人就这样守护在机器旁，在咆哮的海浪中坚持到天明。

父亲看着累瘫在身边的母亲，抚着她的秀发说，今天该哪个孩子陪咱出操了？

母亲抱着父亲哭了，父亲说母亲上岛就哭过那一次。

部队裁军，灯塔移交给地方管理，父亲也脱下了军装，可依然留在岛上。父亲在孤岛上守护灯塔四十年，直到退休。

父亲病重期间，我正带着舰队在波斯湾护航。

母亲说，父亲念念不忘他那个小岛。老海啊，你放心，等我俩都走了以后，让孩子给咱办个海葬，把咱俩的骨灰撒进大海，洒在你当年的海岛上，我陪着一起守护大海。父亲欣慰地笑了，伸出枯瘦的手，抹去母亲的泪痕，自己的眼角却躺下海水一样滋味的泪水。

我是舰长，每次出海执行任务，路过那座小岛，我都会行注目礼。在那座小岛上，伫立着一座无形的灯塔。

父亲给我起的名字叫洋。

我告诉父亲，我给儿子起的名字叫深蓝。

作家老戴

三 石

老戴不老,四十出头,只是一副迂夫子的做派,很早就被人称之为老戴。

老戴除了是作家,还是名科级干部,不过是非领导职务。

老戴的文采出众,诗歌、散文、小说发表了不少。据说,组织上曾考虑提拔老戴去文联,可老戴不去,说我写作是爱好,这要将爱好变成职业,就找不到乐趣了。不过,老戴的本职工作确实太过一般,机关繁杂的事务性工作,一概没有兴趣,连应付了事都应付不好,就算是写个领导讲话,也是写得诗情画意的,领导会上一念,要多别扭有多别扭。

如此老戴,在单位自然边缘,领导也不派给他工作,即便派了,也是凑个人头。这不,单位要抽调干部驻村扶贫,那会儿各级对扶贫工作还不是太重视,单位自然派了老戴凑人头,驻村担任扶贫工作队长。

这事,一般人都不愿意去,可老戴愿意,平常还找不到机会深入农村体验生活,这下倒好,不但可以积累写作素材,还有补助。

可想而知,老戴的扶贫工作肯定也是做不出什么名堂来的,基本上不闻不问,就是问,也是问不到点子上。整天价地跟村民闲聊,听村民讲故事、讲风俗、讲传统,素材那是搜集了一大堆,创作灵感亦如泉涌,作品雪片般一篇一篇的,发表了不少,还得了好几个大奖小奖的。

可惜好景不长,老戴驻村一年之后,各级对扶贫工作越发重视起来,扶贫办经常下来检查,发现老戴的工作队长干得是一塌糊涂。单位也意识到问题的严重性,准备将老戴召回,可老戴死活不肯,考虑到老戴在村中混得风生水起,群众基础总归不错,便另外增派一名干部担任工作队长,充实帮扶力量,而老戴便成了扶贫工作队员。

如此,老戴更是逍遥自在了,一门心思跟群众"打成一片"。

接替老戴的第一书记小支,对于老资格的老戴,那是一点办法都没有,由着他的性子,权当没有老戴这个人。

别看小支年纪不大，做事挺实在，项目建设风风火火的，还建了个农民书屋，这给了老戴闲暇时一个好去处。

来书屋看书的人不多，但总有一些，大都是孩子。村里有个完小，有那么七八十号孩子，下午放学，还有些时间，就会有那么几个十来岁的孩子来书屋看书，也算是别样景致。别看老戴迂，却是有些顽童心态，没几天就跟这些孩子混得熟了。孩子们在书屋看书打闹，有时也写作业，做数学、写作文，数学老戴没兴趣，而作文老戴便来劲了，主动给孩子们辅导，教孩子们如何构思、如何措辞，还真别说，经老戴辅导的作文，一准被老师作为范文。久而久之，来书屋写作文的孩子越来越多，有时塑料凳子都不够坐的。不知不觉，老戴俨然成了孩子们的课外作文辅导员。还是小支灵机一动，老戴，要不干脆跟小学合作，举办一些读书写作活动吧？老戴心里一动，心想如今都说扶贫扶智，这扶智可得从娃娃抓起，算是扶贫工作的重要内容，老戴其实也想为扶贫工作做些事，自然欣然接受。

马不停蹄地，老戴挑灯夜战，制定了一个"小小作家写作营"计划，找了村完小的梅校长商量，巧了，梅校长也是个文学女青年，自然一拍即合。说起来也挺简单的，不过是老戴到村完小给高年级的小孩讲讲课，或者组织孩子们读读书，组织一些读书命题征文活动，老戴还将贡献了部分稿费，给获奖的孩子发一本书一支笔或者一个书包，当然，有时也得发点巧克力、玩具什么的，都是孩子，如此才能培养他们读书兴趣。还不止这些，老戴还调动他在文学圈的资源，邀请些有些名气的童话作家、少年作家来村里，跟孩子们一起学习玩耍，甚至办了一份所谓《小小作家报》，专门刊登孩子们的作文，那可是有稿费的，虽然不多，几块十几块而已，都是从老戴个人稿费中支出。

那段时间，老戴出奇地忙，白天晚上的，有时休息日都不回家，与梅校长一道，带着孩子们"上山入地"、村里村外"采风"，举办各种有趣的活动，不亦乐乎。

老戴是什么人，本地知名作家，他调教出来的学生，作文水平与同年龄段的孩子比较，那水平自然是水涨船高。半年之后，县里组织了一次小学生读书征文活动，清水村完小自然组织孩子们参加，经过老戴辅导的征文，竟然有三篇获了奖，其中还有一个一等奖。一个村级完小，能取得如此成绩，在全县引起不小轰动。一时之间，各大新闻媒体和上级领导接踵而至，好不热闹。

年底，老戴被评为扶贫工作先进个人，而且是全省的。老戴虽然获奖无数，但因为工作出色而拿到的先进，破了天荒。

这以后，老戴依旧待在村里扶贫跟孩子们"厮混"，虽然个人文章发表得比以往少了，但劲头却是更足了……

微信扫描二维码，您将获得以下读者服务

·出版社原版资料：
（1）出版社为本书独家配置的微课视频
（2）作者系列文章
·本书话题书友交流群

爱心菜

侯发山

　　鸡叫头遍的时候，老王和老伴就在大棚里忙活开了。

　　等到一畦畦白菜扳倒，老王的头上已经袅起热气，他甩掉棉衣，坐在田埂上歇息。老伴嗔道："现在还是三九天，能得你？！"

　　"一干活就热乎了。"老王站起来，顺手抓起一个编织袋，双手张开口子，"来吧，赶早不赶晚。"

　　老伴没有动，用袖子擦拭一下鼻尖的汗珠："不能不去？"

　　老王瞪了老伴一眼："废话，吐出来的涎沫咋能舔起来？"

　　"大年三十，人家都往家跑，你呢，就会唱反调。"老伴一边埋怨一边往袋子里装白菜，"我，我跟你去吧。"

　　"废话，你又不会开车。"说到这里，老王腾出一只手比画了一下，"咱沈丘离武汉四百多公里，走高速，五个多小时，明儿个准能回，不耽误过年。"

　　老伴叹了口气，没再多说，她知道再开口也还是废话。

　　"不中！"老王忽然叫道。老伴吓了一跳，抱着一棵白菜怔在那儿，不知道老王发哪门子神经。

　　老王瞅着老伴手里的白菜，说："这棵留下，咱过年吃。"

　　老伴这才注意到手里那棵菜样子有点萎缩，叶子泛黄，犹豫一下，便放到了一边。再装菜时，就尽心多了，专拣那些个头大、菜叶新鲜水灵的。老王叹道："若不是贷款没还清，其他菜可以搭配一些。"

　　老伴张了张嘴，终于还是说出了口："庙里的师父说过，只要心意到了，都是一样的。"老伴说的庙是村里的华佗寺庙，她常去那里烧香。

　　老王说："我走后，你去庙里烧烧（香），保佑保佑。"

　　老伴没有吭声。老王知道，即便他不交代，老伴也会去庙里磕头许愿的。

　　天刚放亮，白菜全都装上了车，满满当当的，似乎多装一棵都没有地方。老王前后左右看了看，脸上荡出满意的笑容。

老伴迟疑了一下，说："弄点饭，吃了再走？"

"来不及，路上凑合吧。"老王说罢，扭开车门跳上驾驶室。这时候，他的手机唱起了"我们的大中华啊好大一个家"——是县城"百家乐"超市的杨经理打来的，让他送一车白菜。

"杨总，不好意思，今儿个不能给咱送了。价钱好商量？再涨价也不中，真不是钱的事儿……新年好，古得拜！"老王挂断电话，开上车迎着曙光出发了。

到了第三天，也就是正月初二下午，杨经理从微信上得知，老王是去湖北武汉送白菜了！怪不得呢，听说武汉的蔬菜贵得离谱，白菜十几块一斤呢，他这一车菜，差不多有两万斤，乖乖，如此算来，他这一趟没少赚。在杨经理的印象中，老王是一个很本分的人。真是画虎画皮难画骨，知人知面不知心呐！杨经理气不过，想打电话奚落老王几句，又觉得不能得罪老王，毕竟以后还合作呢。一念至此，他便开上车去找老王，现在是非常时期，需要备点货。

一到村口，杨经理就被拦下了——一位老大爷戴着口罩，身穿战袍，左手挂柄关公大刀坐在路中间，右手拿个电喇叭，声称外来车辆和人员不得进村。

杨经理忙从口袋里掏出口罩，一边戴一边说："我是超市的，需要找老王进菜，疫情再严重，咋说也不能影响老百姓的菜篮子吧。"

老大爷举起电喇叭："老王昨晚才从武汉回来，没回村，也没回家，在他的大棚里自我反省，不，隔离呢。"

杨经理闻听，撇了撇嘴，心说老王发烧才美哩，谁让他挣昧心钱哩？

老大爷似乎知道杨经理的心思，又补充了一句："老王可是俺村的骄傲，不要一分钱，往武汉送了两万斤的白菜。"

"啊？"杨经理吃了一惊。

老王的大棚在村外的河湾里，杨经理去过多次。距离大棚还有十多米，杨经理把车停了下来，路当中扯了一条横幅，横幅的上边写着"别来无恙"，下边写着"我是武汉返回人员，请不要靠近我"。这时候，在大棚里的老王已经听到动静，戴着口罩从大棚旁边的铁房子里出来了，大声说道："杨总，啥事？"

"大棚里还有其他蔬菜吗？能不能再配一车？"

"黄瓜、番茄、柿椒，都有，差不多能装一车。价格跟其他大棚一样，要不然人家会骂我老王八。"

"可以，要好的，这回不是超市上架，我打算捐给武汉。"

"好啊，你咋送？"

"发物流。"

"别搞那个，还是我送吧，车消过毒了，路线也熟悉。"

"好，运费咋算？"

"说啥运费呢，给我加箱油就中。杨总，武汉老乡要问起，咋说呢？得有个由头吧？"

杨经理歪头想了想，高声说道："就叫'爱心菜'吧！"

"啥？包心菜？大棚里没有啊。"

杨经理往前走了两步："咱们河南是豫，湖北是鄂……"

"啥啊？鱼？鹅？"老王打断杨经理的话，马上又说，"对对对，都是一个圈子的，一家人。"

杨经理憋不住笑了，摘掉口罩，朗声说道："咱河南简称'豫'，'豫'字15画，湖北简称'鄂'，'鄂'字11画，多出来的四画刚好是'心'的距离！所以，咱送的菜就叫'爱心菜'！"

老王笑了，指了指路边他的货车。

杨经理转过脸去，这才看到车厢上悬挂着的横幅——"河南爱心菜"。

2020

给姑姑送灯

符浩勇

冬日是四英岭下人家婚嫁频繁的季节。下村陈奶奶到牛雄家来找他爹,来了,又走了;走了,又来了。刚放午学的牛雄终于听到了陈姑姑要出嫁的消息。他心里猛地忽悠了一下,心跳便快了许多。爹是村里仅有的两部拖拉机机手之一,每逢婚嫁人家都会来找他帮拉嫁妆。

在乡下,有闺女出嫁,都得要娘家人用车(那时候只有拖拉机)去送嫁妆。而在这车上,是必须得有一个小男孩的。他坐在嫁妆中间,把嫁妆护到姑娘的婆家去,这就叫护车。让一个小男孩送灯,完全是图吉祥。嫁妆为财,男孩就是丁,就是图人丁兴旺。而护车送灯的仪式是:当车停在新郎家门口,接车的一拥而上,解绳子的解绳子,扛东西的扛东西。这时候,小男孩的权力大了,点上一盏马灯(意为丁火)高高举起,接车的够不上手,又怕灯火灭了,怎么办?拿糖,拿点心,拿钱来,钱少了还不行。最后,糖有了,点心有了,钱也攥到手了,小男孩也就撒手不管了。

"陈姑真要出嫁了?"牛雄缠着娘问。"真的,我得去陈姑姑家一趟。"娘说着,便进屋去。从屋里走出来,手里多了一块花布料。牛雄说:"我也去。"

"你去干什么?"

牛雄瞅着娘出门,心里有点没着没落的。让他给陈姑姑护车送灯,可是陈奶奶亲口跟他说的呢。有一回娘带着牛雄去陈奶奶家里玩。陈奶奶见到牛雄,摸着他的头说:"你看这小子,长得多灵气,等小梅出嫁,就让他来护车送灯。"自从听过这话后,牛雄就一直盼着能听到陈姑姑出嫁的消息。

牛雄坐不住了,他走出院子,朝下村陈奶奶家走去。

"你就不会在家里待一会儿,下晌不上学了吗?我也快回去了。"娘见到牛雄来了就骂。

牛雄靠着门框,两只眼睛紧盯着陈奶奶,他很想听到她重复一遍她说过的话。可陈奶奶就是不说。这时候，娘直起身子，说："该走了，这么大小孩还缠脚呢。"

牛雄支棱着耳朵，盯着陈奶奶的嘴。一直来到大门外面，他也没听到有关护车送灯的事。他一边向前走，一边不停地回头，看着陈奶奶满脸的笑容，眼珠都红了。

这样的日子真是难熬。每天早晨起来，牛雄便问娘："距下村陈姑姑嫁人，还有几天？"

娘光笑，撇着嘴说："人家陈奶奶又不见得硬让你护送了，关键是那天你不去上学吗？"

牛雄不作声了，他担心陈姑姑出嫁那天不是周末。转而想，不是周末就请假，不过，眼下不好对娘说。

这一天上午，逢周六，牛雄看到了爹将拖拉机开到下村陈奶奶家去。

果然，刚吃过午饭，陈奶奶便跑来了。她进门便塞给牛雄两块糖，然后双手捧起他的脸蛋说："明天，咱可得起个大早了。"牛雄终于如愿以偿，陈奶奶让他给陈姑姑护车送灯。

"他嫂，梅子她婆家远，明个让牛雄起个早。"陈奶奶似乎又想起了什么，说，"对了，牛雄，明天到了那边，你可要把灯举得老高，谁抢也不让他抢。他给你糖，你就逗他一下；他给你点心，你就再闹他一阵。可别撒手太早。他给你钱才罢呢。"

不过，陈奶奶刚走。娘便跟牛雄说："可不能那样使玩闹，千万要让灯亮着，不能晃灭了。人家给你个十块八块的，你就让人家接过去。"牛雄听不进娘说的话，他只盼着天快些黑下来。

那天夜里，牛雄失眠了。他躺在床上闭上眼，可就是说什么都睡不着。

东边的天空还没有丝毫要亮的痕迹，牛雄就起身了。这时候，爹已发动了拖拉机，本来是打算去下村装嫁妆后才回来接牛雄的，牛雄却跑过来，一下子蹿上车头，爹挪了两下屁股，他便坐稳了。此时，牛雄紧了好几天的心终于放松了下来。

路上，拖拉机在晃，人也在晃，天上冷白冷白的月亮也在晃。牛雄坐在嫁妆中间并不觉得冷，一打呵欠，却呼出一团白雾热气。从车尾后门望开去，天地茫茫，一片混沌。凭着疲惫的狗吠声，才知道是走进了村子。可村子晃不了几步又甩过去了，剩下的也只是狗吠声。在此起彼伏的狗吠声中，过了一个村子又过了一个村子。可不知不觉，牛雄竟然睡着了。

牛雄是在一阵鞭炮声中醒来的。他抬起头，看到天已大亮，外面围了很多人，这些人他一个都不认识。他心里一下子毛了。更让他难受的是，他发现嫁妆与马灯，不知道什么时候都让人家给弄走了。

牛雄下车后终于看到了爹及村里同来的。他们正坐在屋里人模人样地喝茶，看到他，就一脸坏笑。他便忙低下头，觉得脸都丢尽了。那些糖、点心，还有钱，他一点儿也没捞到。本来打算得好好的，可现在什么都没有了。他心里难受极了。

那顿饭牛雄都不知道是怎么吃的。他光记得在回家的路上，人家这一句那一句，都在挖苦他。有说："我回头一看，这小子竟歪着脖子还没睡醒，我还没来得及叫他，就让人家把嫁妆搬下去。"有说："牛雄，你要的糖呢，拿出来让大伙尝尝。人家送灯的钱呢，拿出来让大伙看看。"

本来牛雄心里就不好受，让人家七嘴八舌地数叨，满肚子的委屈就憋不住呜呜地哭起来。还是爹安慰他说："牛雄，该你得到的，可一份都不少。可钱，我不能给你，我得交给你娘，开春缴学费呢。"可牛雄听着感到有点失落。

是护车送灯回来好几日了，牛雄听爹跟娘说起陈姑姑婆家接车的事："要是牛雄没睡，把灯举得老高，人家看小子头面或就会多给几个钱……"

追

奚同发

依着几十年警察的职业习惯，窦文贵不可能放过任何与他一对视就立刻飞跑的人。多少重犯、要犯就因那一瞬间对视，自己先现了原形。

虽然几天前，他因此放倒过一个路人，岂料此人每天都在那个地方起跑，是位跑步爱好者，弄得他好尴尬。虽然退休后，他一再提醒自己忽略曾经的刑警身份，被迫离开生活和工作了多年的城市而远走他乡，且一次次不得不迁居。但这些都不影响他今天在超市门前，毫不犹豫扔下两手提袋猛追见他便转身狂奔的年轻人。

就这么个小城，遇到他如此潜意识激烈反应的人，不可能是小混混，虽然那一瞥，他还没有把对方跟他退休前遗留的某个案件对应起来。此刻万念归一，先把人按住再说。

年轻人显然轻车熟路，转来转去在几条街循环往复。这难不住窦文贵，几回合下来，就清楚了对方的路数，在年轻人想把他引入另一个U形巷道时，干脆在另一出口静等。果然不到一分钟，便听到咚咚的脚步声。窦文贵突然从墙后闪出，下蹲伸腿，对方与他一个照面儿哪能收住脚，被绊得重重趴下咧着嘴哎哟哟呻吟。

还跑不？

年轻人一边摇头一边躺着叨叨，都这么老了，还这么能跑。

那就说吧！窦文贵明白，要趁热打铁，不给对方编排瞎话的机会。

好好好，我招，全招。他一手撑地勉强坐起，擦了擦嘴角的血，大概还没意识到自己脸上那一抹黑灰。

窦文贵也不提醒，心里一笑，觉得很滑稽。

也就偷了几十块钱，实在饿得没辙了，人总得吃东西，我总不能饿死吧！

见窦文贵不语，年轻人急道，真的真的，不骗你。

窦文贵仍是沉默，年轻人放慢语速说，当年你抓我时，我才十四岁呀。没想

2020

到你也来这小城了，你办的案子肯定与我无关，我就小偷小摸，从没干过大票。再说，现在都用手机，钱也很难偷。这不是饿急了吗？便到超市门口想弄点儿吃的，哪想撞上了你。

窦文贵还是不接茬，对方又着急地说，您老想想，我哪敢太岁头上动土啊，一开始没意识到是您，否则……

真的没做别的事儿？窦文贵严厉地问。

没有没有，天地良心，天天吃饭都成问题。不过，我就喜欢小偷小摸呗，喜欢这种生活，有时像一种游戏，比如今天遇到你，比如偷你的东西。

偷我的东西？

年轻人一乐，顺势用手背抹了一把刚摔的半张脸，把那几团黑灰抹得简直成圈了。

那好吧，跟我去局里再招……

别呀别呀，这一关又得不少日子。求你了，真没干啥事儿。您老不想想干大活的人，谁还小偷小摸呀？再说，您老是刑警，弄大事的，小偷小摸也搁不住您上手啊！求您了，放我一马吧，您就快忙大事吧！咋说咱也算熟人……

小子嘴还挺溜儿。窦文贵笑了。

您老有烟没，赏一支呗！年轻人终于依着墙站起来，顺手拍拍屁股上的尘土。

没烟，我早戒了。窦文贵没好脸色地说。凭直觉，这次走眼了。

年轻人伸伸胳膊腿儿疼得龇牙，还不忘贫嘴，您说您老都这把年纪，咋还这么拼命啊？

你小子年轻轻的，不缺胳膊不少腿，就不能找个正经事儿干？

找了多少回啦，没文化，何况一听说进过少管所，还劳教过，就不用了。跑快递、送盒饭都怕我把东西拿了玩失踪。再说，我也习惯了这种小偷小摸，这就是我的生活，就是命。

还想劝几句，窦文贵没词儿了，便让路人甲报警。

年轻人吃惊地说，你不是警察吗？

窦文贵一笑，早不是了。

啊？年轻人的眼睛瞪得快上赶张开的大嘴巴了。

不久，警车威威风风拉着警笛来了，一警察指点着年轻人，又是你。

他报以嬉皮笑脸。

警察问是谁报警的，然后要带窦文贵一起回局里做笔录。年轻人笑得前仰后合，你个小警察不认识老警察……

突然想起来自己扔在超市前的东西，包里还有医保卡、工资卡之类，窦文贵二话不说，撒腿就跑。

警察一愣，快向局里请求支援，一个对另一个说时已拔脚猛追，还喊着，站住站住，听到没有？窦文贵早消失于小巷深处。

两袋东西没影儿了，问超市经理，说外面监控早坏了，只是个摆设。窦文贵一头是汗，待一摸裤兜儿，有张纸条，上面两字：谢谢。他笑了。

刚好两个迷失了追赶方向的警察瞧见一脚跨出超市的窦文贵，一边手指了他说在那儿，一边迅疾跑过来。

望着他俩气喘吁吁的样子，其中一个胖子衣服都跑得有些乱套，窦文贵一拱手说，对不起了，刚太急。走吧，我这就跟你们去局里，反正我的紧要东西估计都在你们手上了。

等　候

戴　涛

　　终于退休了，领导和同事问我：接下来最想干什么？我说：不知道。回到了家继续想，还是一片茫然。随手整理桌上的信件，看见一封来自我早年插队的那个省份一家文学杂志发来的邀请函，邀我去参加他们举办的一个笔会，我像是突然被打了鸡血，顿时来了精神，因为一些原因，我已经十多年没写小说了，这下又唤起了我的向往，更让我向往的是可以去我插队的地方看看，那里有我的好兄弟勇根。

　　高铁真的很快，六个小时就到了A省的省会，笔会开得很圆满，两天会议一天采风，该聊的都聊了，该看的也看了，我还答应了杂志社回去就写小说。接下来该是回我插队的地方。早晨，我刚办好退房，手机响了："哥，我在宾馆大门口等你。"我赶紧奔到门口，尽管岁月已过去了四十年，可我还是一眼认出了勇根，我紧紧地抱住了他，埋怨道："说好的我自己坐车过去，你怎么不听话，这要开好几百公里的路呢。"勇根还是四十年前的勇根，朝我憨憨地笑笑。

　　勇根驾驶的北京吉普在公路上疾驰。勇根说："哥，我退休了。""好啊。""我陪着哥就在村里多住些日子。哥你听，树上的蝉叫得多欢啊，四十年前你考上大学离开村子时，也是蝉叫得最欢的时候。""是啊，整整四十年了。勇根，四十年哥没有回过一次村里，你怨哥吗？""怨啥呀，我知道哥先是忙读书后是忙事业。""勇根，那你怎么不来找哥呢？"勇根咧嘴笑笑。我和勇根之所以成为好兄弟，是因为我刚去插队时队里还没给知青盖房子，临时住到勇根家，我和勇根吃在一个锅里睡在一张床上整整有三年。

　　汽车在夕阳的余晖里驶进村口，勇根指着一幢三层的楼房说："到家了。"随他登上屋顶平台，他指指屋后面不远处的两排标准厂房说："喏，那就是我的工厂。""好，明天早上你带我去看看。""哥，我们先不去工厂，我想带你先去另外一个地方。""什么地方？""嘿嘿，保密。"勇根一向憨厚的脸上居然也流露出一丝狡黠。

　　第二天早上用过早餐，勇根驾车带着我穿过村子，村子已完全不是我记忆中的村子了。正感慨间，车在一座山前停了下来，勇根问："哥，你还认得这山吗？"我抬头看了一眼，这不是当年我俩天天来爬的这座山吗？"哥，我们就像当年一样爬上去好吗？""好。"

没爬一会我就忍不住问勇根："村子的变化这么大，可这山怎么一点变化也没有啊，还是连条上山的路都没有。"勇根只笑不答。我又问："这山没人管吗？"勇根答："我管啊，我和村里签了二十年的租约。""那你为啥不好好地规划规划，起码先筑条路吧。"勇根又是笑而不语。

终于爬上山顶，见我累得大喘气，勇根一脸内疚："哥，对不起，让你受累了。"我说："还好。"我又问："你到底为什么不修条路呢？"勇根还是没有回答我。"哥，我带你去看看我们的老朋友吧。""我们的老朋友？"勇根见我满脸的惊讶，便拉着我朝湖边走去。这湖并不大，可这方圆百里的群山也就这山上有湖，而且长年水深不变，这便有了几分神秘感。来到水边，勇根指了指湖中央问："哥，看到了吗？""看到了，真的是老朋友！"我激动得大声喊叫起来。两只大雁似乎听见了我们的喊叫声，竟朝我们这边游了过来，游到我们跟前，它们伸长了脖子使劲地向勇根点头。看到这一幕，不禁让我回到了四十年前，那时村里关于这座山的传说很多，因此没啥人敢上来，可我是知青，根本不信那些神话鬼话，有一天我硬拽着勇根爬了上来，我们就在这湖边发现了一只受伤的大雁，当地人叫它野鹅，在那个食物极端匮乏的年代，这是何等的惊喜！我正兴高采烈地说着打算如何吃它时，勇根却求我："哥，你看它怪可怜的，我们不要吃它了好吗？"从此，我们每天都来山上看它，给它疗伤。第二年春天，养好了伤的大雁飞走了，这让我和勇根难受了好一阵，可意想不到的是，到了秋天它又飞回来了，还带来了一个伴侣。

"哥，现在每年秋天都会有上百只大雁飞来过冬，到春天离去，这小两口看来是舍不得走啊。"

"哥，你不是问我为什么不修路，为什么不规划不开发吗？"

"勇根，你不用说了，哥全明白了，到了秋天哥再来，哥和你一起在这里守着。"

"嗯，哥，其实我每年在这里等候着大雁，也在等着你啊。"

同学赵宋

徐均生

老同学聚会是最开心的事，吃呀说呀，都是放开的，想说什么就说什么，想吃什么就吃什么，谁也不会有顾虑的，谁也不敢顾虑的。酒足饭饱后，总会有人买单的。

这不，赵宋给大家买单了。

当时有同学说："赵宋，你他妈的，别自己掏腰包啊！"

赵宋拿着手里的笔，朝同学们扬了扬，在菜单上签下了自己的大名——赵宋。

有同学问服务员："这样可以吗？"

服务员说："他是领导，是领导当然可以啊。"

原来当上局长的赵宋就可以在饭店签单了，就不用付现钱，更不必自己掏腰包了。

真爽！

过了一个月，我要买房子，要按揭贷款。由于我没有工作，也就没有工资。

银行工作人员说："你要贷款必须有人担保，否则，是不能贷款给你的。这担保人应该是有钱的人，是要负法律责任的。"

我当时非常失落，朋友中有钱的几乎没有。现在好不容易看中了一套房子，而且又是老婆中意的。如果款贷不出来，那房子也只有看看的份了。

银行工作人员见我面有难色，便替我想办法："如果你有领导认识就可以，让领导给你打个担保证明就行了。"

"领导？有啊，我有同学当局长哩！"我高兴得一下子跳起来。

银行工作人员递给我一张表格，让我带回去请领导签好字，就可以来办理贷款手续。

就这样，赵宋给我开了证明，做了担保，款非常顺利地贷出，房子当然顺利到手。

这做领导的真好，只要一句话，一纸证明，就可以贷出钱来了。

后来，赵宋给好多人打证明，做担保，可怎么也没有想到，他竟然把自己"担保"进了监狱——一位酒肉朋友贷款200万，钱到手后逃到了国外。赵宋就得负法律责任，得坐牢10年。

我和老婆去探监，狱警不让我们见，说我们跟赵宋不是亲属关系。

我和老婆一脸痛苦状，请求狱警："警察同志，我们跟赵宋是从小玩到大的朋友，感情深厚是没有得说的。我们大老远来，总得见他一面啊。"

老婆还流泪了，我的眼睛也湿了。

狱警见了就同情，就问我们："赵宋当过领导没有？"

我一听这话连忙回答："当过，当过，他当过局长呢。"

狱警分析说："他当过领导，说不定跟我们领导认识，你打听打听，赵宋是不是认识我们的领导，如果认识，只要领导一句话，你们想见多久就多久。"

我惊喜万分，连忙联系同学们，结果，赵宋果真认识一位副监狱长。

不用多说，我和老婆跟赵宋见两个小时的面，谈得天昏地暗，谈得眼泪纵横。

道别时，赵宋感叹地说："有领导认识真的很好，他们很照顾我的。你们不用担心，我会很快出来的。"

果然如此，赵宋只坐了一年的牢，就保外求医出来了。出来后的赵宋更活跃了，开了一家房地产公司，自封董事长兼总经理。房地产开发得轰轰烈烈，钱当然也赚得数也数不清。

谁知道，一夜之间，传来了赵宋的死讯——死在宾馆小姐的床上，突发心脏病。

就这样，赵宋走了，躺在殡仪馆里等待火化。

那一天可能是去世的人多吧，火化也要排队。

我们这些同学去跟殡仪馆的工作人员商量，能否早点火化，否则，赵宋会发臭的。

工作人员冷冰冰地道："来这里的，都想早点火化，我们只能按制度办事。"

我们想到了以前的一些事情，便说："他生前当过局长，做过董事长兼总经

2020

理，是否可以优先呢？"

工作人员顿时满面堆笑，说："当过领导的，当然可以优先啊。"

就这样，我们送赵宋往前面走，送着走着，我忽然听到一个声音："我不要优先！我不要优先……"好像是赵宋的声音。

我吓坏了，不敢往前走了。同学们也都停步了，脸色都有些恐惧。

我们看着殡葬工作人员把赵宋推进了火化间。

就这样，赵宋提前三个小时化成一缕青烟升天了……

我们望着这一缕青烟，有同学小声地问："你们听到赵宋的声音没有？"

我们都点点头，都说听到了，都说："真奇怪！"

故纸堆里的大人物

吴万夫

几年前，我应聘到《代表之声》杂志社做编辑。我的社长许鞭是个马屁之徒，凡是机关大院里有需要杂志社"义务帮工"的，他都是来者不拒，有求必应，全然不顾我们的忙与闲。

一天早晨，我刚到杂志社，就接到许鞭打来的电话。在电话里，许鞭指派我马上联系办公厅的亓秘书，让我帮忙给相爱民副主任整理报纸资料。许鞭所说的相爱民，最早是我们H省常务副省长，后到H省人大常委会做副主任，两年前从副主任的位置上退了下来，是个"广播里有声、报纸上有名、电视里有影"的大人物。

按照许鞭提供的电话号码，我赶紧与亓秘书取得联系。亓秘书让我到楼下203房间门口等他，他随后即到。等了大约5分钟，亓秘书过来了。他朝我点点头，算是打过招呼，拿出钥匙打开了203房门。亓秘书推开房门，只见靠门的地方搁着一张圆形会议桌，桌子上散乱着几张过期报纸；靠里间的屋子，整齐地陈列了几组红木书柜，柜子里摆满了各种奖杯以及用玻璃镜框镶嵌的合影照等。在这两间屋子里，最惹眼的地方是沿着三面墙壁垛满了报纸，这些报纸都被尼龙绳捆扎成捆，几乎摞到了天花板。

亓秘书告诉我，这些报纸都是相主任在H省做省长及在H省人大常委会做副主任期间订阅的，时间跨度七八年。"你这几天的工作重点，就是从报纸中把有关相主任的新闻报道找出来，主要以中央媒体和H省日报、晚报为主，其他都市报也要找一找。"亓秘书强调道，"凡是出现有他名字的报纸，你都要把它挑出来。"

亓秘书说完，将房门钥匙交给我，然后离开了。

瞅着堆积如山的报纸，我的头都大了。此时，我心里虽然淤积着对许鞭的愤懑与不满，但我只能竭力隐忍着，尽量让自己保持平静的心情。我脱下棉外套，把成捆的报纸打开，开始一份一份地翻找。由于报纸存放时间过长，一股刺鼻的油墨味混合着报纸的霉变味扑面而来，呛得我连连咳嗽起来。

几天来，由于没有注意保暖，再加上工作强度过大，我的身体突然出现了不适：先是从头到脚一阵阵发冷，后来浑身就像被绑了火，连呼吸都变得有些困难了。我头疼欲裂，昏昏沉沉，似有千钧重，感觉脖颈已无法承受它的重量，随时都有被折断的危险。我意识到这次感冒比较严重，但我只能继续坚持工作。

到了第四天下午，我再也支撑不住了，迷迷糊糊中趴在桌子上睡着了。我做了一个荒诞的梦：梦中，我变成一只无法飞翔的小麻雀，有一只大黑狗不断向我扑来。这只大黑狗也有些荒诞不经，戴着如许鞭一样的近视眼镜，龇牙咧嘴，气势汹汹，屡次三番想撕咬我……

我正扑棱着翅膀四处窜逃时，被一阵手机铃声震醒了。我从兜里掏出手机，是许鞭打来的。我摁了接听键，许鞭在电话里询问我的工作进展情况。我如实汇报说，报纸还没有翻找完。许鞭冷冷地说："找个报纸就这么难？亓秘书可是办公厅的领导，希望你办事时不要磨磨蹭蹭的！"

许鞭说完，生硬地挂断了电话。我捧着手机，骂了一句："他妈的……"

正当我抬头之际，发现亓秘书不知何时已进来了，这会儿正站在我跟前。我的手机不隔音，他显然已听到了我们的通话。

亓秘书没有理会我刚才的叫骂，而是从书柜里抱出几本制作精美的《相爱民新闻剪报》，放到我桌前："你明天不用再过来了，其实这些报纸我早前都已翻找过很多遍了。"亓秘书指着几本新闻剪报说，"这些剪报都是相主任多年来参加各种活动的新闻报道，只是他总是担心还有被我遗漏的地方。近来，相主任又催促我在废纸堆里再扒拉几遍，希望把出现他名字的新闻报道找出来……"

亓秘书说这话时，我并没有接腔。交给了他房门钥匙，我拖着疲软的身子来到了街上。此时，满街流淌着灯火的海洋。一股冷风从远处窜来，我不禁打了一个寒噤。我知道，由感冒引起的发热还在持续。行走在回家的路上，我思考一个问题：我是不是该离开《代表之声》杂志社了？

老戏骨

张中杰

老戏骨早被人忘了名字。有人说姓张，有人说姓刘，甚至还有人说他应该是姓戏。

他打小是个没见过爹娘的孤儿。吃百家饭，穿百家衣。为了不饿肚子，逢人家过红白大事，就去帮厨。好多厨师见他机灵透钻，都想收他为徒。

十二岁时他迷上了戏。七里八乡逢会赶集唱大戏，他眼瞪得溜儿圆，支棱着俩招风耳听得入迷。连草台班子也一场不落，有时听入境处，一忽儿哭得一把鼻涕一把泪，一忽儿兀自哈哈大笑，手舞足蹈。惊得看戏人都回过头看他，连台上演员也忘词了，拿眼戳他。大家都以为他魔怔了。

"当大厨多好，一辈子好吃好喝，起码混个肚儿圆！"他冲戏台班头说想学唱戏，班头叼个烟袋锅吧嗒吧嗒吸，不正眼瞧他。

"人不能光为了吃，我得学戏。唱好了，报父老乡亲对我的恩！"他一板一眼，还念起道白，尾字音拖起了长腔。说毕，恭敬跪拜作揖，比台上的主角还有范儿。

班头被他这一腔惊呆。又见他心诚，知道感恩，说得在理。让他跟了班子。

他除了为戏班子做饭，剩下时间就跑龙套。奇怪的是，没见他跟谁学过，却唱念做打样样在行。一个人分演所有角色，缺啥补啥。唱全场，谁看谁呆。连台上人都瞒过了，原主演心中直怨他抢人饭碗。

生旦净末丑，学啥像啥，唱啥是啥。扮老生显尽沧桑神韵，演青衣袅娜依人，花旦、刀马旦、武旦、老旦、彩旦等各展风流；扮文丑出场，插科打诨，台上台下笑声不断；当武丑更见真功夫，连台下力气蛮的也怵他三分。

唱苦戏，他念及从前孤儿之难，悲悲切切，幽幽怨怨，让台下观众喉咙跟着发堵；又忽然声声苦句句泪高亢起来，观众眼泪便唰唰直流，台下哭声大作；唱笑戏，自豪感溢满于胸，朗朗然从喉间有节奏地往高处走，台下也跟着大笑不止，兼以鼓掌声叫好声连成一片。

好多大剧团慕名重金来挖，私下允以优厚待遇，均被他拒绝。他说他从一而终，一波波来人说客悻悻而归。

剧团8个大戏箱，他有个30厘米大小的"百宝箱"。香樟木，磨得黑明光亮，看不清颜色。到哪都背身上，寸步不离。有擦脸毛巾，小镜子，胭脂膏，也有针线包，纱布，还有跌打丸。大家戏称"神秘9号"。

他干过场大事。有个大村村医是戏迷，车祸后送殡。村民们凑钱想让出台戏，正巧与村长爹八十大寿时间冲突。他演主角，班头想给村长爹演，他断然拒演。

"一辈子救过多少人命，又是咱铁杆票友，我得用戏送他一程。你们不去我一个人去！"斩钉截铁，脸暴青筋。他是台柱子，无人可替，一拒就砸场了。团长无奈，又联系兄弟剧团，给村长好说歹说，才救了场。

他不找女人。说戏就是自己的女人。常常私下里一个人扮演自己的女人，咿咿呀呀，呢呢喃喃。

他见剩饭抢着吃，每次吃过的碗都像舔过似的光。说什么"剩饭姓张，越吃越香"。夏天饭都有馊味了，也不舍得倒掉。好在他身体好像铜墙铁壁，从未犯过胃病。

戏班市场不景气，连行头都置办不起。皇帝的蟒袍右腰间被吸烟人烧个鸡蛋大的洞，也换不了。他掀开随身百宝箱，从里面拿出针线包。一愣眼工夫，皇袍破洞已缝得严丝合缝。但，他常常望着破旧的戏装，怔怔发呆。

那天，班子为孤儿院义演。他正演《铡美案》里的包公怒斥陈世美，高潮处，掌声喝彩声四起。忽见狂风飘来，头顶搭起的头柱突然倒下。拉二胡的二大爷和边上昏睡的小孙子来不及反应。但见他边唱边飞身而起，扑向二人，被柱上灯砸中脑门，瞬间血流如注。他硬生生面不改色，唱完最后一句，猛然直挺挺倒地。

大家把他翻过身来，"速拿我9号箱来！"血污满面的他，京腔京韵大声念白。

"毛巾？"他摆手，"急救包？"他摇头，食指下探示意下翻。箱子最下边哗哗啦啦，全是五角、一块、两块的硬币和脏兮兮的纸币。

"这些一半给孤儿院，一半置办新行头……"言毕，倒地气绝而去。

一老戏迷，民间雕刻家，在他坟丘碑上刻上"老戏骨"。字迹风流，劲直有力。

医 者

蓝 月

她退休在家，平时喜欢刷微信，她最喜欢看的还是她上班时候的院区群。

江城突然爆发的疫情牵动着她的心。

这几天，群里面一直有医务人员驰援江城的消息，她看得不禁热泪盈眶又隐隐担忧。

群里又发出了一张相片，本院五名医务人员驰援江城。

她看到了一张阳光的青春洋溢的脸，不禁心跳骤然加速，赶紧戴上老花镜，将相片放大，果然是女儿欣欣。

这丫头，怎么也不和我商量一下！她心里恼怒起来，翻开手机电话簿，摁下女儿的电话。

对不起，您拨打的电话已关机。

不行，一定不能让女儿去！她穿好衣服戴上口罩直奔医院。然后，她急匆匆进了院长办公室。

院长看见她就笑着伸出了大拇指，说，好样的！

我……我想……她有点不好意思说了。

你不会是也想报名吧？你退休了，年龄也不适合去了，俞欣欣同志已经飞往江城。你呀，就安心在家吧！非常时期，我就不留你了，尽量在家，减少出门。院长为她打开了门。

她不知道怎么回到家的。一进家门，她的眼睛就不由自主看向床头柜上的相片，相片是她和丈夫还有女儿的合影，丈夫笑容灿烂，一手抱着女儿，一手揽着她的腰，她靠在丈夫怀里，一脸幸福。

她至今还记得第一次与丈夫见面的情景。

当年她是医院的护士，后来分配到胸外科，认识了她的丈夫，当年胸外科副主任医师俞飞。

那时候刚好是冬天，俞飞爽朗地笑着说，欢迎你，美丽的天使。然后热情地伸手握住了她冰凉的手。

她不禁脸红了，在被握住手的刹那，她的心莫名地颤动了一下，那只温热的手掌竟然绵若无骨，却又分明有着无穷的力量。

后来的工作中，她见证了这双手的力量，一位位病患在这双手下恢复健康，她越来越崇拜他。终于有一天，她鼓足勇气，红着脸轻声说，你的手真神奇。

俞飞调皮地一笑，伸出手，说，要是你喜欢，那就送你啦！原来俞飞也早就喜欢上了她这个爱脸红的小护士。

结婚第二年，他们有了可爱的女儿，取名"欣欣"，寓意欣欣向荣。

女儿五岁的时候，"非典"爆发。丈夫对她说，他要去疫区，已经批准，马上出发。她顿时急了，说，你为什么事先不和我商量？我也要去，你到哪里我就到哪里。

丈夫伸手拉住了她的手，严肃地说，我不事先和你说，就是因为我知道你一定会要跟我一起去，但你必须留在家里照顾我们的女儿。你和女儿好好的，我才能安心在那边抢救病人。乖乖的，等我回来。

她流着泪点了点头，开始为丈夫收拾行李。她知道丈夫决定的事情，是不会改变的。她喜欢丈夫就是因为他的善良和男人担当。丈夫是天生的医者，她为丈夫自豪。

她在家照顾女儿，期盼丈夫早日归来，但是丈夫却因劳累过度，倒在了第一线。

得到消息，她的天崩塌了，当场昏倒。

迷迷糊糊中，她看到了丈夫，丈夫说，坚强起来，照顾好自己，照顾好女儿。你的丈夫是一位医生，在我当上医生的那一天起，我的生命就已经献给了这个职业。

是啊，你是一名优秀的医生，可是你还是我的丈夫，我们女儿的爸爸啊！她泪流满面，哭着大喊着，伸出手，想再次握住丈夫的手，却握住了一双软绵绵热乎乎的小手，是女儿的手。

她抱住女儿，泣不成声。

女儿乖巧懂事，一天天长大，直到女儿十岁的时候，她才告诉女儿有关父亲的一切。

女儿听了以后，抿紧了小嘴，硬是把眼泪憋了回去，她说，妈妈，我的爸爸是伟大的爸爸，我长大后也要当医生。

她听了女儿的话，心中五味杂陈，不知道该欣慰还是该反对，她想，丈夫一定希望女儿当医生的。

女儿真的考上了医科大学，而且进了她和丈夫的医院，成了一名呼吸内科医生。女儿完美地继承了她父亲的基因，工作负责出色。

但她的内心依然有着忐忑，看到合影里丈夫赞许的目光，她又感到踏实下来，微笑爬上脸颊。

可是今天，她看着丈夫，眼泪忍不住涌出来，她捧起相片，哽咽着说，对不起，我没有看好我们的女儿，她，她也去疫区了，我知道，你一定会说应该去，可是我真的好担心……

手机响了，是女儿。

她赶紧接听电话。

喂，老妈，我到江城了……欣欣欢快的声音从电话里传出来。

你事先为什么不和妈妈商量？她对着电话大吼。

妈妈，情况紧急啊，而且我知道你一定会支持我的。你怎么了？真的生我气了吗？

听得出来，女儿开始担忧了，她不由得心疼起来。

她尽量让自己声音放轻柔放平静，说，好了，下不为例，你要好好照顾自己，还有，你答应妈妈，一定平安归来！

我保证，我一定会平安归来！我要去医院了，妈妈保重。女儿挂了电话。

她再次把合影捧起来，捂在自己胸口，她听到了三颗有力的心跳。

扔弟弟

毓 新

我不清楚父母如何做的那个决定，但清楚那个决定做得有多难。白发苍苍慈眉善目的老丁，只要说起记忆中的伤心事，总忘不了拿这种形式开头。

喂了好几个月的年猪被父母卖了，所得的钱全交给了我。一路给狗娃吃好喝好，坐车到尽可能远的地方，你就……一个人回来算了。父亲咬牙叮嘱我。

父亲的话像大书法家写字，留了一长溜空白。

可二十三岁的我，完全懂得那空白处的意思。

走出家门时，太阳还没升起，父母在给生产队干活。每天晚上胡摔乱打，使弟弟的状况看起来很差，可听我要带他坐火车、吃长面，仍是高兴得不得了，乖乖随我挤上了进县城的班车。

想吃啥，只管说。我对弟弟庄严承诺。

首先想吃的是臊子面。弟弟当然不会说臊子面，可走出县城车站，被那浓烈扑鼻的香味吸引，看见饭店里大吃二喝的顾客，弟弟便叫着嚷着要进去。

四两粮票，六角钱。给弟弟买了两碗。

弟弟趴桌上尽情享受的时候，我陪在旁边啃黑谷干饼。父母说给弟弟吃好喝好，没说给我吃好喝好。我清楚二两粮票三角钱的一碗面，对家里意味着什么，心甘情愿地啃黑谷干饼。

弟弟的吃相，弟弟的模样，引起了顾客的厌烦。端了饭碗的他们，无不躲开弟弟坐的桌子。个别刚进店门买饭的，扫一眼弟弟，嫌恶地躲了出去。很快，穿白衣的服务员过来，催我们赶快离开饭店。

等弟弟喝了最后一点汤水，我领他坐上了去省城的班车。

眼看到了数九寒天，弟弟穿了母亲缝补得很厚实的棉衣，被两碗热腾腾的臊子面吃得满头大汗，痴傻的样子越发不堪。在省城无尽的繁华中，痴傻的弟弟唯独看上了街边的五香猪蹄。我铭记父亲的教导，毫不吝啬地买了三只。瞅着弟弟坐在街边旁若无人地啃嚼，我真想趁机溜掉，可心肠被泪水泡得瘫软，脚下总是

2020

抬不动步子。

我又带弟弟坐上了发西安的火车。

也许肚子吃饱吃好了，也许环境太陌生，弟弟双手抓了我，睡梦当中也不放松，不像在家那样，天黑以后便大喊大叫，打门砸窗，整得左邻右舍都不得安宁；甚至在内急的时候，也憋红脸忍着，要我领他找地儿，不再随便拉在裤裆里，双手抓了四处乱抹……

我必须无视弟弟的改变，必须想办法把他扔掉。我奉命拿那么多钱出门，就是为把他扔掉的。假如无法完成任务，其他的不说，我回家后只有打光棍一条路了——在此之前，极个别准备跟我相亲的姑娘，只要听弟弟是痴傻，全都踩了急刹车。

在西安，扔弟弟的机会实在不少，可我仍是下不了手。西安太大人太多，把弟弟扔下我老不放心。

找旅馆睡一夜，找饭店吃两顿，我又带他上了咸阳的班车。

一到咸阳汽车站，我立即领弟弟找了个墙旮旯儿，把紧抓我胳膊的手撕开，给他装了馒头和烧鸡的布袋让他拿着，板着脸让他乖乖坐那儿，我去趟厕所就回来。

我逃上了回西安的车。点没到，车不走。远观墙旮旯儿的弟弟，开始确实很听话，乖乖坐那儿等待。后来便站起身子，四处张望，疯了似的。再后来，紧抓的布袋也不要了，边张望边抬起手臂，左一下右一下在脸上擦拭。

班车准备挪窝儿了，发动机轰隆隆响。我从将要关闭的车门跳下，跌跌撞撞跑前去，紧紧地将弟弟抱在怀里……

还是扔到西安吧。我找理由对自己说，又带弟弟上了班车。

痴傻透顶的弟弟，也许有心灵感应吧，重回班车以后，不再紧抓我胳膊，也不再叫嚷好吃好喝，静静坐在座位上，那般可怜，那般无辜。

在西安，我还是没扔掉弟弟。

在省城，我依然下不了狠心。

重新带弟弟往县城走，我心里打定了有主意。兜里只剩五元的一张钱了。在县城车站，我领弟弟又吃了两碗臊子面，带他步行往家里走。

进村的时候天已大黑，家门开处，父母木头般立在里面。看见我，又看见我身后的弟弟，父母竟痴傻似的愣了，随后呼呼着，抱住弟弟放声大哭。

慈眉善目儿孙满堂的老丁，拿这事儿说了四十多年，祥林嫂似的，说得他自己眼里没了反应，可亲戚后辈，凡第一次听的，仍然心底酸涩热泪盈眶。

一座山，两座山，三座山

张 港

嫩江边上德里屯，有一大半的男孩儿名叫"布库"。

布库是达斡尔语，可译成大力士、摔跤手、勇士、英雄等等。这么多人叫同一名不易区分，就叫一布库、二布库、三布库，或者牛布库、马布库、铁布库、柳布库……布库只是个孩子小名，等长得身高超过勒勒车大轱辘，就算成年了，屯子的大事小事就可以参与了，就可当兵出征作战了，那就得另起大名，就不再称布库。这是几百年以来的规矩。这就出了"二律背反"：男孩子个个喜欢被叫布库，又个个想着早早有个大名，扔了布库。小布库们，脚跟离地与勒勒车大轱辘比个儿，他们不怨自己，怨车轱辘高。

达斡尔没有文字，南朝北国、道理人情、英雄史诗全凭游吟草原的歌手拨四弦琴唱出，歌手的唱词，一句一根铁橛子，一段一块红铁板，比官家的告示管用。

老歌手在德里屯唱罢，几个名叫布库的小尕子扯他袍子不让走。

七布库问：啥时候，我能高过车轱辘？

老歌手：好好吃，好好睡，天天跑，自然能长过车轱辘。

五布库：必得高过车轱辘吗？就没有别的？

九布库：是啊，就非得干等着吗？就没别的吗？

十布库：大英雄多明阿，九岁就出征打仗，这是你唱的。他才九岁，高得过车轮吗？

是呀！他高得过车轮吗？

老歌手唱出：小小多明阿呀——他一连气，走了六六三十六座山，他头也不回，他头也不回……

小布库们，你看我，我看你，傻愣在那里。

老歌手渐行渐远，草原上荡着歌声：六六三十六座山，他头也不回，他头也不回……

这一天，到吃中饭时，有的人家孩子没回来。草原孩子疯着野着，到别人家吃也是常事。可到了晚饭，孩子还是不见回来。有的额娘就找了喊了骂了。到睡觉时，孩子还不回家，妇女们就串门走户打听了。家家大骇：屯子总共少了七个小布库。这还得了。这还得了。屯子亮了一夜的灯。

早上，有人发现，外窗台上摆了根小树枝子，大头朝外，分叉的细头朝里。这是猎人的规矩，这是告诉家人，自己出了远门。

出了远门？七个小布库，他们去了哪里？全屯人聚集一起，议论纷纷：他们这是故意出走。七个小布库带了干粮，带了绳子、小刀。不省心的东西，干什么去了？怎么猜也猜不出道道。

一天过去。七个小布库中，最大的是五布库，就他主意最正。妇女们指向五布库的额娘：定是他五布库，是他挑的头，带坏了孩子们！

第二天过去。屯子里焚了香，拜了各家祖宗。五布库娘对五布库爹闹到天明。

第三天过去。屯子人宰了牲口，给山神爷爷供了肉与鲜果。

第四天过去。村长发话：精壮汉子，备马备食，明儿一早上山，分头寻找。

第五天，天红似火。成年人出发了。

第六天，有人遇上了七个小布库，蓬头垢面、衣裳破烂，个个瘦得脱相。一问，小布库们说：学大英雄多明阿，要走三十六座山，一连气，头也不回。

牛角号吹响，报告屯子里准备迎接这七个闹事捣蛋的小布库：他们饿坏了，累坏了。成年人让马给小布库骑。小布库一个一个摇头：多明阿是步行的。唱歌的爷爷唱词里没说骑马。

奶奶挎篮子，闺女提奶桶，迎到村口。七个没孩子样的小布库，歪歪斜斜，拧拧拐拐，吃了些喝了些：让大人骂着踢着屁股蛋子扯回各家。

五布库的额娘抓住孩子胳膊，哭上了：我的宝哟宝，成了这样！你可回来了！

五布库却径直朝屯外去了。五布库说：中途打水，我抄近，少走了一座山，还缺一座才是六六三十六。

额娘抡树枝梢子要打：见墙不拐的犟牛犊子！想气死人是不！

爷爷说：要是那样，让他走。让他走吧。

五布库额娘坐地大骂：傻透腔的五布库！我的儿哟，再有一年半载再长高两鞋底子，就到大车辖辘了！你走个什么六六三十六！

五布库还是拖着腿走，他说：那不也得等吗？等一天我也不愿意。

德里屯出了大事：七个小布库从大到小一排跪下。一屯老小，指天对地，焚香吹奏，起歌跳舞。给七个小布库剃去前刘海，给七个小布库一人起了一个正式的成年的名。这可是破了祖宗规矩。

僵 卧

岑燮钧

杨小娟下放时叫刘红旗，这是她的本名，她没打算再做杨小娟。她是一个随遇而安的人。

但是，回团的前一晚，她还是失眠了。她的脑中，一直回响着《英台吊孝》的唱段，结尾的那句，反反复复地缭绕在耳际——

梁兄啊，不求同生求同死！……

这是母亲杨素娟生前演的最后一出戏。很多剧团演这一场时，只摆出素桌白帷，以示梁山伯已亡。而他们团，一直是旧式演法，梁山伯必须直挺在床上。母亲曾说，只有这样，才能演得感天动地。有一回演这一折时，母亲就让她僵卧在床上，充当梁山伯。"梁兄——"母亲的喊声由远而近，这一声喊，直听得她汗毛倒竖。"不求同生求同死"，结尾时一个高八度的大跳，声遏行云，那种凄厉可怖，多年后回忆起来，依然觉得是一种不祥之音！

生死事大。果然，在那场运动中，母亲跳楼而死，凄惨绝烈！

从此，演戏成了她的忌讳。她已不能再承受生离死别，哪怕是在舞台上，都感到是一件可怕的事。然而，杨素娟平反了。

她是战战兢兢重上这个舞台的。演《英台吊孝》这出折子戏时，她总觉得母亲影影绰绰在身边。她并没有坚持梁山伯必须僵卧在床，她是无可无不可的。但是母亲的一个老姐妹站出来说："老团长当年一直坚持这样演的，我们不能改！"大家都不大愿意挺僵尸，只有周密挺身而出，说："杨老师，我愿意！"杨小娟觉得这小姑娘倒是挺上进的。母亲说，她当年就是这样挺尸"偷戏"的。但是，杨小娟在舞台上，总感到有什么束缚着她，直至她靠近梁山伯，开唱"见梁兄一眼闭来一眼开"时，发现"梁山伯"真的半开着眼，不由心中一惊，仿佛再次见到了母亲口眼不闭血流满地的惨状。这时，一阵大恸袭来，才开始入戏。当唱最后一句时，一个"死"字，声音从牙缝间喷出，一直缭绕在上空，久久不散。戏结束了，她依然沉浸在自怨自艾中，站起来要走时，才觉汗湿内衣，一阵寒意沁入骨髓。

这种寒意，总是在一些莫名其妙的关头涌起。自从母亲"自绝于人民"之后，她的资料几乎都被焚毁了。所以，杨小娟也只恢复了几出折子戏。周密老是怂恿她去跟领导说："我就是演个书童，演个丫鬟都愿意！"杨小娟感激地看着周密，但是，麻烦大家的事，她总是很犹豫。

团长说，当务之急还是抓新戏。

一天，从排演厅出来时，团长像是无意中遇见了她一样，斟酌着字句与她说道："小娟啊，我们团里还没有一个梅花奖，说出去不响亮，团里觉得周密还不错，想冲冲看，她是你的搭档，你扶持着点，她若得了奖，是团里的光荣，也是你妈妈的光荣！"杨小娟很客气地说："我好好配合！"下楼梯时，踩了个空脚，一个趔趄，惊出一身汗。"也是我妈妈的光荣？"她觉得这句话有点怪怪的。团里早不起意晚不起意，偏偏在她过了年纪的时候，要去争夺"梅花奖"了。

周密得了"梅花奖"。但争夺"梅花奖"的戏太豪华，演一场亏一场——一阵过后，就不演了。

她是看着周密一步步上去的，业务骨干，副团长。后来，周密做了团长。

一天散会后，周密叫住了她。她不知道周密有什么事，心里排摸着。这时，周密泡了玫瑰茶，端过来："杨老师，你知道，我们团有三年没有商业演出了。上面拨的经费总是有限的，我总得找米下锅吧……""剧剧团都不景气啊！"杨小娟算是安慰。"也不是我们没接到过商业演出的业务，但是，演出公司就是点您的名，没您挂牌，这票子卖不出去！"杨小娟第一次听到这样抬爱自己的话。"不会吧……"她一边谦虚着，一边心里咯噔了一下。这演出的事儿，从你做副团长时就开始管着了，以前咋不说呢？

但杨小娟也懒得计较。团里决定《梁祝》作为开门戏，杨小娟、周密领衔。果然，巡演收到的订单不少。

那天上台前，杨小娟在后台默戏。这些年来，她心中一直有一股长长的气需要抒发。这会儿，这股气仿佛托着她，让她很快进入了角色。嗓子越唱越亮，几乎每唱一段，都会引来热烈的掌声。两人的对手戏，尽管周密使出浑身解数，终不敌她浑身是戏，如有神助。当周密演完"山伯临终"回到后台时，只见她额头全是汗珠，以至于把妆都毁了。周密说，我有些胸口闷。杨小娟说，那索性我们临时改一下，你先休息，不用再上台了，我们就改为素桌白帷吧。周密说，这样不会影响你'吊孝'吧？杨小娟说没关系。她在上场处，看着白光盈盈的舞台，宛若进入一种巨大的虚空，让她忘记了场下的一切。一声"梁兄"，碎步紧移至梁山伯灵前，一个跳跪，让她忘记了自己的年纪。场下顿时一片喝彩，但她似乎没听见，只感觉四周下了大雨一般。"嚣板"托着她的长歌当哭，而"回龙"之后，又是如泣如诉如怨如慕的清板。虽然，周密没有僵卧在场，但是，她有足够的悲哀需要倾诉。一个哽咽，一个小小的痛哭失声，让她的唱腔声情并茂。这不是预先设计，这是临场发挥，情不自禁。当她终于把这场戏演完之后，全场沉默了好一会，才涌起如暴雨般的掌声……

下了场，她的脸上并没有汗珠，但是她的背上，已经热汗淋漓。

周密说："杨老师，这一场你比老团长的录音都唱得好！"但是小娟的心里并不受用，她其实不想跟母亲比较。毕竟，母亲过世这么多年了。

她多想仅仅是她，杨小娟，或者干脆就是：刘红旗！

初 心

冷 鬼

烈日如炎，大地如烤。一行三人驱车来到贫困户刘大福家。落座后领头的问，另外，一个人记，一个人拍照。

问："老刘同志，我们接到了一封匿名检举信，武伟骏收受你家的礼品，请问有没有此事？"

刘大福五十多岁，心脏手术后回到家不足两个月，体虚，连续讲话气跟不上来，此时他妻子李玲嘟噜着嘴，明显不高兴地说："庄稼点火就着，你们咋不怕烤化了，咋有心情问这事！"

领头的说："这关系到脱贫攻坚大事，不敢怠慢。特别是涉及贫困户的利益，必须特事快办。请问李玲同志，武伟骏收受你家什么礼品？"李玲仍然拉长着脸，看了一眼领头，硬声硬气地回答："没有！"刘大福声音弱些，也不给脸色地说："没有，真没有。"

领头的说："不要有任何顾虑，更不要担心会有人打击报复，要相信党和政府。检举信上写得很清楚，武伟骏收受你家5斤香油。"

李玲一下子站了起来，用手指刮了一下额头上的汗往地下一甩说："不是，就不是，你这领导咋血口喷人呢！"说完，一屁股坐下来，气鼓鼓的。刘大福也气得嘴直张，眼向天花板上翻。领头的一看，连忙站起来说："对不起对不起，惹你们生气了……"生气归生气，李玲在纪检人员的劝导下，虽然极不情愿但还是一五一十地说出了实情。

她说，那天武主任送来他单位党员干部捐的为老刘治病的2000多块钱。我往回想想武主任为俺家做的事，俺家的墙头原来倒了一半是他找人给修补好，他劝俺家安装光伏发电，种花生芝麻一亩地补多少钱他比俺还清楚，他又介绍我到村扶贫车间做工，老刘手术住院时，他跑前跑后地忙乎，特别是我那儿子不争气，是他经常教育劝导，现在正混了……人心都是肉长的，我和老刘就想着怎么感谢他，知道他决不会接受俺家的东西，那天是老刘堵住他的车，我硬把东西塞到他车上的。谁知哪个缺德的还好意思检举！我知道非把他脸挖烂不可！接着从厨房拉出一袋大米说，谁知第二天武主任又送来一袋这，这大米可比俺那油要值钱得多，唉！纪检领导，不让俺感谢俺这心里也堵得慌呀，你可不能处分他呀……

领头的叫顾建国，是县纪检三组的组长，他们一行三人冒着李玲所说的"烤化"风险回到自己办公室时，武伟骏已在门口踱步了，T恤衫被汗水浸透了大半。

顾建国说："你接受了刘大福5斤香油？"

武伟骏说："是的。"

顾建国说："什么时间？什么地点？"

武伟骏说："7月26日上午十点半左右，在刘大福家门口。"

顾建国说："没什么要说的？"

武伟骏说："没有。"

顾建国说："据我所知，你单位没有安排为刘大福捐款。"

武伟骏看了顾建国一眼，说："没有。"

顾建国说："那5斤香油带过来了吗？"

武伟骏说："用完了。"

顾建国说："你喝香油啊，这才几天？5天不到！"

顾建国对武伟骏是比较了解的，他对武伟骏说："等会，我陪你一块到你家去取那5斤香油。"

武伟骏无奈："给另外一个贫困户了。"

顾建国有着多年办案的经验，此时他敲了一下桌子，突然改变思路问："武伟骏，你为什么要检举自己？！"

武伟骏愣了一下，又与顾建国对视了一下，知道辩解已无意义，说："我自己觉得没有为贫困户做多少事，即使做些事，也是一名党员分内之事，但一些贫困户总想着感谢，有时要送花生，有时要送玉米，有时要送芋头，这不又送香油，不要吧，怕伤了他们质朴的情感，推搡拉扯不好看；要吧，本来也不想要，而且违纪还影响不好。我就想一招阻止这种情况，就想到了你们。这就是我最初的想法，如果违纪甘受处罚。"

　　顾建国说："我们有很多事要做，你这样增加我们的工作量不太好吧。不过，念你初心本色，就不作其他追究了。"之后，两个人的大手有力地握在了一起，顾建国向里带一下武伟骏，小声道，"嗯，年轻人，你这招应该管用。"

　　武伟骏走出顾建国办公室时，全身轻松，一天一地的阳光感觉也并不怎么热了。

面 包

明晓东

　　我爹去了趟西安，据说坐着带帆布棚的大卡车至少得一天时间。我爹是俺们笊篱沟小学校长，是我们笊篱沟第一个去过西安的人。

　　我爹去西安没有给我买新衣服，只给我买回了一大包面包。面包？我在放学路上边走边炫耀的时候，二丫两眼闪着亮晶晶的光芒，嘴角的口水也亮晶晶地闪着。二丫可怜巴巴地望着我说，二狗子哥，给我尝点好吗？

　　我迅速地扫视了二旦、大牛他们一眼，捂着书包说，不行，这么稀罕的东西，不能给你！二丫说，不给算了，那我给二旦做媳妇，长大让二旦给我买面包！我瞅瞅二旦和大牛他们，再次捂紧书包说，那你让他们别跟着我。二丫扭头对二旦和大牛说，二旦、大牛，你们赶紧回家吧，我要和二狗子哥一块走。二旦狠狠地瞪了我一眼，大牛也不服气地说，面包有什么了不起的，咱们上山摘叉叉果去！说着，和二旦他们飞快地爬上了路边的山坡。

　　二丫说，二狗子哥，可以给我吃面包了吧？我说不行，我得有个条件。二丫说，什么条件？我说，你得给我当媳妇，不准和二旦好。二丫说，嗯。我说，你做我媳妇就得给我做饭洗衣，还得给我生娃娃。二丫说，嗯，那你快给我尝面包吧。我说，你先别急，我还没说完呢。二丫说，那你快点。

　　我说，还有呢，你当我媳妇就得和我睡一铺炕，还得让我亲嘴嘴。二丫说，二狗子，你真流氓！我说，大人不都这样？二丫说，嗯。我说，那你把眼睛闭上。二丫说，不，人家嫌羞羞。我说，那你还吃不吃面包？二丫说，吃呢。我说，那你让我亲一下嘴嘴。二丫看看我，再看看我的书包，顺从地闭上了眼睛，噘起嘴巴。

　　我得意地笑了。我心里说，哼，臭二旦，看你还和我争！我一把抱住二丫，脸上被春风轻轻地挠着，心里惬意极了。我看着二丫红艳艳的嘴唇，亲了上去。

　　抓流氓啊！二旦和大牛他们从水库边的柳树丛里突然探出脑袋，一边喊一边嬉笑着跑来。我心想，坏了，这两个孬种明天一定会告诉我爹，我爹的皮带可是不好惹的。心里想着，连忙推开二丫扭头就跑，却听见"扑通"一声，原来是我一慌，把二丫推下了水库。我看着二丫在水里一上一下地扑腾着，连忙去折了一根树枝伸过去，可是怎么也够不着。眼睁睁地看着二丫慢慢地停止了挣扎，水面上只飘着一缕黑黑的头发。

我哭着喊，二旦，快过来救人啊！二旦说，你下去吧。我说，你又不是不知道我不会游泳。二旦说，你不是有面包吗？你不是挺嚣张的吗？我说，好吧二旦，你把二丫救起来，二丫就是你媳妇了，我二狗子不和你争了！二旦说，那面包呢？我说，都给你！二旦说，拉钩！我伸出手指说，拉钩上吊，一百年不许变！

二旦得意地笑了，转身跳进水库，一个猛子游过去，拽着二丫的头发就往岸边拉。我们七手八脚地把二丫拉上岸，二旦把二丫的脑袋朝下，使劲地抖着。不一会儿，二丫哇地吐出几口水来，嘴里骂着，二狗子，你是个孬种！骂完，抱着二旦哭了。

二旦说，二狗子，说话算数不？我说，算数，面包给你，二丫也是你的！说完掏出面包，一咬牙全部塞到二旦手里。二旦说，放心二狗子，我们不给你爹说。我狠狠地看了一眼二旦手里的面包，扭头飞快地跑了，身后传来二旦他们夸张地大嚼面包的声音。

回到家里的时候，爹和娘正就着酸菜喝着玉米糁。我把书包放在炕头就往里屋走。爹说赶紧吃完饭写作业。我头也不回地说，不饿。娘拿起我的书包说，那么一大包面包全吃完了啊，难怪不饿。我说，嗯。娘说，面包好吃吗？我说，好吃，比馍馍好吃多了。说着说着，我却忍不住哭了起来。

娘奇怪地看着我，自言自语地说，二狗子这是咋的啦，吃了那么好吃的面包还哭鼻子？我看都不看娘一眼，哭得更凶了，哭得西山顶上那轮老太阳呼隆一下滚到了山那边，天空一下子暗了下来。

那一年我十岁，是笊篱沟村第一个拥有面包的孩子。

不存在的父亲

何君华

我们是在整理父亲的遗物时突然发现他根本就不是一个哑巴的。

父亲是突然之间患上哑症的。那是许多年前的事了。

那是个毫无征兆的夜晚，父亲突然开始不能张嘴说话了。父亲就像格里高尔·萨姆沙变成的大甲虫一样，只能无可奈何地挥舞他细小寒碜的手臂，却再也不能说出哪怕一个字。

众所周知，一般的所谓哑症都是聋哑症，是因为听力损害间接导致语言能力丧失的。父亲用手比画着表示他能够听到我们的声音，而此前他也没有任何听力问题，那么他自然不属于此类情况。经过多次医学检查后确认，父亲的发音及听觉器官也均属正常，那么父亲不能言语只能是心理因素造成的，而不是器质性原因。

母亲带着父亲找遍全城大大小小的医院诊所，遍访知名不知名的心理科或神经科医生。可是一点作用也没有，不管采取什么治疗手段，父亲仍是难吐一言。

母亲为此伤心落泪，父亲却毫不在意，一次次用手掌轻轻拍着母亲的肩膀，安慰她不必难过。

父亲就这样突然之间成了一个哑巴。直到三天前不幸离世，他再也没开口跟我们说一句话。

直到刚才，我们整理他的遗物时，突然发现他根本就不是一个哑巴。我们在他那个从来不曾当我们面打开的桃红木匣里发现了一摞他荣获各种歌唱比赛奖项的荣誉证书。

一个哑巴会荣获歌唱比赛的奖项吗？

父亲非但不是一个哑巴，甚至是一个歌声曼妙的获奖歌手！这多么讽刺！

起初，我们还以为这是父亲孩子气的恶作剧，是父亲自己动手制作的颁给自己的假获奖证书，是一个可怜的哑巴无奈的自我安慰。我甚至为此感动落泪，但很快我就发现我们错了。这不是什么恶作剧，根本就是真的——因为我们当即走访了父亲生前工作过的副食品公司。

我们的疑虑获得了证实。父亲确实是一个能够正常发声的健全人（尽管他不苟言笑，但绝非哑巴），那些歌唱比赛也的确是他们公司行政部每年都按期举办的业余文化活动。根据档案记载，父亲的获奖证书都是公司正式颁发的，而父亲也完全是凭实力赢得了它们。我们猜得没错，他的确是一个歌声曼妙的业余歌手，而且绝对实力不俗。

副食品公司上上下下的员工都为我们来求证这样一件荒唐的事而感到惊诧不已，仿佛我们才是那个恶作剧的毛孩子一样。我们感受到了某种人格和智力上的侮辱，无可奈何地涨红了脸。

我们唯一遗憾的是，父亲参加的那些歌唱比赛都没有视频或音频资料存档，只有几张模糊不堪的现场照片，依稀能够辨别确实是他在奋力歌唱。

由于没能拿到第一手音视频资料，我甚至为此有些庆幸。因为我可以在心里欺骗自己，认为那不过是父亲联合他们公司的人一起在要我们，他根本就是一个可怜的哑巴，那些所谓的歌唱比赛根本就不存在。

是的，此刻我多么希望他真的就是一个哑巴，就像多年前我是那么希望他不是一个哑巴（而是一个能跟我们说话的普通的正常人）一样。而明摆的事实是，父亲当真就这样装聋作哑欺瞒了我们整整三十年。

现在看来，当年有些心理医生和神经科医生一些莫名其妙的言语似乎已经暗示父亲是在没病装病（当着父亲的面，他们又不好直言拆穿）。比如，我记得不止一名执业医师曾信誓旦旦地对我母亲保证说："他会好起来的。"而当时父亲的病情根本没有任何好转的迹象。我们当时要是用心听一听医生们的话外之音该多好。

但即使用心听了又怎样呢？你永远无法让一个装聋作哑的人开口说话。其实我们早该发现了。因为父亲"罹患哑症"后，他所供职的公司却一直没炒他的鱿鱼。我们为此隐隐担心，也为此疑惑不解，一家私人公司还雇佣着一个哑巴干什么呢？父亲却满不在乎，立即用纸和笔向我们解释公司已经将他的职位由产品推销员转成了仓库管理员，他只需要记录一些货物进出库数据即可，用不着说话。我们为公司老板的好心肠感动不已，甚至为此专门登门向他表达感谢。我至今记得那位善良的中年老板当时受宠若惊的表情，而事实上，受宠若惊的应该是我们。

我们对父亲瞒天过海的解释坚信不疑，可我们忘了，世上哪有这般体恤人情的老板呢？

我总是在想，如果父亲不是在半天之内突发脑梗离世，而是罹患慢性病尚有足够的时日消磨，他会想方设法事先销毁这些他并非哑巴的"罪证"吗？我不得不认为他一定会这么做。

我不明白的是，父亲为什么要在长达三十年的时间里装作一个哑巴呢？我翻箱倒柜，在父亲另一个隐秘的抽屉里找到一个泛黄的日记本，看到父亲在其中最后一页用粗暴的笔体写道："我受够了，我再也受不了那个喋喋不休的疯婆子了。从今天开始，我要做个哑巴。我发誓一辈子都不再跟那个疯婆子说一句话，一句也不！1980年8月31日，谨记。"

父亲口中的那个"疯婆子"，指的当然就是我的母亲。作为儿女，我们也曾经因为她的喋喋不休而痛苦不堪。但是，我们没有想到父亲会因此做出如此决绝的决定。

我们商量了很久，最后决定不把这件事情告诉母亲——这个唠叨了半辈子的女人，在父亲失语之后言语渐稀，如今年近古稀愈发寡言，有时半天也不说一句话。

将父亲的日记连同那些获奖证书一起烧掉之后，我们长出了一口气，就像烧掉了一些原本就不存在的时间一样。

娘

马金章

丘山娘半年前洗澡时摔倒伤了头部，落下个失忆的毛病。不可思议的是，原来说话比丢金豆还少的她，这会儿，却成了一个絮絮叨叨的老太太。

在丘山娘的心目中，大儿子丘山是她的骄傲，家族的荣耀。她反反复复絮叨，总也离不开大儿子丘山。

黑毛狗跑到床边衔起了她的鞋，坐在床上的娘看了笑："阿黑总爱衔鞋玩儿。"

二儿子丘岭用脚尖触一下狗："娘，它不是阿黑，是黛丝。"

娘没好气地纠正："胡说，这是阿黑。是你哥丘山养的阿黑。"

丘岭笑笑："对，娘说得对，是阿黑。"他对黛丝吼一声，"走。"

娘制止："甭撵它，阿黑乖嘞。"

丘岭依了娘，不再撵黛丝。

娘突然想起了什么，慌忙在床头翻找，一边找，一边一惊一乍地问丘岭："你哥的信嘞？你哥的信弄哪了？"

"娘，恁忘了？在立柜抽斗里嘞。"

娘一怔："对对。快拿来，快拿来。"

丘岭拿出了哥哥的信。

娘喜滋滋地催："快，给娘念念，给娘念念。"

丘岭从牛皮纸信封里抽出两张信瓤儿，一字一句给娘念：

"娘。天渐渐凉了，您要注意添加衣服。不要老挂念我，儿在部队很好，请娘放心。对了，我那可爱的小狗阿黑现在长大了吗？您知道，阿黑是大雪天我在土地庙旁捡到的，捡到它时，它快要被冻死了。我当兵出门那天早上，它追着我跑，又是用嘴扯我的裤脚，又是用头蹭我的小腿，它不愿离开我呢。当我抱起它递给您时，它在您怀里，眼睛可怜巴巴望着我……"

娘听到这里，便泪汪汪的了。

丘岭记不清给娘读了多少遍这封信了，每读到这里，娘都这样流泪。哥喜欢阿黑，娘也喜欢阿黑。后来，阿黑误吃了谁家药老鼠的毒饵。吃了毒饵的阿黑不忍让娘看到它的难受劲儿，一声不吭死在离家几十米外的灌木丛中了。

这天上午半晌，躺在床上的丘山娘被一阵咚咚锵、咚咚锵的锣鼓声吸引。她先是纳闷，继而叫："丘岭，丘岭。"

丘岭进屋。问娘："咋了？"

"你没听到锣鼓声吗？"

"听到了。咋能听不到呢。"

"这是啥喜事呢？"

"谁家娶媳妇吧。"

"不是吧，不是。是人武部、民政局的领导，要来咱家，来咱家送你哥的立功喜报的呢。"

丘岭漫不经心地附和："是。是。"

"人武部的部长姓啥？"

"姓何吧。"

"对。何部长。"娘显得十分激动，以少有的精神头儿催促，"你听。快到家门口了。快出去迎迎人家。"

"好嘞。"

儿子出去了。她感到头有点重，便睡着了。她看到，一群人进了院子。一个小伙子，跳上院里的石碾，像抖红绸带子一样，抖出一挂两托长的火鞭，燃着的烟头儿往上一捅，鞭炮立时噼噼啪啪炸响开来。像天女散花，如彩蝶聚会，五颜六色的炮仗衣碎片儿，飘飘扬扬，洒落了一地……锣鼓鞭炮声招惹得街坊邻居一窝蜂地向她家涌来……

娘从梦中醒来，急忙叫："丘岭。"

"我在这儿嘞，娘。"

"人家走了？"

"走了。"

"立功喜报呢？快叫娘瞧瞧。"

2020

"好。我去拿。"

丘岭走到外间，将蒙了一层细尘的镶着立功喜报的玻璃镜框擦了擦。

娘喜盈盈的目光洒在儿子丘山的立功喜报上：八一军旗下，是"喜报"两个金色大字。金色喜报大字下，三行黑色楷书字陈述了儿子丘山的功绩，陈述功绩的字体上面，叠印着浅红色的"一人立功，全家光荣"八个魏碑大字。

娘在镜框上摩挲。摩挲了一会儿，丘岭征询娘的意见："娘，这喜报，放哪儿？"

娘向床头内侧看了看。

"放恁床头？"

娘点头。

可放了一会儿，娘又改变了主意："还是放在当门条几上吧。放条几上，显得亮堂。串门走亲的来了，看着也光鲜。"

"娘说得是。还是放在当门正中的条几上好。"

丘山娘后来又患了肺癌，发现时已到晚期，在医院住了段时间，眼看已无力回天，医生让准备后事。

出院后回到家，娘从昏迷中醒来，一遍一遍叫："丘山，丘山。"

"娘，我已给哥打了电话。可哥，在执行特殊任务。我再催催。要不，叫老三丘峻照顾恁。我开车去接俺哥。"

隔了两天，丘岭接来了哥哥丘山。他的车后，还跟来了一辆车。哥哥丘山是从后边的车上下来的，他进门就呜咽着叫了声"娘"。

丘山跪在娘的病床前，痛哭流涕地说："儿子不孝，儿对不起娘啊。"

丘山的左脚脖处，戴着一个黑色的电子铐。丘山从部队转业地方后，在一个有职有权的岗位上栽了跟头。

外间，两名警察坐在沙发上，一位看着条几正中摆放的丘山早年在部队的立功喜报，对丘岭说："你哥丘山，服刑期间，有立功表现，被减刑一年。再有三个月，你哥就可出狱了。"

星 火

陈力娇

老伴给鲁老头出主意，你去江北干活吧，男人不在家，他们能把我一个女人怎么样，我住的是自家的房子，他们还强行把我赶出去不成？

鲁老头听了老伴的话，天没亮就去了通河，剩老伴和两个女儿在家。

通河在伊汉通的北面，鲁老头在乌鸦泡村做起了木工活，给一户有钱人家砍房架子。这其实是没有办法的办法，等于掩耳盗铃。县里的开拓股来人通知，三天之内必须把房子腾空，耽误了日本开拓团居住，小命不保。

乡邻们听了他们的话，没太相信，因为自古没听说，自家住得好好的房子，瞬间成了别人的。见乡亲们不动，开拓股的人就向上汇报，汇报给关东军，关东军就派一支马队来了。五十匹战马从村街上驰骋而过，踩死好几个来不及躲闪的中国孩子。

保长像哈巴狗一样站在马的胯下，敲着铜锣对着每家每户喊，三天之内不把房子倒出来，格杀勿论！加藤大佐鸣枪示警，向空中砰砰砰开了三枪。

有一个日本兵见一家院子里的狗对着他们狂叫，举枪向它射击。狗被打个嘴啃泥，一翻身没了声音。狗主人孙老头见狗没了动静，门裂个缝儿想看个究竟，刚探出脑袋，就被坐在高头大马上的加藤看到，他一抬手，孙老头的天灵盖就被他打穿了。

这些都是鲁老头走后的事，他虽没看见这个场面，心却惶惶地跳了一天。他惦记着家，惦记着女儿们，第一次对老伴的主意产生了怀疑。

和他一起来的王木匠也觉得这么躲不是办法，就决定吃过饭和东家说明情况，辞工回家看看，实在拗不过，搬就搬吧。

搬倒行，可是上哪去住呢？鲁老头问自己，也是问王木匠。

王木匠说，村长答应了，说去西部山区，那里什么都给准备好了，房子和土地，马和犁杖一样不少。

鲁老头问，这能是真的吗？那么好，开拓团怎么不去住，非让咱们去住？

王木匠说，去不去都得去了，房照已经交给人家了，地契也给拿走了，知道那会儿不交上去呗。

鲁老头说，谁敢不交啊，开拓股端着枪，不交还不一枪崩了咱。

王木匠说，一回事呀，这会儿不搬也一样让咱脑袋搬家啊。

两个人越说心里越打鼓，忙吃了两个窝窝头，喝了两碗热汤，准备赶路。这时，一个大厨趴在窗台上问他们，谁姓鲁？有人找。说着来人已经从他后面走了上来，鲁老头一看愣了，是自家西院的四虎子。四虎子一见鲁老头忙说，可找到你了大叔，快回家吧，再不回就出人命了。

四虎子是从屋后的横垄地爬出来的，专门给鲁老头送信来了。他走时加藤已经进了鲁家的院子，看到鲁二丫眼睛都直了。鲁大丫藏在了土豆窖里，鲁二丫不放心妈妈，和妈妈在一起。

鲁老太哀求着加藤，我们家就这两间房，太君就行行好吧，眼看着就冬天了，冰天雪地我们去哪住啊。

加藤根本就没有听鲁老太的话，他戴着白手套的手竖起两根手指，命令手下把鲁二丫拉到东屋里去。鲁二丫不服，脚蹬手挠，日本兵就照着她的太阳穴来了一拳，鲁二丫顿时不吭声了。鲁二丫被日本兵拉到东屋，加藤跟了进去。日本兵出来给他站岗，不让人接近，步枪上了刺刀，雪亮地在人们眼前晃。鲁老太早被一匹马拖着，在村街上转了一圈又一圈，直到加藤的队伍退出村子，人们才把血肉模糊的她救回家中。

鲁老头听了这些，一把板斧绰了起来，想回去和日本人拼命。

但是到了家后，哪还有日本人啊，有的只是奄奄一息的老伴，和半傻的姑娘。鲁大丫一会儿抱抱娘，一会儿抱抱妹妹，哭得泪人似的。乡邻们都守在他家，劝鲁老头忍了，鲁老头痛不欲生，说，我杀不了日本鬼子，我就杀了自己算了。

人们阻止他，劝他道，你要是死了，这个家就完了，死的不只是你一口，是三口，剩鲁大丫也还是逃不出日本人的魔掌。

鲁老头思前想后最终是听劝了，但令人担心的是鲁二丫寻死，这丫头一刻都不想活了，邻人们只好在她家守了一夜。

第二天天一亮，开拓股的人又来了。他们这回是拿着镐头，直接跳上房扒房子。这些人是中国人，是专门为日本人做事的。

面对强拆，邻里们商量，还是搬吧，他们不是说那里住房和牛马都准备好了吗，我们去看看到底啥样。就一家一家开始用独轮车搬家，有车马的人家联合起来，把老弱病残人家的家当都拉上，去了西部。

但是到了那里一看，大家都绝望了，什么都没有，房无一间，地无一垄。而且想回去已经不可能了，四周早已围好了土墙和炮楼，有兵匪在那里把守。没有房子只好就地取材，几家合起来，挖十几米长宽的大坑，叫地窨子，伙住，单等明年春天，脱土坯盖房子。

大家忙碌完，忽然发现少了两个人，是四虎子和鲁二丫。人们猜测，一定是去找"队伍"了。鲁老头听了，破涕而笑，他抹着泪想，这样挺好，这样她就可以活下去了。

撒手锏

范子平

在实验小学教毕业班的老师，人人都有自己的撒手锏，而语文老师姚摇，因为参加工作时间短，撒手锏就没有众多资深老师明显，但是肯定也有的，要不然，怎么会才教两三年工夫，就调到毕业班教课兼班主任呢？

姚摇讲课以学生为中心，不要说学生不好好听讲，就是哪一个学生上课精力投入不到位，没有充分动脑筋思考，她都能分辨出来，并且要当堂纠正，一般不会拖到下一节课。

这学期姚摇接了一个新班，偏教育局又安排全学区的语文教师来听她观摩课。姚摇虽说已经久经沙场，但还是进行了认真的准备。她的准备不是研究写教案，因为那些她早已成竹在胸；也不是布置学生怎么发言，因为她觉得那样太假。她主要是设想学生在课堂上的各种表现。

她讲的是课文《春天的故事》，学生反应热烈，充分参与，一个个发言踊跃。预先设计的教学目的都已达到，可以说是一节非常成功的示范课。下边听课的老师都发出了钦佩的目光。但是就在这时，她发现一个学生——上一任班主任特意向她交代的调皮鬼王小路，正低头往抽屉里看着什么，看得很专注，一时似乎是把这一节语文课都忘记了。他在干什么呢？按说，教学目的已经达到，不应该节外生枝，如果在这个时候出什么她应付不了的问题，前边的示范教学就功亏一篑了。但是，姚摇说到底还是不服气，她不相信自己会控制不了局面。她与生俱来有一种挑战的心理。更主要的是，她觉得，只要有一个学生对自己的课心不在焉，就不能说明这节课是完全成功的。

她沉着地点名了："王小路，你站起来。"

王小路毫不在乎地站起来，手中竟然还拿着一个本子，那分明是一个数学本子。

姚摇说："小路，你对这一节课有什么不满意吗？"

一般的老师不会这样问，因为好像在暗示让学生来挑老师的毛病。学生真是说出对你的课不满意，你又能怎么着呢？

但是姚摇就是姚摇，她有充足的心理准备。她的打算是要王小路说出自己的具体意见，然后自己循循善诱，给出解答，让其他学生受到启发。她说过，只有在动态中教课的老师才是合格的老师。

王小路看看四周，低了头不说话。姚摇更加相信自己的判断，她说："没关系，你大胆说出来。我们自由对话，只要讲真心话，其他一切都无所谓。"

王小路说："我很满意，您上课我向来都满意的——我只是在做数学作业。"说完还扬了扬数学本子。

姚摇说："语文课为什么要做数学作业呢？"

王小路说："我不是每节语文课都做数学作业的，只是，只是昨天上数学课我妈有病，我请假耽搁了。"

姚摇让王小路到讲台上。给了他一段粉笔，说："你左手在黑板上画个方框，右手在黑板上画个圆形。注意，两只手要同时动作，同时开始，同时结束。"

听课的老师发出了细微的议论声。刚才还在为姚摇担心的本校校长、教导主任都露出了会心的微笑。他们知道，姚摇是要通过具体的事例，来说明"专心致志是搞好学习不可缺少的条件"。他们相信姚摇会说出一番娓娓动听的道理。

但是，谁也没有想到，王小路两只手同时动作，一只手画出规范的方形，一只手画出规范的圆形，而且同时画完，没有一点破绽！在下边听课的老师们，有的好奇，有的着急。是呀，下边姚摇该怎么办呢？

姚摇却灿烂地微笑着，透出心底的喜悦。她说："小路，那么你是说，这一节语文也完全掌握了？"

王小路站起来，把这节课的重点，包括时代背景，重点词语，语法练习，乃至意境欣赏说了一遍，简练而又全面。姚摇忘形地走下讲台到王小路的课桌前，拉着他的手高兴地摇，说："好，好！"

姚摇在讲台上兴奋地说："你们知道高斯吗？他八岁的时候，算数就超过了他的父亲。上小学的时候，他的计算能力已经远远超过了老师。到十九岁的时候，他就干净利索地解决了两千年来无数数学家梦寐以求的正十七边形数学难题。后来，他成了一个伟大的数学家。如果我们发现自己具有某种才能，一定要珍惜，千万不要放过！"

姚摇又说："但是，同学们，各人有各人的学习道路。如果你不能一手画圆一手画方，那么，还是要专心致志地学习才能取得好成绩。我们千万不要放弃自己的努力。"

课堂里响起了一片热烈的掌声。

善良的女人

刘向阳

女人很善良，而且出手也很大方。按照津海人的话讲，这女人不抠门儿。

一天，女人打出租车去南郊区办事，车在一个十字路口遇到红灯停下了。车刚停稳，就过来一个乞丐，穿着又脏又破的衣服，脸也脏兮兮地看不出个模样。女人觉得很可怜，就要伸手掏钱。出租司机马上制止，说，他是个职业乞丐，我每走到这个路口，总能看见他。

女人不高兴了，你们这些人就是心肠硬，连点怜悯心都没有！说着，掏出了一张50元的票子，递给了乞丐，乞丐连连作揖答谢。

待车走了，乞丐用手指弹了一下票子，又伸手从怀里掏出个便携式验钞机，确定不是假钱后，开心地笑了，要了这些年钱，遇见这样大方的主还真不多，算老子运气好，今儿遇到了个傻帽。

遭到女人嘲讽的出租司机，见女人出手大方，便没再言语。到了南郊区城区，问女人要去的地方。女人告诉了司机地址后，又补充说，头回来，路不熟悉，就劳您费心了！

司机说声，好嘞！便将车拐进了一条不宽的胡同，又左拐右拐，拐了不知多少条胡同，才来到了宽阔的大街上，在一个大楼旁停下，对女人说，您要去的地方就是这座楼。女人看到计程表上显示82.5元，便给了司机90元。司机刚要找零，女人说，块八俩钱也不多，再说干你们这一行的也不容易，不用找零了。

司机当然短不了连连道谢。等女人下车后，司机冷笑着撇了撇嘴，就这货，多赚了她二三十块钱，还蒙在鼓里，真是个二！

女人到南郊区来，是与好久没见面的闺密聚会的。两人相见，先是拥抱，后是相互揩眼泪。接着，闺密将女人领到一个富丽堂皇的大酒店。俩人要了个雅间，又点了几个上档次的菜，还要了一瓶法国干红。边吃边叙旧情。从儿时一直聊到现今，哭一阵儿，笑一阵儿的。女人夸闺密聪明，闺密夸女人能干，女人夸闺密找了个好老公，闺密夸女人的老公会赚钱。说到最后，俩人一致认为摊上了好岁月，遇上了好政策，都由衷地感谢习总书记。闺密说，要不是习总书记惩治了那些贪官污吏，能有风清气正的今天？

女人说，要不是习总书记决心2020年全面建成小康社会，西部那些贫困省份说不定还要落后多少年！

俩人不知不觉聊到了全大酒店的客人都走光了。闺密去前台埋单，女人原地等候，看见一直在旁边伺候的小女服务员收拾桌子，便搭话问，小妹妹，是哪里来的？

小女服务员答，安徽乡下。

女人又问，家里穷吗？

小女服务员答，要是不穷，哪里会跑到这千里开外的津海打工呢！

女人问，一天工作多长时间？

小女服务员答，没个准点儿，上午十点上班，晚上，最后一个客人啥时走，才能啥时下班。

女人又问，月工资多少呀？

小女服务员答，一千八。

女人惊讶了，咱津海最低生活保障都两千多元了，你们一天干十多个小时才拿那点儿钱！太可怜了。说着，从兜里掏出两张百元钞，塞给小女服务员。

小女服务员将手背到身后，连连摇头说，不要，不能随便收顾客的小费，这是店里的规定，我要是收了，会遭老板解雇的！

女人说，这是我自愿的，你们老板不会解雇你的。

在女人的强迫下，小女服务员战战兢兢地接过了钱。女人为自己能够帮助小女服务员感到欣慰，在走出饭店路过前台时，特意告诉前台经理说，我自愿给了那个小女服务员两百小费，你们不许处罚她！

可是，女人哪里知道，就因为她多了这一嘴，小女服务员随即遭到了解雇。大堂经理说，酒店收取的费用中已经包含了服务费，再收取小费就无形中加重了客人的负担，在如今酒店竞争激烈的情况下，为酒店造成了无法挽回的影响。

小女服务员是哭着离开酒店的，站在大街上，恨恨地想，要是再让我遇上那个可恶的女人，我非撕烂了她那张乌鸦嘴不可！

王小跳的二次离职

颜士富

　　桃源是纺织鼻祖卢廷兰的故里，在改革的春风吹拂下，一夜之间纺织厂如雨后春笋般冒出了几十家。经纬纺织有限公司就是其中一家。

　　王小跳是在公司成立不久后，应聘了销售经理的岗位。

　　王小跳尽管是销售经理，其实他一个兵也没有，因为公司刚刚成立，业务不是太多，屁大点儿的业务都由他亲自出马，除了总经理乙江龙，王小跳既是指挥员，又是战斗员。于是，他经常出入南北，驰骋东西。几年下来，公司逐渐壮大，市场部又增加了几人，这时，王小跳有了想法，他要走出公司，独闯天下，不再过寄人篱下的生活。一天，他找到总经理乙江龙，把自己的想法和盘托出。

　　乙江龙点燃一支烟，猛吸了一口，说，投资须谨慎，我欣赏你的远大抱负，并希望我的每一位员工都能成就一番事业。你虽然走了，我们的感情仍在，我的公司就是你的大后方，有什么困难，尽管找我，公司的大门仍向你敞开，随时欢迎你回来。

　　王小跳还是走了。

　　王小跳不仅人走，还从经纬公司带走了一批业务，对此，总经理乙江龙有些不爽，但还是忍下了，他宽慰自己，就算是对王小跳新建公司的一点儿支持吧。

　　时光荏苒，经纬公司更加壮大了，原来的总经理已经晋升为董事长了。

　　然而，王小跳的日子却越来越不好过，几个合伙人窝里斗，公司日渐衰落，终于破产了，法院已进行了清算。

　　一天，王小跳徘徊在经纬公司的大门口，迟迟不敢迈进大门，他有很多对不起经纬公司的地方，乙江龙还能容下我吗，他会不会嘲笑我……种种顾虑涌上王小跳的心头，可自己已经走投无路了，试一试吧。王小跳鼓足勇气，还是踏进了经纬公司的大门。

　　王小跳敲开乙江龙办公室的门，乙江龙的第一反应是从座位上弹了起来，连说稀客、稀客，什么风把你吹来了？来来来，说说这几年的成就……

王小跳的脸腾地红了，摆了摆手，从牙缝里挤出几个字，不堪回首。

你太谦虚了。

我就知道不该来。王小跳说着转身就要离开。

乙江龙一把拽住了王小跳的胳膊，说，这是什么话啊，今天破例，中午喝几杯叙叙旧。

我一错再错，一不该离开你，二不该带走了你的业务，我太不仗义了……

不说这些了，说些让人高兴的事吧！

王小跳试探着问，我还能回来吗？

欢迎啊，乙江龙说，公司的门一直为你敞开着。如果你真的想回来，仍然去市场部任职。你呢，虽然中途走出公司，但毕竟还是老员工，算是公司的元老级人物了，没有功劳也有苦劳啊，你还去管理市场部吧。

王小跳在外折腾了一圈，又回到了经纬公司。

经纬公司市场部，基本上还是他走时的几位同事，王小跳回到了他们的身边，重拾过去的业务，和他的旧同事们共同操持业务。业务仍然风生水起，十分红火。年终，王小跳和其他业务员受到了公司的表彰。

公司壮大了，作坊式的经营模式不再适应公司的发展，公司要走规范化的经营道路。公司董事会通过考察，在全国设立了华东部、华南部、华西部、华北部等四大市场部，从国内著名院校招录营销管理人才分别任四部经理。四部仍由王小跳管理。

然而，王小跳并不适应这个管理系统，他认为设立这四个部门没有必要，他盘算，由于他有"前科"，董事长有可能提防着他，怕羽翼丰满了而尾大不掉，故意削弱他的权力。于是，他在做事时，就撇开这四个部门的经理，有时指令直接下达到最基层的业务员。时间长了，给业务员一个信号，这四个部门经理是虚设的，业务员不自觉地回避了部门经理的管理，直插上层向王小跳汇报。可是市场做大了，王小跳根本应接不暇，有的业务为了等他的回复，竟要十天半月，错过了最佳时期，耽误了很多业务，给公司造成了不可挽回的损失，市场一度陷入混乱。

一天，董事长乙江龙约谈了王小跳，他说，当初我创业的时候，心里想的就是赚多少钱，而今天，我的梦想实现了，但是，我的想法也随之改变了，我认为赚钱不是唯一的目的，我们对社会的责任应该更大了……作为士兵，你很优秀；然而，作为将军，你却不称职。

又一天，董事长办公室正式通知王小跳，把他调出市场部，工作待分配。

王小跳又一次离职了。

2020

扎西跟狼的较量

蔡永平

20世纪80年代，扎西还是个毛头小伙，在县射击队集训了半年，扎西放假了，他去布尔智草原看望舅舅。

天蓝瓦瓦像水洗过的绸缎，远处的雪山白亮亮晃人的眼，牛羊撒在茂密的黄草丛中，像飘游的云朵。扎西跟舅舅放牧，陶醉在大山的美景中。夜幕降临，牛羊归圈。

扎西和舅舅躺在火炕上看电视，拉话儿。

"嗷呜——"，几声长嗥，从对面山头上传来，撕破静寂的夜。

扎西腾地坐起身："舅舅，有狼！"舅舅捋着山羊胡，眯着眼："这俩东西，天天晚上叫呢。"扎西从墙上摘下舅舅的猎枪，一跃出了院门。黑魃魃的天幕上，布满了亮闪闪的星星，巍峨的群山像一只只巨兽伏在黑暗中。装弹、上膛、端枪、瞄准，扎西一气呵成，"砰"，朝着山头放了一枪，天地回响。"嗷呜——"，狼又长嗥。

扎西瞪大眼问舅舅："狼晚上来，羊会遭殃。"舅舅呵呵笑："安心睡觉了，不会来的。"

第二天，扎西和舅舅去阿沿沟放牧。远远的石崖上，有两个黑点在活动。舅舅指着黑点说："昨晚就是这两东西，现在这东西也很少了。"扎西皱着眉问舅舅："狼在身旁，你们不怕它祸害牛羊吗？"舅舅呵呵笑："怕啥呢，人不伤虫，虫不伤人，这东西灵泛，不会轻易伤牛羊。"

下午，羊儿回圈，少了两只羊。黑暗罩严了大山，舅舅说："黑咕隆咚的，明天去找。"

第二天早晨，舅舅和扎西赶上羊去阿沿沟，在山坳里寻到了两只血肉模糊的半拉子羊。扎西涨红了脸："狼太坏了，太坏了。"舅舅望着石崖上的黑点说："天寒地冻，这东西也是实在没法子呀！"

舅舅赶集去购置生活用品，留下扎西看管羊儿。扎西背上猎枪，去了阿沿沟。他沿松树林边缘，悄悄摸到了石崖上。两只土黄的狼，斜躺在山坡上，眯着眼晒太阳。

"可恶的狼，让你祸害羊！"扎西心中咒骂。装弹、上膛、端枪、瞄准，"砰"，子弹击中了一只狼的前胛，鲜血喷溅出来。

两只狼"忽"地蹦起来，转头向山顶逃。装弹、上膛、端枪、瞄准，"砰"，子弹又射出，落在后面已中弹的狼，猛然跳起，挡住了子弹，狼一头栽倒在地。

等扎西再装弹、上膛、端枪、瞄准时，准星里没了另一只狼的身影。扎西追上去，攀上山顶，岭下是密匝匝的灌木丛。"嗷呜——"，灌木丛里传来狼的长嗥。"便宜你了，恶狼！"扎西挥舞着猎枪，大声吼。

舅舅回来，扎西赤红脸，唾沫星乱溅，向舅舅述说杀狼的惊心动魄的过程。舅舅"吧嗒、吧嗒"抽旱烟锅，喷出浓浓的烟雾："唉，你呀，年轻气盛，祸闯大了，这东西惹不得呀！"扎西举起枪："有我这百步穿杨的枪法，还怕狼？"

那晚，对面山头上狼嗥了一夜，舅舅躺在火炕上辗转反侧了一夜。接下来几天，舅舅和扎西紧跟着羊群，小心提防着狼。那狼突然失去了踪影，晚上也听不到嗥叫。黑暗中，舅舅翻转身："没这东西叫，这夜怎么这么瘆，睡不着了。"

扎西紧握猎枪，心中下决心一定要灭了这狼。

黑沉沉的云压住了山头，风打着呼哨，雪片乱舞，天冷得要冻掉下巴。下半晌，舅舅和扎西把羊儿打回头，羊群慢慢流向圈滩。两人哈着气，跺着脚回了屋子。突然，传来"汪汪"狗的急叫，"咩咩"羊儿的乱叫。舅舅赶忙出屋，山梁上，狼追咬羊儿。

扎西提了枪，紧跟舅舅跑上山梁。七八只羊儿横七竖八躺在雪地里，鲜红的血染红了白雪。那只狼掉头蹿上了山顶，伸出长长的舌头，舔着嘴巴上的鲜血，俯视着山坡。扎西举起枪，枪的射程够不到，扎西奋力向上爬。舅舅叫住了扎西："你追不到它的，算了吧。"

舅舅和扎西把咬死的羊儿背回了屋子，舅舅在山坡上留下一只羊。扎西瞪着眼："舅舅，你怎么给狼留食物呢？"舅舅苦着褶皱的脸："唉，这东西也是条命呀！"

2020

晚上，舅舅把干肉、酥油、炒面装进袋子，递给扎西："明早，你回城吧，这东西鼻子灵，你走了，兴许就不来了。"扎西歪着头："我不走，依我的枪法，我一定灭了狼！"舅舅望着黑乎乎的山峰："大山里也不能没有这东西呀！"

第二天早上，扎西坐上出山的摩托。摩托驶出山谷，"嗷呜——"一声长嗥，扎西回头，看到山梁上昂头引颈的狼，扎西的头发直竖，脊梁骨发凉。蓦地，扎西懂了舅舅说的话。

崩　塌

蒙福森

　　黄昏，日落，彩霞满天，工人们下班走后，热火朝天的建筑工地一下子就安静下来了，变得空荡荡的。

　　工人们都是附近村庄的，他们下了班，就骑摩托车电动车回家了，明早再来上班。工地上只剩下老李一个人看守工地。

　　老李的家离工地有七十多公里。他不能走，老板请他来就是看守工地的。

　　可今晚，他特别想回家一趟，哪怕路再远再难走。

　　老李想回去，是由于刚才看见了一个女人，激起了他沉寂已久的欲望。

　　当时，老李吃过晚饭，看了一会儿电视，电视里不是没完没了的广告，就是粗制滥造的肥皂剧，无聊之极。老李百无聊赖，出了门，在工地附近闲逛。不远处，有一片农田，种满了庄稼和青菜，郁郁葱葱的。

　　太阳落到山那边去了，天还没有黑。老李看见农田里，有一个中年女人正在弯腰摘菜。

　　晚风吹起了女人的衣角，露出一片耀眼的白，女人弯腰摘菜时，她胸口那一抹诱人的风景暴露无遗，像宁静海面上升起的半轮圆月。

　　老李见到女人时，恍惚了一下——女人的身影和老李的老婆金凤很像。有那么一刻，老李以为她就是金凤，差一点就喊出声来。

　　老李呆呆地看着女人很久很久，直到女人走远了，他还没有回过神来。

　　想来，已经有半年没回家了。

　　老李当即决定回家去。

　　天黑后，巡逻了一番工地，老李锁上工地铁门，骑摩托车回家去。上次，他偷偷回家，住了一晚。当晚，工地被偷了几台焊机，一堆钢筋，一台电脑，他被老板骂了个狗血喷头，扣了他一个月工资。老李不知道电脑里储存有老板偷工减料的数据。今晚，他一定要回来。

　　老李回到家时，已经晚上十点多了，孩子们都睡了。金凤十分意外：

"你……咋回来了？"老李嘿嘿地笑了："想你呗。"金凤手指点着他的额头笑骂："老夫老妻了，老不正经的。"老李坏笑了一下："老夫老妻就不能想啦。"说完，关了房门，放下窗帘……

乡村的夜晚静悄悄的，夜色阑珊，恍若无人。池塘里，草丛中，依然是蟋蟀、青蛙、虫子在鸣叫，乡音一段连着一段。劳作了一天的人们早早睡了，有几户人家的窗口还亮着灯，透出温暖的光亮来。

深夜，老李发动了摩托车，金凤披着睡衣，从屋里追出来，说："这么晚了，天又这么黑，明早再回吧。"老李看看天，看看四周，到处黑漆漆的，伸手不见五指，摇摇头："不行，一定要回去，不然，被老板知道了，会扣工资的。"

金凤说："扣就扣呗，这么晚了，黑咕隆咚的，路远，不安全。"

"有车灯，怕啥？"

"有车灯也不行。明天早点起床，赶在工人上班前回去，老板不会知道的。"

老李还是想回去。

金凤突然在老李背后抱住他，紧紧地抱着，脸在他的背脊磨蹭着，喃喃道："我……不让你走，嗯。"金凤温顺得像只猫儿，语气像初恋的女孩，万分娇羞。

老李抚摸着金凤的粗糙的手，眼睛一阵湿润。

"好了好了，我……该走了。"老李轻轻地掰开金凤的手。

"不！"金凤死死地不放。

老李让金凤再抱一会儿。

两人无语。

良久，金凤慢慢地松开了手。

"开慢点，到了工地给我打电话。"金凤说。

"嗯，知道。"

老李正要出发，突然，大风吹来，一阵紧似一阵，雨滴三点两点地下，接着，一声巨响，一道闪电撕裂漆黑的夜空，划过天际，紧接着，狂风大作，电闪雷鸣。"下大雨了，明早再回去吧。"金凤话音未落，大雨就哗啦啦地下来了。

大雨倾盆，雷电交加，这下，想走也走不了了。

早上醒来，屋里一片寂静，此时，风停雨住，云淡风轻。屋里不见了金凤，她做好了早餐，早早下地干活了。

老李发了一条短信给金凤，骑摩托车回工地了。

一路车速如飞，大路两边的田野、庄稼、树木、村庄、河流、山野，飞一般地向后退去。雨后的天空，碧空如洗，白云悠悠，空气清新得像水洗过的荷叶般清净。

几小时后，工地到了，就在前面。

可那两栋大楼呢？

近了，老李大吃一惊，昨晚还好端端的大楼，此时，断垣残壁，一片狼藉——昨晚，大风大雨，大楼居然崩塌了！连同门卫室——老李吃住的地方，也被崩塌的大楼压在下面了。

刹那间，老李瘫在地上，掏出手机，哆嗦着不知道怎么办。他手脚发抖，冷汗如雨，拨了好几次，终于拨通了金凤的手机，可喉咙发涩，像被人掐住了，竟然一句话也说不出来。

金凤在电话里"喂喂喂"了几声，老李终于说出话来了，声音颤抖："大楼崩塌了！"

"啥崩塌了？"

"大楼！如果……昨晚我在这里，死定了……"

金凤握着手机，泪如雨下。

做土方工程的老钟

满　震

　　我无意说一个诈骗故事给你听，我只是想说说老钟这个人。

　　我是在一个饭桌上认识的老钟。老钟坐在我对面。经主人介绍认识后，他举杯"打的"来到我的跟前，恭敬地说："领导，我敬你。"干杯后他接着说，"老弟我刚做土方工程不久，没有人脉没有关系没有路子，全指望朋友帮忙。领导你见的世面广，接触的人多，以后还请多多帮帮老弟。"

　　他尊称我为"领导"，其实我在单位里只是一个小科长而已。

　　那个时候，机关上下都在忙招商引资。有一次接待一个客商黄老板。黄老板说他朋友那里有一个土方工程，问我能不能给他介绍一个施工队伍。我马上想到了老钟，便把他引荐给了姚老板。老钟非常高兴，大气地说："非常感谢。工程做完利润我们五五分成。"

　　我说："非常感谢你的好意。但我一毛钱也不会要你的，因为支持帮助企业发展是我们应尽的职责。"

　　然后，黄老板带我们前往位于邻省池城县的发包单位接洽。

　　我们来到池城县城的一栋旧楼的三楼上，见楼梯口墙上挂着"×××城建开发公司"的牌子，往里走，一间间办公室的门头上分别挂着"业务科""设计室""财务科""办公室"等小标牌。我们走进最里一间的"总经理室"。严总亲自接待我们。我们落座后，他展开桌上的图纸就给我们详细介绍这个项目，最后说到土方总量多少，价格多少。

　　老钟最关心的是土方量和土方价。而我最关心的是这个项目的真实性可信性，便问他们有没有计经委的批文。严总随手从文件夹里抽出一份盖着公章的红头文件给我看。我又询问了一些我能想到的问题，他都一一回答了。

　　最后严总说："如果决定做，进场时先要交5万块钱保证金。"

　　我说："我们的机械设备、人员大老远地赶来进场就将产生消耗，这时候我们如果不做或者你们不让我们做，我们就会损失惨重。我认为你们不应该要我们交什么保证金，而是你们应该给我们一些预付金才是。"

他说这是他们地方政府的统一规定，凡外地施工队伍进来一律要交保证金。

我说我们回去研究商量一下，做与不做尽快给他们回复。

回来后，我跟老钟说："从批文看，这个项目是真的。但我跟黄老板还有他的这个朋友严总本来就不熟不了解，只是萍水相逢。我们还是慎重为好。还要多方了解核实，不要草率决定。"

后来老钟就没再跟我联系。有一天我忽然想起这事，就主动打电话问他这事现在的进展情况。他说："他们又带我去了施工现场实地考察了，应该没什么问题。你工作忙，我怕耽误你时间，就没让你陪我去了。"

我提醒他说："现在骗子多。你还是要细心一些稳重一些，多个心眼。有什么需要我帮忙的就跟我联系。"

可是后来他一直也没跟我联系。有一天又在一个饭桌上遇到他，我自然就又问他上次那个工程的事。没想到他说："你工作忙，这事你就不用多操心了。事成之后我该怎么感谢你我会怎么感谢你的。"

我说："你误解了我的意思。这事我是牵线介绍人，当然希望你做成。如果有什么闪失，那我就会很不过意的。你看什么时间我再和你一块过去一趟，我再从官方了解了解。"

他连忙说："不必了不必了。你不要再去了。你要是再去可能就起反作用了。"

我不理解他的话是什么意思。他说："现在我不跟你细说了，细说你会不舒服的，以后再跟你说。"一副不想让我知根知底的样子。我便不再过问这事。

有一天，老钟突然来找我，苦着个脸说："出事了！我们上当受骗了！他们都是些骗子啊！他们拿了我那么多钱，让我回来等通知，说是这几天就要开工。可是我等了一个礼拜也没动静，又等一个礼拜还是没动静。我有点不放心，就打电话过去问，没想到他们的电话都是无法接通，严总的电话打不通，黄老板的电话也不通。我打了无数个电话都打不通。我昨天忙赶去他们公司找他们，可是那一层楼已经鬼影子也不见一个了，公司的牌子也不知去向了。问附近的居民，都说不知道也不认识这些人。他们拿了我12万啊！"

　　我问他咋给了他们这么多钱呢。他说："进场费5万，这是你晓得的；然后，严总要5万，姚老板要2万。我损失整整12万啊。"

　　我责怪他说："你给他们钱你为什么不告诉我？你为什么不让我再见他们？"

　　他哭腔哭调地说："第一次去，你查高问低问这问那的，让他们很反感。你去上厕所的时候，他们说你戴个眼镜像个没出息的小学老师。明明一个很好的项目，要不是姚老板介绍他们根本就不会给我们做。他们让我下次不要带你去了，你要是再去再怀疑这怀疑那不相信他们，弄得大家都不愉快就不合作了。"

　　我说："那你回来为什么不把情况跟我说说，我们一起分析分析商量商量呢？"

　　他吞吞吐吐欲言又止："他们……他们让我什么也不要跟你说。说……说这个工程做完就是几百万的利润。你是介绍人，要是让你知道了你肯定要跟我分钱；你要是不知道，到时候我就说做亏了，打发你个三万两万的就可以了……我不是人啊！我对不起你啊！我不该起这种孬种心啊！"

　　好你个老钟！真是可怜之人必有可恨之处！

　　看着他可怜兮兮的样子，我在想，怎样才能找到这帮骗子？能不能帮他挽回一些损失呢？

娘

魏丽饶

我一直觉得，娘待我不及跟那只羊亲。老实说，我对娘的感情也比不上那只羊。

到懂得这些的时候，我已经在村里念书了。同学们把我逼在一个墙角，争先恐后凑到我身上闻。"瞧瞧，你就是羊生的嘛，一股子羊膻味！"我哭着回去问娘才知道，我出生后她没有奶水，是爹到赵家岭买了那只山羊回来才将我奶大。

娘的说法，让我相信了自己身上的确是有羊膻味的，但我不知道我究竟是娘生的还是羊生的。常听大人们说"吃谁家饭像谁家人，喝谁的奶就是谁的德行"。可从我身上，怎么也找不出有哪点像娘的。我一个男孩子，动不动就挤眼泪，娘可是个铁石心肠的人。她要求我每次考试只能考第一名，不能考第二名。只要看到我的作业本上有红叉叉，不问三七二十一拎起来就是好一顿打。相比之下，我倒更像那只奶山羊，善良，温驯，连铁铮铮的娘都是疼着它的。

你看吧，只要一变天，娘最要紧的事就是把羊牵回屋。每天再忙再累，羊的事她从不马虎。别人家把羊拴在野外的荒地，娘硬要把羊拴在眼皮子底下才放心。而且我还发现，不管家里有什么好吃食，娘总要偷偷摸摸去喂点给羊吃。中秋节供过月神的月饼很是个稀罕物儿，娘把它一掰两瓣，一瓣给我，另一瓣不声不响地装进了兜里。我以为那是留给爹的，谁料娘转身就去了羊圈。我实在觉得娘糊涂，赶紧冲上去阻止。

"月饼咋能给羊吃？"

"你叫娘，我给你吃。它叫娘，就能不给它吃吗？"娘心疼地看着奶山羊，一反常态地温柔。

"娘说甚哩？谁家羊还会叫娘！"这时，那只羊倒像听懂了似的，故意仰起脸"咩——咩——"叫个不停。

娘不理会我，顾自把月饼一块一块掰下来，塞进羊嘴里。那羊吃一口就"咩"地叫上一声。奇怪的是，我似乎也听着它是在叫"娘"，一声比一声像，

2020

越叫越亲昵。

娘出生在二十世纪五十年代的农村，是那个大环境下的标准文盲。但她个性强，想法大，一心指望我考上大学，跳出农门，好为她扬眉吐气，这使我的读书生涯充满了苦闷和压抑。直到我在县城上了高中，才终于摆脱了这种强硬和严酷的环境。住校生活自由，快活，没有娘的管教，说不出地畅快。

不知从哪天开始，我喜欢上了赵晨阳，因为她是赵家岭的。赵家岭在我心里天生有种说不出的神秘，包括赵晨阳。她温柔，清纯，还喜欢汪国真的诗。我们在一起读诗，谈未来，牵手散步，一切都像诗一样恬静。她就是诗中那个"叠纸船的女孩"，而娘却不是那个善解人意的"妈妈"。我没有想到，这美好的画面会被娘撞上。她背上驮着条打了卷的厚棉被，像只巨大的蜗牛迎面爬来。我喊娘，她没应，她愣愣地盯着我身旁的赵晨阳，看了好几秒钟。不，更像好几年。待娘回过神来的时候，早已一脸铁青。

"跟我走！"娘一把将我揪出好远。

"这女子姓甚？"

"赵。"

"家是哪的？"

"赵家岭。"

"她爹作甚的？"

"放羊。"

"以后不许你跟她麻缠！"娘的话像冰凌蛋一样朝我砸过来。

高中的校园一夜之间上了冻，赵晨阳再也不理我了。站在冰冷的夜空下，我回想起那一年娘拉着奶山羊到集市上卖时，它的两眼泪水汪汪……我多么希望同学们能再把我逼到墙脚，使劲嗅我身上的羊膻味啊！可是我身上只剩下了热血奔腾愤怒激流的气息。

入冬的第一轮寒潮过后，赵晨阳辍学回家放羊了，我也背着家里偷偷到武装部报名参了军。

成为沈阳军区23集团军高炮旅的一名新兵后，家里的一切与我再无瓜葛。在部队，我从不探亲，也不跟任何人通信。只是在老乡那里听说，我走后的第一个春节，娘因思念成疾，在医院躺了整整七天。

复员后，我把根扎在了江南。有一天，儿子问我奶奶长什么样？我愣了半晌，告诉他"奶奶像一只温柔的奶山羊"。

再见娘，已是去年初秋。她像半截即将熄灭的残烛，蜷缩在炕上痛苦地与病魔抗争。娘合着双眼，一动不动。时隔二十年，她竟老成这样！从那一脸灰漠漠的皱纹里，再也找不出一丝当年的强硬。我轻轻捋了捋娘额前的白发，她的眼猛地就睁开了，她用干瘪的手紧紧抓住我的手，目光在我身上一寸一寸地挪动。

"儿，你是不是觉得娘不亲？"

"没，没……"我使劲摇头，眼泪却不争气地涌了出来。

"儿啊，那女子是你的双胞胎妹妹啊！"娘嘤嘤地哭了起来，哭得像个受了委屈的孩子。

我知道娘说的是赵晨阳，过去的事，实在无从再提。我有意站起身，去拿行李。

"我儿啊，是用妹妹换的奶山羊……"娘的话像一股巨大的泥石流从我身后阵阵席卷过来，将我扑倒在她的炕头。

妹妹，赵晨阳，娘，奶山羊……记忆中她们的样子时而模糊，时而清晰，错综复杂地交织在一起。使劲拧绞，拧出一股泼辣辣的羊膻味。

"娘……"

"咩……"

"娘……咩……咩，娘……"

"娘——"

我使出了浑身力气，才嗫嗫嚅嚅喊出一声极不成形的"娘"。可是，娘已经再也听不到了。她的脸上温柔慈祥，两行泪水还在沟沟壑壑的皱纹里安静地流淌。

黑羊白汤

赵文辉

一个清冷的冬夜，我和老婆骑着电动车，在这个江湖气十足的豫北小县穿行。我们的饺子馆转让五年了，我很想念它，也时不时地下下馆子，找找那种感觉。老婆鬓角已见醒目的斑白，我也成了一个双下巴的蓝围裙大叔——如今我们在家包饺子，去小吃店推销，还上了美团外卖。

一家"黑羊白汤"的吸塑发光招牌吸引了我，进门时老婆像往常一样提醒我："一人一碗羊肉汤，不准点菜。"她知道我爱面子，像很多下馆子的人一样，总觉得单吃一碗烩面不是那回事。

这是一家民院改造的饭馆，主营烧烤、烩面、羊肉汤。院子里黑乎乎一片，楼梯、烧烤炉集满了黑烟，给我印象最深的是油腻的地面粘掉我两次鞋底。生意却不孬，满满一屋子人。厨房是明档，一口直径近一米的大铁锅里咕嘟咕嘟冒着热气，一套全羊骨架在锅里起伏，时隐时现。"好汤！"我情不自禁在心里叫了一声。有一桌客人刚走，我们坐下来。服务员边摆小件餐具边问我们吃什么。老婆报了一碗羊肉汤，一碗杂碎汤，说咱俩可以换着吃。

一瞬间工夫，羊肉汤和杂碎汤端了上来，浓香的白汤上漂了一层翠绿的香菜末。一眼就能看出是纯骨头熬的，没有借助三花淡奶增白。我挖了一勺羊油炒制的辣椒面儿撒进去，很干的那种，见了热汤便融化开了，红灿灿一层。口水都快出来了，我迫不及待盛了一勺。热汤正要进口，"啪"一声响，接着一声严厉的喊叫："服务员！"

我手中的勺子一哆嗦。

扭头一看，邻桌坐了四个和我年龄差不多的中年人——那种在城内三关混油了的生意人：有俩小钱儿，到哪儿嗓门都贼大贼大。给我们点菜的那个服务员笑吟吟走过去，问他们有啥需要。一个"地包天"指着桌上一盘湘味小炒肉，责怪五花肉过油了，不是生炒的，他一口就吃出来了；另外酸辣土豆丝是用刨菜器刨的，没有刀切的味道好。"地包天"一副内行得意的样子，服务员连连道歉，说下回一定注意。另外仨人黑着脸不说话，一人嘴角叼了一根香烟，像是要跟人打架一样。我心里突然七上八下起来。凭我的经验，一碰见这样的客人，麻烦就到不了头。

后来他们点了主食，一人一个手工馒头，还吩咐服务员送一碟小米椒，切成细圈，再倒点生抽。我咧了一下嘴，今年的小米椒跟去年的香菜差不多，死贵死贵，18元一斤了。果然，服务员迟疑了一下，说需要请示老板。"地包天"马上变了脸，手中的酒杯狠狠一墩。柜台里的老板娘看出他们不好惹，忙起身吩咐服务员："快去厨房端吧。"

对这一碗靓汤的兴致全没了，我额头瞬间挂满了汗珠，老婆也全身绷紧。我在心里提醒自己，又不是自家开的饭店。但我还是管不住眼睛，留心着那边的动静。

馒头端上来，只一会儿一碟小米椒就完了，他们要求再送一碟。老板娘犹豫片刻，还是答应了。第二碟小米椒上来，其中一个人突然一拍桌子，我心里猛然一咯噔。当年在我们饺子馆，不少客人招呼你的方式就是这样。他一脸怒气，举着手里的手工馒头叫老板娘看，说他们饭馆儿竟敢拿发霉的馒头来坑人。老板娘赶紧从吧台里出来，说她愿拿小店13年的声誉保证，手工馒头都是今天下午新蒸的。"地包天"在一旁冷笑一声，问这些黑点如何解释，老板娘答不上来，喃喃道，真是新蒸的呀。那四个人很不好惹，扬言要给食监所打电话。服务员从厨房端出一个不锈钢蒸格让他们看，里面的馒头还冒着热气。他们依然不依不饶，又是拍照又是录视频，扬言要发朋友圈。"其实是发酵粉没揉开，我们在家蒸馒头，也遇见过这种情况。"屋角就餐的一对老夫妻替他们解了围，这对白发苍苍的老夫妻轻声慢语，却不容质疑。我进来这么长时间，愣没注意到这对老夫妻。最后"地包天"他们很不情愿地安静下来。

我和老婆额头沁满了汗珠，只想赶快喝完汤走人。按我平时的习惯是要加一次汤的。这时那四个人先去结账，问多少钱，老板娘告诉他们276元。"地包天"以命令的口吻说："把零头免了！"老板娘点点头："好吧，给二百七吧。""地包天"差点儿跳起来："你打发叫花子吧！"看来他心目中的零头和老板娘的零头完全不是一回事。他们沉默了一会儿，见老板娘没有表态，就把账结了。"地包天"扫完微信问老板娘要发票，老板娘给他们撕过，笑着说："慢走，欢迎下次光临！"她的笑容马上凝固了，只见"地包天"把发票一点点撕碎，像电影里的慢镜头一样，又一片一片扔到了吧台上。我的心颤了一下，我老婆比我还紧张。我再次提醒自己，这不是我们开的饭店。我想起开饺子馆那些年，我们一直小心翼翼，还是不能让客人满意。他们走后台布上会留下几个烟头烙的窟窿，还有的临走撂下一句，"再不会来第二回了"，吓得我们追到车跟前苦苦哀求却不告诉我们原因。

"地包天"他们走后，我喝完最后一口汤又抽了一张餐巾纸，打算去结账。我站起身的时候，听见有一桌客人喊道："服务员，开水！"

"嗯，来了。"我怎么都没想到，我老婆居然脆生生地答应了一声，接着，她的腿像装了弹簧一样跳起来，拎起我们桌上那壶开水飞奔而去。"黑羊白汤"那个慢了半拍的服务员和我一样瞪大了眼睛。

瞎子卢六

冯伟山

那一年，卢村第四生产队发生了一起盗窃案，仓库里丢失了半麻袋小麦。

那个年月，粮食金贵得堪比生命，更何况是优良的小麦种。这些种子是村里求爷爷告奶奶好歹从公社种子站弄来的，每个生产队就分了一麻袋。本想秋后种上，来年能有个好收成，让大伙儿乐一乐。这下可好，昨天刚放进仓库，就丢了。最先发现丢了麦种的是仓库保管员大罗，他一早去拿东西，却发现西山墙根放小麦种的麻袋松松垮垮的，就到近前去看。一看，就吓了个半死。大罗报告了队长卢怀水，卢怀水又报告了大队部，工夫不大，这起盗窃案就传遍了卢村。

案发现场很特别，没有撬锁，也没有破窗，只是仓库的西山墙根被人挖了个洞，洞口不大，最多能伸进一只胳膊来，要不是洞口下遗漏了几十颗麦粒，谁也不相信盗贼是从这里下手的。这个案子难住了村里大大小小的干部，就连公社里的李公安也束手无策，在村里装模作样查了几天也悄悄地溜了。最后，大队部领导让四队自行处理，卢怀水就限期让大罗破案，案不破，他这个仓库保管员也脱不了干系，就别干了。

大罗愁得不行，就想到了表哥卢六。

卢六是本村人，当年曾有一个算卦的绝活。到底多绝，仅举两件事儿。一件是村里有人丢了一头猪，找了三天没办法了，请卢六一算，竟在枯井里找到了。再一件是村里张寡妇家的柴垛被人点了火，大火又烧死了旁边的几棵树。张寡妇哭天号地，据说卢六看不过，就给算了一卦。知道放火人了，可张寡妇却不敢去找，吃了个哑巴亏了事。这下，卢六名声大振。可不久，就来了霉运，被人去公社告了密，说他搞封建迷信，蛊惑人心，严重破坏了农业生产的积极性。从此，卢六三天两头被游街批斗。一次觉得冤枉，和看押的民兵顶了几句嘴，被意外打瞎了眼。

卢六是双眼瞎。好好的一个家庭，一下倒了顶梁柱，日子就糟了。在家窝闷了，卢六就拿一截细竹竿点点戳戳地去街上溜达。看着他闭眼在街上一点点挪动，大家心里难受，都骂那个告密的黑了心肝不得好死。大罗看不下去，就去找卢怀水，说队里能不能救济他一下，或给他找个轻省的活儿干。卢怀水嘴一撇，说："救济？凭啥？就凭他是个搞封建迷信的坏分子？再说了，队里有轻省活儿，可他是个瞎子，总不能让他管账看菜园吧？"大罗被噎得说不出话，扭头就走。卢怀水在后面说："对了，他不是会算卦吗？就让他算算哪里有丢钱丢物的，直接去拾多好啊。"说完，哈哈大笑。

卢六一向为人正气，手也巧，眼睛没瞎时，村里人有事只要找到他，随叫随到，积了不少人缘。现在没法下地挣工分，日子紧了，村里人就来帮他，送吃喝的，给他剃头担水的，让卢六很是过意不去。这年冬天，村里来了一个外地说书的瞎子，每天晚饭后大人孩子都挤在大队办公室里，听他说《岳飞传》，兴奋得不得了。卢六也去，让十几岁的儿子领着他。白天，村里的劳力都下地出工了，卢六就把说书人请到家里教他说书。一个冬天过去，卢六不光把《岳飞传》学了个差不多，还学会了不少小段。他说起书来，口齿清楚，声情并茂，一点不比师父差。从此，卢六每晚都义务给村里人说书，夏天在街头，冬天在某个生产队的饲养室里，只要有人听，喜欢听，他就说。卢六和师父不同，每次说书前，他都要说一段自编的小段。

> 人生一世不容易，
> 积德行善是根本。
> 人活不能只为己，
> 满肚私心天不容。
> 心善不会做噩梦，
> 身正一定欢乐多。
> ……

每次说完小段，听的人都拍手叫好，百听不厌。卢六也高兴，就清清嗓子说起书来。

大罗找到卢六时，他刚吃了饭。听了要他算卦的事儿，他没吭声，只用抹布一遍遍擦着黑乎乎的桌面。好一会，卢六才说："就给他一条活路吧，咱不当这个保管员就是了。"

"给谁一条活路？"大罗一脸疑惑。

"别问了，我一句话也许就毁了一个家。"

不几年，村里实行了土地承包责任制，卢六的两只眼竟奇迹般能看见东西了。

一次和卢怀水撞了个正着，卢怀水不阴不阳地说："你个假瞎子还挺会装呢。"

卢六答非所问，低声说："你在墙上弄个洞，再把胳膊伸进去，用剪刀弄破麻袋，再一把把掏出小麦来，也真是费尽了心思。"

卢怀水猛地打了个哆嗦，脸一下白了。

多年后，卢六临终前，断断续续对家人说了几句话，大意是：当年村里那户人的猪因吃了队里的几口青苗，被卢怀水撞见用砖块打蒙了头，才掉进了枯井。至于张寡妇那柴垛，是他想人家的好事没得逞报复点的火。我哪会算卦啊，就连他偷生产队的小麦种，都是我亲眼所见。去公社告密整我的也是他，可冤冤相报啥时是个头？

我是卢六的孙子，爷爷临终前我在场。

出殡那天，村里来了很多人祭奠爷爷。卢怀水带着他的孩子也来了，竟跪在灵前哭得稀里哗啦。

2020

正月初三

欧阳明

大半夜，秋兰就醒了。不是醒，是根本就没睡着。从上床开始，脑子里总有事闯进来，一件接一件的，害得她头昏脑涨。她坐起身来，望了望窗口。窗口一片漆黑。

今天就是初三了，天启亮就得走。走后，又要到年底才能回来。想到这些，秋兰心里像塞了块石头，堵得慌。她顺手拿起左边的枕头，捂在脸上。枕头一股汗味儿，那是男人留下的。男人初二上午走的，因为初四男人必须上班。男人和她不在一个城市打工。男人走后，她脑子总有些恍惚，做事丢三落四的。

终于熬到窗口泛白了。秋兰看了看手机，轻手轻脚地下了床。到了厨房，婆婆已把煎蛋面煮好了。

快吃吧，别误了班车。婆婆说，声音压得很低。

吃完面，秋兰去到儿子的房间。儿子昨晚缠着她讲故事，睡得晚，还像死猪一样。秋兰想摸摸他的脸。手伸到一半，就缩了回来。她怕把儿子弄醒了，又像去年初三一样。

去年初三，秋兰是天彻底亮了才走的。那时儿子已经醒了，尾巴一样跟在她身后，就连她上厕所都一步不离地跟着。出门时，儿子突然抓住她的手说，妈妈，别走！

不走，就没钱给你买好吃好穿的。她摸着儿子的头说。

我不要好吃的好穿的，只要妈妈。儿子的手越抓越紧。

挣了钱才能供你读书给你讨媳妇。秋兰继续哄。儿子六岁，应该懂点事了。

我不读书不要媳妇，只要妈妈。儿子突然跪倒在地，双手死死抱住她的小腿。

秋兰看了看手机，再不走，赶车真要误点了。

放手，听妈妈的话。秋兰说着，用力去掰儿子的手。

儿子的手像长在她腿上一样，掰不开。

再不放手妈妈就不要你了！她对儿子吼道。

不放！我要妈妈！儿子哇哇大哭。

秋兰急了，啪地给了儿子一巴掌。

雨雨，让妈妈走。站在一边抹泪的婆婆急忙过来，抱住孩子的腰，和秋兰一起，一个拉一个推，终于把娘儿俩分开了。

挣脱了儿子，秋兰急速冲出院坝，头也不回地快步朝村口奔去。

赶车路上，秋兰脑子里全是儿子可怜兮兮的样子。

妈，我走了，雨雨就辛苦你了。有什么事，就叫李叔给我们打电话。秋兰吃过煎蛋面对婆婆说。

婆婆用不来手机。秋兰和男人把号码给邻居李叔。

放心吧，我会照顾好雨雨的。外面不比家里，要照顾好自己，别太省。婆婆说。

走了两公里路，就到了乘车的地方。远远地，就看到了七月。七月家在邻村，和秋兰在一个厂里打工。秋兰慌忙用衣袖擦干了眼泪。

班车还没到。

秋兰问七月，这么早啊？

晚了怕女儿拉着不松手。七月叹了口气。七月的眼睛也是兔子眼，红红的。

老板为啥不多放几天假呢！秋兰说。

老板只想挣钱。七月哼了一声。

唉——啥时能不再出去就好了。秋兰说。

不出去，待在家里喝西北风呀！七月说。

我是说在老家就能挣钱。秋兰说。

老家又没啥企业，种地靠天，最多就能填饱肚子，在外面打工，累是累点，但每月至少有几千块现钱，心里踏实。七月说。

也许……也许再过几年就好了。秋兰说。

还是大城市周边那些农民好，一拆迁就成千万亿万富翁了，钱几辈子都用不完，什么都不用干了。七月说。

是啊，大家都是人，咋就这么不一样呢？秋兰说。

2020

人比人气死人，谁叫我们生在这个山旮旯呢。七月摇了摇头，像要把什么从头上摇掉似的。

会好的，想起以前整天刨地，吃都吃不饱，现在我们可以外出打工，可以逛城市大街，家里也盖起了新房，这日子还是不一样了。秋兰说。

这时，车来了。车门打开又关上，径直朝县城方向奔去。

秋兰和七月必须到县城转车再坐火车去上海。

补记：民间传说，正月初三为小年朝，也叫赤狗日，为凶日，不宜外出。

我是你爹

骆 驼

刚在床上躺下，手机里微信提示有人请求加好友。

一般情况下，我不会急着去看是谁，何况这么晚了。我的好友快满上限了，不熟悉的人，我一般不会同意添加。

但这人是个急性子，连续发出了几次请求。这种情况，我更是不想理睬。

出于礼貌，间隔不到两分钟，我还是看了看是谁。这一看不要紧，我气得差点摔了手机！备注栏里写着：我是你爹！

但我很快冷静下来，网络就是个花花世界，什么稀奇古怪的事情，都可能遇到：有备注"我姐姐让我加你"的，有备注"上次我们一起吃过饭"的，有备注"王姐介绍，有事找你"的，有备注"看你是否记得我的"，有备注"我是你女同学"的，不一而足。她们的头像都是惊人地相似，全是美女。

而敢公然写上"我是你爹"的，尚属首次。随着年龄增大，很多事，我都能看开，做到遇事不惊了。我根本就不会把这种无聊的事放在心上。

我无可奈何地笑笑，我爹！我爹这会儿估计在老家刚看完中央四套的新闻节目呢。他老人家都80岁了，哪里还会来玩什么微信？

前不久，我刚回过一趟老家，带父亲去做过全面体检，父亲的身体出奇地健康。只是老年性白内障手术后，眼睛视物略显困难。我们劝他少看书、少看电视，但父亲哪里会听啊？多年来，闲暇时，收看央视几个新闻频道和本县新闻频道的节目，成了他每日的必修课；自费订阅的几种报刊，他也会从头至尾翻阅。

有一天，父亲对我说，你现在虽然在省城工作，但我还是觉得当年你在县上工作时要好些？

我问，为什么？

父亲叹息一声，说，你在县报社时，大家可以经常在报纸上看见你写的文章。我们几个退休老汉，可以从报纸上了解到你的工作情况。而近些年，虽然你从市里到了省里，我们却不知道你都写了些啥，老家好些个看着你长大的老干部，都关心着你啊。

那时候，我正在成都一家报纸编辑副刊，我每期都自费给父亲和他的老友们邮寄有副刊的那期报纸。

有一天，父亲在电话里问我，你现在还写不写文章啊？

我说，写啊，你要放心，你儿子永远不会丢下爱好，放弃写文章的。我明白了父亲的意思，回去后，我将近几年编辑、出版的书籍，打包给父亲快递回去了，并请父亲将其中的几本，分送给他的那几位关心我的好友。

没几天，父亲又打来电话问我，能不能每次一发表了文章，就将报纸和书给他邮寄回去。我顿了顿说，估计有点问题，样刊一般只有一本，有些报刊甚至不会邮寄样报样刊。现在，看文章一般都是在网上，用电脑和手机看。

父亲半天没有吱声，"哦"了一声，便放下了电话。

我不知怎么给八十高龄的父亲解释。网络时代的事情，毕竟离父亲的现实生活太遥远了。

第二天，还不到八点，手机就响了。说实话，我常常晚上写文章，早上起床时间相对较晚，对这时候打进来的电话，十分厌恶。

很快，手机铃声再次响起，我很不高兴地拿起手机，一看，是我哥打来的。还没等我开口，我哥说，知道你还在睡觉。这么早打你电话，我也是没办法。

我问，咋啦？

哥说，还能咋啦？老爷子叫我给你打电话呗。

啥事啊？我问。

哥说，昨天，老爷子去买了个新手机。昨晚，老爷子非要让我教他上网看新闻，缠着我教了他几个小时上网的方式方法，教他拍照片、拍视频，非要让我在网上给他找你写的文章，越新的越好。我告诉老爷子，除了网上搜索，你一般会在朋友圈分享最新写的文章。老爷子问啥叫朋友圈，没办法，我只好给他申请了个微信号。我教他如何加好友，他申请了，你却没有通过。老爷子当时就要给你打电话，我一看太晚了，没让他打。这不，这么早，老爷子又催我起来现场教学了。

"你快加上我哈！"电话里传来父亲急迫的声音。

天，昨晚上那个申请加好友的"我是你爹"，真是我爹啊！

我异常兴奋地打开微信，迅速通过了父亲发来的好友申请，并将老爷子原来的微信名"山里人"改为：罗老太爷！

好友小旺

曾宪涛

小旺打电话要来。

小旺是我儿时的好友。自打我到了市府机关，原先住东山矿的邻居好友都来过，都提过一些要求，托过一些事，唯独小旺没来过。

小旺比我大一岁，个子却没我高。他在农村长大，父亲下井，井下工到了一定年限可以带家属，他就跟母亲转到矿上来了。

我爸妈是在干校工作，干校在东山矿旁边。干校的宿舍是楼房，矿工宿舍是平房，楼房和平房之间有一片开阔的空地，我们就在那里玩。打拉子，弹流弹，踢毽子……

小旺刚来时穿得很破，脸也很脏，还有两个虎牙，我们都歧视他，故意不跟他玩。他就站一边看我们玩，还跟着笑，大家更瞧不起他。

那时候最喜欢玩打拉子。拉子是这个音，咋写不知道。把小木棍两头削尖就是拉子，用木板敲起来再打出去，有时会打人头上，比较危险。楼房孩子的家长一般都不让玩，我都是和平房的孩子一块玩，和他们一起我是个头。

有一回我把拉子打到树上，树很高，晃也晃不下来，小旺脱了鞋，几下爬到树上，从枝叶中找到拉子丢下来。那以后我们就跟他玩了，没想到他不光会爬树，还会逮油子，学名叫蝈蝈，还会凫水，都是我们不会的。

东山上一到夏季，漫山遍野都可以听到油子的叫声，我们想逮不知咋下手，油子两个牙板咬人可厉害了。我们只会在草丛里逮蚂蚱，蚂蚱用盐腌过，油炸吃可香了。小旺教我们逮油子，说用两手捂住，不动油子就不咬人，然后再慢慢张开手捏住油子。他逮给我们看，大家都会了。他逮的蚂蚱最多，都给了我，说在农村都吃够了。他是吹的，他娘舍不得油给他炸来吃。

东山下有个云龙湖，夏天我们喜欢到湖里洗澡，还都不会凫水，没想到小旺竟会狗刨式，扑通扑通游起来，大家羡慕极了，就跟他学，我上了瘾，天天都喊他去云龙湖。

有天中午，等大人睡着我偷偷溜出门，小旺一直在楼下等我，他真怂，没人管他午睡。他只穿着裤头，鞋也不穿，到湖边便光腚下水了。我不好意思光腚，穿田径裤头下的水。

夏天的湖水被太阳晒得很热乎。我刚学会狗刨式，头还抬不起来，趴在水里扑腾着，站起来竟踩到深坑里，幸亏小旺把我拉出来。我不敢再游，小旺说，俺叫淹过几回都不怕。

谁知上岸后小旺的裤头不见了，只有我的短裤和背心，找半天没找到，就哭起来。我说，别哭，你穿我的田径裤头回家，我还有短裤怕啥？他还哭，说，娘得打俺。

回家后妈知道了，叫我把田径裤头就给小旺了。小旺还没穿过买的裤头，高兴死了。

放了暑假，我们还好去干校里去玩。有回我们在办公楼捉迷藏，以为没人尽情喧闹，没想到冲楼梯的房间跑出个人来，恶狠狠地训斥我们，叫我们滚！

滚下楼时，我见那房间的门是两扇对开的，里面还有个女的。

到楼下大家骂那人像条恶狗，我见地上有截铁丝，来了主意，叫小旺去把恶狗的门给拧上。小旺拿着铁丝去了，回来说，我把两个把手拧一块了，快走。我又来了主意，别走，咱看看恶狗开不了门会咋样？

看来从小我就点子多，所以大了能当官。

我们重又回去，伏在楼梯上，我叫小旺拿笤帚疙瘩砸门。恶狗听到动静却拉不开门，气得从门缝对外大骂，我们开心死了。门被拉得咔咔响，门缝越来越大，看清变了形的脸，我们才跑下楼，却在大门口被堵住了，门卫接到了恶狗的电话。

我们被带到保卫科，恶狗也来了，吓唬我们，问是谁干的？最小的豆子吓哭了，出卖了小旺，恶狗抓着小旺的领子，看着我问，谁是主谋？小旺知道我爸妈在学校，宁死不屈。我本以为恶狗看我个高像主谋，才叫小旺出卖我，原来他对我爸有意见，知道我是谁，他和我爸都是学校领导，我爸说他没文化，乱搞男女什么，我还不懂。

这是晚上装睡听爸妈说的，幸亏小旺没出卖我，就这还找了我爸。

2020

小旺来了。

我说开车去接他，他自己找上门来。多年没见，他比我高也比我壮了，还剃个光头。我说，咋像个土匪。他憨憨一笑，露出本质的善良。有事吗？

没事。

我们开始聊以前的事，聊到中午，我要去饭店，他说啥也不愿意。

就在家里吧，平常吃啥就吃啥。

我感觉他还是有事，就没勉强，对妻子说，小旺不是外人，就在家里吧。

吃饭时他依然没说啥事，只是问我父母咋样，孩子咋样。我也问他家里情况，他说女儿今年毕业，我突然意识到是为他女儿工作来的。没想到他说，闺女已经签约了，啥公司来？忘了，上来年薪就十万。

我竟然有点失落。吃完饭又聊到三点多，他说要走了，起身拿包，摸出一袋酸枣，来时到东山摘的，你以前最喜欢吃。

我送他到车站，等车时我还想问，有啥事吗？可问的却是，嘎子打不过就咋样来？

他弯下腰，两手后翘，露出虎牙，嘎子打不过就咬！

我俩都哈哈大笑起来。这是小时候他讲《小兵张嘎》电影的动作，样子滑稽极了，我们都学他，故意问，叫他讲。

他上车了，朝我挥挥手，我感觉眼里有湿润的东西。

姥爷讲述的故事

王培静

一贤过去是个警察，现在是个很平凡的退休老人。

在老伴眼里，他忠厚、朴实、善良。在一双儿女眼里，父亲很平常，小时的记忆里，他很少待在家里，除了上班就是加班。两人都曾梦想，父亲能穿着警服参加一次自己的家长会，可直到各自参加工作，谁也没盼来那一天。忙了几十年，到最后三级警司退休，没混上个一官半职，普通老警一个。

这天，他喝多了，睡梦中哭出了声，不知梦到了什么伤心事。老伴把他推醒，问，你怎么了？他抹了把眼泪，没有作答，转脸又沉沉睡着了。

晚上，四岁的外孙女悠然来家，非闹着要姥姥讲故事。她说，你去叫姥爷起床，让他给你讲故事。他当过警察，肚里的故事可多可多了。

天真可爱的悠然来到床前，用一双小手捧着姥爷的脸说，姥爷，你起来给我讲故事嘛。

一贤醒了，他坐起来说，让你姥姥去给你讲，我这没有故事。

悠然说，不嘛，就让你讲。姥姥说，你当过警察，肚肚里有好多好多的故事。

被眼前这个小人缠得没办法，他想了想刚才梦里的情景，说道：那我就给你讲个抱炸药包的故事吧。

小悠然点了下头，又睁大眼睛说，姥爷，炸药包是什么东西？

电影里演的，八路军炸敌人碉堡用的那东西。威力可大了。

有一天，已经是半夜了，正在值班的警察突然接到110转来的案情，说你管区5楼4门402门口放了一个炸药包，报案人是某单位的一个领导，有人给他打电话要20万，问他要钱还是要命，不给钱就按遥控。

出事的地方正好是这个警察的管片。警察放下电话，向值班所长做了汇报。值班所长带了几个人和他一起赶去了现场。

小悠然问，姥爷，现场是什么？

2020

现场就是放炸药包的地方。

赶到现场。打电话问业主情况，对方用颤抖的声音说，那人打好几次电话了，才开始说给一个小时的时间，让把20万准备好。后又打电话说，还有半个小时的时间。现在也就剩二十多分钟了。警察同志，你们快想想办法，这可怎么办？我家里只有10万现金。刚才我从猫眼里看了，门口的箱子用黑胶带缠着，天线抵在我家的防盗门上，要是炸了，后果不堪设想，别说我们家，整栋楼都完了，不知会死多少人。他还说，你别报警，我知道你女儿在哪个学校上学，否则，你知道后果。我说到做到的。

你听声音，能不能判断是你认识的某个人，或是得罪过的什么人？

对方的鼻音很重，好像是我们单位开除的一个人，他给我送过几次礼，我没给他办成过什么事。

他个人什么情况？

二十五六岁吧，滑云人，爱赌博。我不能确定是他。

对方再打电话，你按照我说的办。说家里只有10万块钱，问他行不行？不行，再让亲戚送过来。问钱怎么给他。

带班所长向分局做了汇报。分局指示，要谨慎行事，有什么情况，马上汇报。

带班所长思考了一会说，别人都别靠近那栋楼，那谁，走，我们俩去现场附近看看。

俩人一前一后慢慢靠近了现场，一步一步向楼上走。他们的心都提到了嗓子眼了。到了三楼和四楼之间，他俩停了下来，所长咳了一声，楼道里的灯亮了，果然看到像报案人描述的，402的门口放着一个黑胶带缠着的炸药包，天线高高地立着。

所长从角落里找了个大扫把，跟着的警察领会了所长的意图，接过来，慢慢去挑和防盗门贴着的天线，天线挑开了，炸药包没有动静。离罪犯许下的时间越来越近了，所长小声说，你离远点，我来抱。

那警察说，所长，我抱过，还是我来抱吧。

小悠然听得有些紧张，问姥爷，那两个警察不害怕吗，万一炸了怎么办？

警察就要保一方平安，这是他们的工作。

那个警察抱起那个大纸箱子，感觉分量还挺重。他努力让箱子离开自己的胸口远一些，似乎这样对自己的危险就会小些。才开始他的步子还小些，到了楼外，他顾不上所长在什么地方，放开步子向院里的广场跑去。

来的路上，他想好了，万一自己牺牲了，国家会安排好他的爱人和一双儿女的。

平常一百多米的路快也得走一两分钟，他以一百米赛跑的速度只用了不到二十秒钟。

到了广场，他的衣服全被汗湿透了。他索性一不做，二不休，弯腰一圈圈打开了胶带，当所长和同事赶过来时，看到了箱子里的十几块砖头。

所长打电话告诉了那个报案人，警报解除了。让他有什么情况及时向所里汇报。

所有人的心都放下了。

那个抱炸药包的警察坐在了地上，却怎么也站不起来了。

刚才在梦里，那炸药包炸了。

外孙女说：姥爷，那警察真了不起，长大了我也去当警察。姥爷，你怎么哭了？

满河鸭子呱呱叫

张学鹏

沙河滩村背靠沙河，这里绿树环绕，花草丛生，民风淳朴，风景秀丽。由于地方偏僻，交通不便，村里贫困人口较多。我们的扶贫工作队就驻扎在沙河滩村。

这次我和村长去贫困户老虎家查看帮扶情况。老虎姓白，叫白虎，父母走得早，家里又穷，一直是一个人过日子，过得紧巴巴的。老虎其实不老，才30多岁，因为长相"着急"，又沉默寡言，村里人都叫他闷老虎。

我们进院时，老虎正在槐树下喝酒，喝得晕乎乎的。见到我们，老虎特意给村长倒了一杯酒，一脸苦相。

老虎和村长交流时，我在院子里转了一下，发现我们送给老虎的五十只鸭苗就剩四只了，鸭子被关在一个不到一平方米的笼子里，全身糊满了泥巴，神情倦怠。

看到我站在鸭笼前，老虎发话了："别瞅了，上次下暴雨，沙河水猛涨，鸭子被水冲跑了，就剩这四只了，不卖了，留着下酒吧。"

"眼看就要卖钱了，你说我咋恁倒霉呢？一千多块呀。"老虎说着话，一仰脖，一杯酒喝了个精光，一副一醉解千愁的样子。

其实，老虎家坐落在沙河滩上，沙河从门前缓缓流过，多好的养鸭条件，我就是想让老虎养鸭子来摆脱贫困。

有村民说，你让老虎养鸭子，鸭子养不大，就让他喝酒吃完了。

开始老虎也信心不足，说自己懒散惯了，养鸭费时费财费精力，有空还不如玩牌喝酒痛快。

我鼓励他："你就放心养吧，有困难，找工作队，我们会帮助你。"

我又说："脱贫致富是国家的大政方针，你总不能一辈子受穷吧，人穷志短，人人看不起你，哪个女人愿意跟你受苦，你总不能打一辈子光棍吧。"

也许我的话刺激了老虎，老虎看了看我，点了点头。

就这样，第一批扶贫项目，五十只鸭苗发放到了老虎手中。谁能想到，一场大雨竟让老虎两个月的辛苦付诸东流。

我对老虎说："鸭子没了，我们也有责任，是我们的工作没做到位，没能帮你看护好鸭子。你不要灰心，以后机会多得是。"

那天中午，老虎喝醉了，哭得像个孩子。

我们帮助老虎在沙河边重新固定了围栏，扶贫款下来后，我又给老虎发放了80只鸭苗。这次老虎更加用心养护，就像看护着自己的孩子一样，天天守着鸭子。沙河水草丰美，鱼虾又多，鸭子长得飞快，鸭子在水中拍打着翅膀，呱呱乱叫。

老虎望着河里的鸭子，又看到了生活的希望。

第一批鸭子卖出后，老虎不是用钱赌博喝酒，而是主动找到我，要求再购200只鸭苗。

我拍了拍老虎的肩膀说："双手是英雄，只要干肯定行！"

老虎说："再卖了这200只鸭子，我请工作队喝好酒，感谢工作队对我的帮助。"

老虎长相木讷，其实很聪明，自己学会了给鸭子打疫苗，配饲料，他养的鸭子很少生病，因此，许多村民向老虎请教养鸭技术。

老虎养鸭占据了天时地利人和，鸭子由200只变成了400只，400只变成了1000只，2000只……满河鸭子呱呱叫，成了沙河滩上美妙的乐曲。我们给老虎的鸭场树立了一块牌子：沙河滩养鸭扶贫基地。

老虎成了沙河滩村脱贫致富第一人，成了致富能手，还上了报纸，记者给他起了个响亮的名字"沙河滩里养鸭王"，老虎成了远近闻名的能人。

鸭子多了，忙不过来，老虎就想找个人能来帮助自己。附近村里一个二十多岁的小寡妇经常来河边看老虎养鸭子，一看就是半天，看着看着，两人就看对了眼。

要想富，先修路，村里的路真该修一修了。捐资修路时，老虎第一个捐款，而且捐款最多。

老虎说："我嘴笨，不会说，我觉得，没有扶贫工作队，就没有我的今天，国家帮我脱贫致富，做人不能忘本，我也要给咱村做一点贡献。"

老虎的话赢得村民们的一片掌声。通路那天，县乡两级负责扶贫工作的领导都来祝贺、剪彩。

有个领导问村长："你们村那个养鸭大王白老虎呢，我想见见他。"

村长笑了，村长说："他现在可是个大忙人，没时间来这里凑热闹，他正和小寡妇在河滩里听鸭子唱歌呢。"

价　值

余清平

　　初春的下半夜，大山里很寒冷。锄奸队长张德应借着微弱的月光察看山头的动静。突然，夜枭的叫声划破黑夜，钻入耳朵。他高度警惕的心情顿时宽慰了些，因为，这是湘南游击队接应的暗号。

　　张德应带着三个孩子。他挨个在孩子的脸上抚摸了一下。他知道孩子需要他的抚摸，这样，可以获得安全感，因为，孩子们黑豆似的瞳仁，告诉了张德应。为了这三个抗日英雄的遗孤，张德应的两个战友已经牺牲。现在护送孩子的担子，他独自担着。

　　张德应记得临出发前，首长神情严肃地说："派你护送这些革命烈士的后代，你虽然是湘南人，但长期在岭南活动，群众基础好。记住，三个孩子一个也不能落下，要安全送过梅关，交给湘南游击队藩哲夫队长。"首长又安排了两个锄奸队战士，一个叫何小山，广东花县人；一个叫谢回平，湖南常德人。首长更嘱咐："你们到了珠玑巷，游击队有人来接头的。"张德应回答："一定完成任务，首长！"

　　可是，在横穿清远公路时，何小山牺牲。当时，张德应指挥谢回平带着三个孩子穿越公路，何小山在后掩护。日本便衣队发现他们追了上来。何小山说："队长快走，我掩护。"

　　何小山像一枚楔子钉在路上。本来他可以跑掉的，但为了让孩子安全，他跳上石头吸引便衣队。护送孩子跑上山头的张德应看到何小山子弹打光了，与便衣队拼刺刀，负伤被抓。便衣队将他吊在大榕树上一刀一刀剐他的肉，他也没哼一声。

　　谢回平是在晚上牺牲的。当时，是深夜，他们绕过英德的一个村子，孩子们饿得走不动。谢回平请求去弄点吃的。起先，张德应说不行，危险。可是，当他看到孩子饿得口水直流，就从身上摸出两个银圆塞到谢回平手里，说："注意安全，快去快回。"谢回平摸到村边，谁知道村庄里驻扎着鬼子兵。鬼子的狼狗一叫，谢回平就被包围了。张德应想去接应，但三个孩子怎么办？突然，他听到"轰，轰"两声巨响，是谢回平拉响了身上的手榴弹，与鬼子同归于尽。

张德应含着眼泪背起三个孩子一阵猛跑，直到累得瘫下来，才住脚。张德应歇了一会儿，看看没有危险，就将三个孩子安顿在山洞里，自己去田地里找了些半烂的山芋、红薯给孩子充饥，才继续带着孩子继续北进。好在这一路走来，山高林密，再没遇到多少危险。

张德应抬头看看，翻过丹霞山，就进入珠玑巷。现在，虽然听到山上传来自己同志的暗号，但张德应也不敢大意。他从腰里抽出两支快慢机，握在手里，带着孩子在密林中穿行。好不容易到了山顶，突然，从树上飘下四条黑影。张德应一摆手中快慢机，挡在孩子身前。

"桃花源陶渊明。"来人压低声音问。张德应一听，是接应同志的暗号，连忙回答："珠玑巷张九龄。"从树上飘下的四个人是湘南游击支队的同志，带头的是游击支队长潘哲夫。潘哲夫让其他队员在梅关警戒，自己则带领三个队员下来接应。张德应握着潘哲夫的手说："可把你们盼来了。"

潘哲夫也摇着张德应的手说："辛苦了，张队长。上级交给我们的任务，是要不惜一切代价，接应你们，保证安全。"潘哲夫让同来的游击队战士取下背上背着的包袱，打开来，里面是用米粉烙的饼，让孩子们吃。三个孩子吃饱后，潘哲夫在前，三个游击队员背起三个孩子在中间，张德应殿后，一行人起向珠玑巷奔去。

潘哲夫说："走过这段山路，前面的路平坦很多。"张德应听了，一愣，忽然想起多年来抗日的艰辛，就如这走路一样，走了这么多年艰难困苦的路，现在是该走平坦的路了，鬼子这几年的兵力捉襟见肘，在缅甸被国军击败，在中原，更被八路军打得焦头烂额，也许不用多久，就能将鬼子赶出中国。

"我们抗日的路也会平坦多了。"张德应接了一句。潘哲夫听了，会意地笑了。

一行人快走到了珠玑巷时，已是曙光初绽。张德应说："我们快点行动，翻过梅关，那边就是你们湘南游击队的活动范围。"话音未落，刹那间，两发炮弹从南雄县城那边呼啸而来，有一枚落在他们的身后。

"快卧倒！"张德应急忙扑倒后面那个背着孩子的队员……张德应中弹牺牲。那时，正是1945年2月。

新中国成立70周年，我在常德一所学校给孩子们讲教学课。当我讲完这个故事，孩子们都哭了。我想起多年来曾有人问过我"三个优秀战士为了护送三个孩子而牺牲，值不值得"这个问题。我走下讲台，一一抚摸这些孩子。我想我得告诉孩子们什么是生命的价值。我说："孩子们，先烈们艰苦抗日，献出生命，就是为了孩子们有书读，有平安的日子过！"

这句话，不是我说的，是张德应烈士牺牲时说的话。我就是三个孩子中的一个。

赶 戏

白龙涛

腊八这天，大掌柜任德修赶戏回来了，他直接去了玉池宫。

任老爷是个戏迷，尤迷天兴戏班田茂的戏。这田茂，扮相轩昂，行腔清越，人称"活唐王"。唐王演多了，田茂就戏里戏外都端起了唐王的架儿，昂首方步，睥睨众生，连任老爷都难得他一个正眼儿。任老爷却不怪：唐王嘛，就该是这个派儿！

田茂登台，任老爷必捧场，外地演出，就套上马车去赶戏。

任老爷钱多朋广，走哪儿食宿到哪儿，顺便到各地分号、煤场转转，盘点生意，厮会老友，倒也逍遥快活。今年冬天，任老爷蹿腾着赶了六州十八县，却因缺了田茂的唐王戏，耳朵里寡淡得紧。

前年，田茂因与东盛洋行老板的三姨太暧昧，腿被打断，遭戏班抛弃。任老爷收留了他，还在北大街盘了一处住所，娶了妻室。田茂怎能不感念任老爷的恩情，铆足了劲儿，打算腿好了给任老爷唱一辈子的戏哩。

腿愈，田茂就迫不及待扮上了，唱了一出拿手戏《打金枝》。田茂腿虽半残，嗓音依然悠亮婉转，如珠走盘。但，任老爷总觉得哪儿味不对。最后，田茂抖了一个花腰，转身甩袖，立身不稳，一屁股旋坐地上，又慌忙翻身，诺诺磕头。任老爷看了一眼似抽了筋骨蜷缩在地的田茂，皱眉，摆手让他退下了。

田茂成了玉池宫的堂倌，半年后，升任大堂管事。

玉池宫，是任老爷的产业之一，虞城最豪华的浴楼。楼高三层，一楼设大池和木床，二楼设雅座和雅间，三楼设特座和高级厢房。甫一开张，即名震豫东。许多高官巨贾、名绅红伶都慕名而来。就连英、法、比利时等国不少人士也常光临，浴后纷纷交口称赞。

任老爷进了玉池宫。以往，田茂早就躬身相迎了，今儿个却未见他的身影。环顾四周，"玉池宫"三个馆阁体大字上了新漆，呈半月阳嵌在门脸上方；楼梯、走廊、门窗帘均用淡青色绸缎，墙壁及门窗均新刷白洋漆；地面为新铺彩色镶铜色水磨石，四边为蓝色，中为槟榔池花，群蝶花间翩翩起舞；两壁新挂有古铜色木制西洋画两幅，东为日出之景，西为落日之色，提醒浴客时间之意。

任老爷捋须颔首。赶戏之前，他把玉池宫交给五姨太和田茂管置，看来两人用了心。

背手上了三楼。三楼最里一间厢房是他和五姨太"鸳鸯戏水"的地儿，设置更为奢华。有美人榻一张，上铺红缎子缎边狼皮褥子，榻头置一退光漆蛋圆形茶几，上置景德镇产细瓷茶具一套，内置西洋大瓷浴盆，内盆边靠墙设有轨钢精电光活动皂盆，台面上放有香皂、芝兰香水、白美人香水等。厢房里，传来德国西门子木叶电暖机的响声，任老爷心里瞬时暖意烘烘——今儿个，得好好让五姨太伺候着泡泡这一身尘垢。

正欲推门，听到里面有人言语。任老爷凑近门缝往里一瞅，心里钹铙弦梆胡琴笛瑟锣鼓齐响一通。但见田茂和五姨太着翻领真丝睡衣躬在美人榻里。丫头跪地，伺候田茂吸上"炮台烟"，从红木笼屉里端来双荷包蛋清汤鸡丝面一碗、八宝素包子和羊肉包子各两个，又端来五姨太爱吃的蜜饯红果、蜜糖莲子、糖麦冬、麒麟园空沙饼四盘点心。五姨太捏起一块空沙饼，磕掉红豆沙馅，将饼皮放进嘴里细嚼。田茂吃了面，丫头凑身松骨采耳，一时哈欠连连，魂魄舒坦。五姨太搭上东洋留声机，《打金枝》鼓点便响起来。

田茂忽地起身，瘸腿点着步子跳下美人榻，戴上任老爷的海龙皮帽，披上太平貂皮大氅，蹬上双脸虎头鞋。一瞬间，光芒四射，王者雍容之气现于眉宇之间。只见他胯一甩，眼一张，下颌一翘，嘴里便有抑扬脆亮的声音飘了出来——

> 驸马儿跪在了金銮殿里
>
> 听父王与我的儿加封官职
>
> 头上封你双啊双展翅
>
> 封儿的官职再提三级
>
> 天子宝剑赐予给你
>
> 代管满朝文武职
>
> 你的父汾阳王他欺压了你
>
> 封儿个并肩王不分高低

......

唱到最后，田茂连着抖了三个花腰，旋身甩袖，捋须舞翅，稳稳当当，如唐王现世。

任老爷看得入迷，周身通泰，禁不住拍手叫了一声好，推门站到了田茂面前。田茂和五姨太扑通跪地，身子如冷风吹过，瑟瑟颤抖。

任老爷看了一眼蜷缩在地的田茂，兴致全无，说道："刚才不唱得挺好吗？"

田茂呜呜哭道："老爷——"

任老爷说道："你这个田茂，唱戏，要分清戏里戏外。戏里，你就是万人之上的唐王，瞅瞅你这个样儿，哪有半点的王气？真枉我赶了你那么多年的戏！"说完，就转身下楼了。

三天后，下了场大雪，任老爷让马夫套上马车，把田茂送到了永城煤场。有人问起田茂。任老爷就抖了一个花腰，学了唐王的念白道："这田茂——瘸了一条腿，花腰仍抖得如此利索，这么大的腰劲儿，不钻煤洞子岂不是亏了——"

卷 发

伍月凤

小王学理发时不到二十岁。

上山下乡那会儿，知青小王不会干农活，在一次劳动中，不小心被石头砸断了几根脚趾。伤好后，队长把他带到村里唯一的剃头匠刘师傅家里拜师学艺，让他学成后为村里人服务。

小王聪明，学得又认真，三五个月就青出于蓝了。于是，他和师父划分了服务范围。

一把剃刀、一把剪刀、一件剃头围脖，小王开了张。他嘴巴甜，能说会道，让他理完发，乡亲们心里比头上还舒坦。

其他村的人也明里暗里来找小王理发。小王年轻，手脚麻利，干活儿快，来者不拒。那些人过意不去，便常常塞几个鸡蛋、几条小鱼当理发费用。

小王的伙食得到改善，人健壮起来，帅气起来，围着他转的年轻姑娘也多了起来。

"教会徒弟，饿死师父。"刘师傅服务的人少，生产队给的工分就少了。刘师傅老脸挂不住，又不好明说，只能背地里叹气。

刘师傅的闺女小凤看在眼里气在心里，不知从哪里找来一张照片，往小王手里一塞，把胸前又粗又黑的大麻花辫往后一甩，恶狠狠地说，你给我做这个发型，做不出，哪儿凉快哪儿待着去。

小王看一眼照片，照片中的女人穿着旗袍，刘海儿卷成好看的弧度，大波浪随意地披在肩上。小王又看一眼小凤的蓝布褂子，说，别卷了，你的麻花辫真的挺好看。

小凤白他一眼，关你屁事，不会就明说！

这发型不适合你。这是小媳妇才做的发型。小王只好说了实话。

你！十八岁的小凤瞬间红了脸，一跺脚，又丢下一个白眼，跑了。

小王的目光被小凤背后晃荡的麻花辫牵出老远，好久也收不回来。

2020

不久，农村包产到户。小王在村部拾掇出一间房，开起理发店。

开店第一天，小王就把刘师傅接来，说自己一个人忙不过来。可刘师傅每天只给两三个老人剃个光头，其他的事，还是小王做。月底，小王仍然给刘师傅开几块钱工钱。来店里理发的乡亲们，都竖起大拇指，夸小王厚道。

小王回了几趟城，店里的理发家什丰富起来，大波浪卷发也开始在乡村小媳妇们的头上荡漾成一道美丽的风景。

小凤每天来给父亲和小王做饭，做完了，自己不吃，只呆坐着发愣。这天，小王正给一个小媳妇做卷发，又来一个急着剪头发的人。

小凤，帮个忙。小王看向小凤，眼里写满求助。

我？我不会。正发愣的小凤这下发了慌。

卷发简单，我教你。小王说完，拿起一个卷发圈，将一缕头发缠绕进去，然后用一根橡皮筋固定，又挤几滴药水。

小凤站在旁边，看小王示范了几个，似乎也不难。小凤上手一试，竟也像模像样。

从此，小王又多了个帮手。

半年后，小凤给一个小媳妇做完卷发，对小王说，我也想做卷发。

小王说，小媳妇才做卷发，话没说完，小凤"咔嚓"一声，剪掉了胸前长长的麻花辫。

小王抓起麻花辫，一脸的惋惜。小凤看着他，"扑哧"一声笑了，说，真是个傻瓜！

小王回过神，"嘿嘿"傻乐了半天，忙动手帮小凤做卷发。

结婚那天，小凤披着大波浪的卷发，再戴上一朵大红花，鹅蛋脸娇艳如花。站在她身边的小王，也同样笑成了一朵花。

村里其他做卷发的小媳妇不满意了，都说小王偏心，给小凤做的卷发十里八乡最好看。

小王只管咧着嘴笑，也不争辩，心里却惦记着，珍藏在樟木箱子里的麻花辫，又得抽空洗洗、晒晒了。

黄豆飘香

于 博

　　夜色如一块巨大的黑布，把大青山遮盖得严严实实。于放带领抗联小分队一行八个人，悄悄地摸进了卧在山脚下的张油坊屯。

　　于放领着大伙跳进了一家大院。于放率领的这支小分队计划在后天袭击庆城日军军火库。他们在去庆城的路上赶到堡垒户张海家临时歇脚。

　　张海家前面两间房是住人的，后面有三间房是油坊，用来加工豆油的。眼瞅着要过年了，该加工豆油的都已经加工完了，整个房子空荡荡，油榨孤零零地站立着，满屋子弥漫着生豆油的味道。战士们躺在被石磙子碾压得软绵绵的豆秸上，肚子咕咕地叫个不停。杨大刚在黑暗中翕动着鼻翼，吞咽着口水。

　　第二天早上，张海馇了一锅玉米面粥，小分队的战士们喝得汗巴流水。他们多少天都没吃上一顿热乎的饱饭了。于放撂下碗筷，让大伙吃完赶紧睡觉，养足精神，好摸黑出发，趁天亮前赶到庆城。

　　下晌，杨大刚睡醒了，他揉着眼睛走出了油坊。一开门，见院子里有一个十二三岁的男孩子在抽冰尜儿。杨大刚猜想，这准是张海大哥的儿子。他走上前，和他打了声招呼："小家伙，叫啥？"

　　"我叫老毛。"

　　杨大刚这才注意到小男孩后脑勺上留着一绺头发。这是他们这个地方的习俗，说这样，孩子好养活。杨大刚冲着老毛龇牙笑了笑，蹲下身子看他抽冰尜儿。

　　一看老毛就是个犟小子。你看他抽冰尜儿那架势，瞪着眼珠子，咬着嘴唇。但抽冰尜儿不能光拿着狠劲儿，也要有技巧，也就是刚柔相济。

　　"悠着点儿，往回带！"杨大刚不由自主地指挥上了。

　　老毛不乐意了，停住抽冰尜儿的鞭子："咋的，你尿性呗？咱俩比啊？"

　　杨大刚扑哧一下乐了，心想：小嘎牙子，这东西我从小玩到大，整个二佐屯都没有对手，你黄嘴丫子没褪净，敢跟我叫号？

杨大刚从兜里掏出个子弹壳，焦黄锃亮，往老毛眼前一晃："看见没，这是子弹壳。你要赢了归你。可是我要赢了，你咋整？"

老毛涨红着脸，憋了半天，吭哧出一句，却让杨大刚眼里放出了亮光。

"你赢了，我给你炒黄豆！"

杨大刚咽了口唾沫，指着老毛问道："算数？"

老毛瞅了杨大刚一眼，转身跑了。等他回来时，手里端着一个黑瓷碗，里面有小半碗炒黄豆。金乎乎，油旺旺，飘着诱人的香气。

"一局十粒。谁抽的时间长谁赢！"老毛看着豆碗，使劲地说道。

"好咧！"杨大刚乐呵呵地答道。话音刚落，挥鞭就抽，那冰尜儿就在冰上跳起舞来。

老毛在一旁数着数。结果，杨大刚赢了。老毛从碗里满不在乎地数出十粒炒黄豆。杨大刚一把塞在嘴里，咯嘣咯嘣地嚼了两下，一下子吞了下去。

"真他妈的香！给我鞭子！"杨大刚得意地抽了起来。那冰尜儿在冰上使劲地旋转，自然，又是杨大刚赢了。

不长时间，老毛这半小碗炒黄豆都进了杨大刚的肚子里。看着空碗，老毛哇的一声，哭了。他哭得非常伤心。

"呜呜，这是我爹好不容易在油榨下面一粒一粒捡的，我就吃了几粒。你都赢去了，我吃啥？呜呜！"

哭声把于放他们惊动了。一帮大人站在院子里，看着抽抽搭搭的老毛，愣是一句话也没说出来。

张海闻声赶来："你哭啥？愿赌服输，活该！"

老毛一听这话，哭得更来劲了。

张海上前拉住老毛："别哭了，明个儿爸再给你炒一碗不就得了？"

"呜呜，你哄谁呀？咱家一粒黄豆都没有了，呜呜！"

于放瞅着杨大刚，来回走了几趟。最后他站在杨大刚面前，用手指点着杨大刚的脑门："你小子挺能耐呀？真是出息了，你看我们抗联战士多有名！"

杨大刚知道自己闯了祸，他支支吾吾地说道："怨我，怨我嘴馋。队长，你处分我吧！"

"杨大刚，你以为这是处分就能过去的事呀？往小了说，你这是欺负小孩，你挺大个人不害臊啊？往大了说，你这是违反革命纪律。咱们抗联为啥能活着？因为有张大哥这样的群众支持我们！来人，把他给我绑喽！"

　　两个战士闻声上前，下了杨大刚腰间的匣子枪。张海急了："队长，多大个事，多大个事？明天你们还要打庆城，不能临阵斩将啊！"

　　杨大刚扑通一声跪在了地上："队长，你让我打完庆城，我这一百多斤随你便，我皱一下眉头，我就不是抗联！"

　　"好，这笔账我给你记着，完事咱们再算账！"

　　1945年8月15日，东北光复。

　　在抗联烈士陵园里，北满军分区司令员于放端着一碗炒黄豆，慢慢地走到一座烈士墓前。他蹲下身去，把炒黄豆放在了墓碑前，一行热泪滚落下来："大刚，我们胜利了，可你在夜袭庆城的时候就走了。你别怨我，因为半碗炒黄豆，我要收拾你！这回你放心，等全国解放了，我一定脱下军装，去种好多好多的黄豆，到时候，兄弟，你可劲造！"

　　多少年过去了，每到清明，杨大刚烈士的墓碑前，都放着一碗炒黄豆，金乎乎，油汪汪，飘着诱人的香气。他的墓碑四周，是绿油油的豆海，在微风的吹拂下，泛着无边无际的波浪。一位老人站在墓碑前，大声地念着——

　　喜看稻菽千重浪，遍地英雄下夕烟！

摇 椅

靳雪明

　　晚上十一点，他第三次进入这个院子，院子里的月桂仍旧散发出缕缕幽香。客厅的摇椅上，老人静静地躺着，似睡非睡，淡淡的笑容，静谧而安详。客厅里橘黄色的灯一直亮着，却不见发出任何声响。

　　他没费多大劲拨开客厅的门进入房间，却被吓了一跳。老人对他的造访浑然不觉，仍沉浸在摇椅的时光里。唯有桌子上那张老人年轻时穿戎装的照片和大大的全家福照片，静静地陪着他。

　　他对老人家里的现有财产进行了估测和寻摸，结果让他大失所望。当他悄然离开时，脸上的微笑抑或是对那张摇椅着了迷。老人沉浸在摇椅里，像有一条河，潺潺地流淌过摇椅里的时光。摇椅好像有巨大的魔力，让老人不愿离开。

　　回到家里，他躺进自家的摇椅里，摇啊摇，却怎么也摇不出老人那种神情。

　　第二天一整天，他都陷入摇椅的魔咒中。傍晚时分，阴沉了一天的雨终于下来了，伴随着轰隆轰隆的响雷。他突然想知道，在这样雷声大作的时候，老人是否仍然可以安然地躺在摇椅上，面带微笑，静谧而安详。

　　他再次进入这个院子。透过窗玻璃，看见老人像往常那样，在摇椅上摇啊摇。一个响雷经过，老人微微睁开眼睛，缓慢流淌的记忆河流停顿了一下，瞬间恢复流淌。

　　他躲在墙角的阴影里，思绪转了几遍。半个小时后，雨渐渐小了。老人似乎是听到了什么，从摇椅上站起来，蹒跚地寻找雨伞，却没能找到。他打开房门，走到院子角落，抱起一只猫咪。雨点打在老人脸上，透过昏黄的灯光，他似乎看到了老人眼睫毛上微微颤动的雨珠。老人又蹒跚地进了屋，坐进摇椅里，河水开始流淌，猫咪在他的膝盖上发出了咕噜咕噜的声音。

　　他静静地看着这一切，似乎听到了时光流淌的声音，清冷而孤寂。他没有任何一个时间像现在这样静下心来，感受岁月蹉跎的记忆。

　　老人看起来根本没有离开摇椅回卧室休息的意思。可是，他却不得不离开了，雨点又大了起来。他想了想，把手中的雨伞轻轻地放在房门口，快速离开了。

回到家，他再次躺进家中的摇椅里，试图让自己的时光流淌出美好的声音。可是他无论怎么做，都无济于事。就在他沮丧地想要放弃时，一个念头突然闯入他的大脑，这让他兴奋不已。

晚上十一点，他再一次进入老人的院子，屋内的摇椅不紧不慢地摇着，老人似睡非睡地笑着。

他学狗叫，学猫叫，甚至往屋子里放进了一只老鼠。老鼠吱吱吱到处啃东西。可是老人无动于衷，仍然躺在摇椅上，不愿离开。

他犹豫了一下，从口袋里掏出一个袖珍音响，溜进厨房放在餐桌上。厨房里顿时响起了噼噼啪啪的鞭炮声。老人惊了一下，才慢腾腾地从摇椅上起来，走进厨房。他迅速进入屋子，不假思索地躺进摇椅里。瞬间，他听到了时光在他体内流淌的声音。一个身穿戎装的年轻人趴在战壕里，眼睛喷着愤怒的火光，紧握着手中的步枪，子弹射向对面的敌人，同时一颗子弹打中了他的腿。

他大惊，从摇椅上蹦起来。时光流淌的影像戛然而止。他不知道怎么会这样。但他还是很好奇，舒缓了一下神经，再次躺进摇椅里。

穿着戎装的年轻人站在高高的台上，满脸笑容，接受首长颁发的勋章。年轻人娶妻生子了。几个孩子围在他们周围，欢天喜地。孩子们长大了，他的背驼了，头发白了。孩子们考上大学了，他跟妻子欢喜地流着泪。孩子们都走了，妻子也永久地离开了他。他整天坐在摇椅上……

他的思绪回到他自家摇椅上，终于明白，为什么从自家那把簇新的摇椅上无法感知时光流淌的痕迹。他站起来对着照片，毕恭毕敬地行了一个军礼。

2020

驻村干部

郑俊甫

到东寺驻村的第一天，我跟马宇去拜访了村主任老杨。老杨把一摞厚厚的材料递给马宇，说："村里16家贫困户的资料都在这儿了，你们先熟悉熟悉。"马宇说："资料我们晚上看，你先找人带我们转转吧。"

老杨一愣，他大概还不习惯马宇雷厉风行的工作方式。但他还是拿起电话，喊了一个叫老孟的村干部给我们带路。老孟骑着一辆有点儿年头儿的电三轮，晃晃悠悠到了我们面前，试探着问："你们……挤到车上？"马宇摆摆手说："咱们步行吧。"

马宇边走边跟老孟聊贫困户的情况，每到一家，情况就掌握得差不多了。来村里之前，马宇找了些种植养殖企业，协调了一些工作岗位。按照马宇的想法，贫困户身体条件允许的话，尽量安排到企业打工，这样一家人的生活就有了保障。国家对安排贫困户就业的企业有补贴政策，也算是双赢吧。

16家贫困户还没走完，就落实了5个贫困人员的务工问题。老孟很兴奋，他没想到我们刚一进村，工作就见了成效，但他还是提醒马宇说："这些贫困户里，王保民是最让人头疼的一个。村里人都说，王保民要是能脱贫，全县的贫困户都能脱贫。"马宇点点头说："去王保民家。"

王保民家在村子西头儿，两口人，60岁的母亲聋哑，脑子也不太清楚。王保民自己呢？30岁出头儿，光棍儿，身子骨有点儿弱，一条腿还有点儿跛，走起路来摇摇晃晃。

"最关键是——懒。"老孟咽了口唾沫，仿佛要把"懒"字咽进去一样。我在一旁接过话头说："一个人就算再懒，你拉着、扶着、推着，多管齐下，还怕他是五指山下的孙猴子吗？"老孟眯着眼，笑笑，不说话。

到了王保民家，老孟"咣咣咣"敲了半天门，才有人慢悠悠地打开。一张睡眼惺忪的圆脸从里面探出来，扫了我们一眼，问："干啥？"老孟不由分说推开了门，连珠炮似的抢白："干啥？工作队来扶贫了，你的苦日子要到头儿了。"

尽管有心理准备，进了王保民家，我们还是吃了一惊。三间有些年代的瓦房，窗户上糊着塑料纸，连块玻璃也没有。掀开黑乎乎的门帘，一脚踏进去，像是进了时空隧道。屋里除了一张桌子、两个条凳，还有墙角几个认不出颜色的瓦罐，什么都没有。"家徒四壁"大概就是说的这个境况吧。

　　王保民从厨房拿出两个瓷碗，想去倒水。老孟一挥手："别瞎球忙活了，把你的情况跟领导说说吧。"

　　马宇在条凳上坐下来，笑着说："我们是驻村工作队的，叫我马宇就行。我看你年龄也不大，身体也还行，为什么没有出去打份工？"马宇的口吻像是拉家常。

　　王保民指指自己的腰，又指指腿说："我从小身体就有病，干不了重活儿。再说了，还有我妈呢！我走了，谁管？"

　　老孟指着王保民，一阵嘲讽："你狗日的管过你妈吗？你妈管你还差不多。"

　　马宇止住了老孟，说："这样吧，我给你联系一家养猪场，你每天给猪圈清清粪，打扫打扫卫生，也不累，怎么样？"

　　王保民撇了撇嘴："养猪场呀？那得多脏呀！回家一身猪屎味儿，我妈可受不了。"

　　老孟气道："是你自己受不了吧？事儿还挺多。"

　　马宇想了想说："要不咱就种点儿果树。树苗我们给你买，结了果子我们帮你找渠道卖，你看怎么样？"

　　王保民挠了挠头，半天，嗫嚅道："种果树，又得浇水，又得施肥，很麻烦吧？再说，我也不会管理呀！"

　　王保民这句话把我们几个都气乐了。马宇抬手朝屋里众人扫了一圈，语气依然温和："你看看，大家都在努力向前奔，你却原地踏步。再不提点儿心劲儿，以后结婚有了孩子，怎么办？果树管理的事，我们可以请专家指导，你只要尽心去干就行。"

　　马宇的话并没有打动王保民，他伸出脚踢了踢地上的空酒瓶子，把话题又绕了回去："我还得管我妈呢。"

老孟说："你瞧瞧，你瞧瞧，烂泥扶不上墙。"

国庆假期，马宇没休息，东奔西跑协调了一家养殖场，赠送给王保民两只山羊，打算让他养起来。按养殖场的说法，差不多两年就能脱贫。马宇挺高兴，养两只羊，一年的花生秧玉米秆就够了，大门不出二门不迈，搞定。

没承想一个多月后，我跟马宇去王保民家走访，看到王保民正在屋里啃羊肉，满嘴流油一脸红光。我冲过去抓住他的手，问他羊肉哪儿来的？王保民躲避着我们的目光，勾着脑袋说："我妈过60岁生日，总不能让她啃着窝窝头就咸菜将就吧？"我咬牙切齿地吼道："那是扶贫的羊你不知道吗？"王保民梗了梗脖子说你让他们再送一只不就行了？

从王保民家出来，我问马宇："怎么办？遇到这样一个混货。"马宇说："好办也就不用咱来了，大小也是一场战争，不能放弃呀！"

后来，因为工作原因，我离开工作队回了单位。听说马宇又联系了一家渔业养殖场，赞助了一批鱼苗。东寺村有片鱼塘，马宇打算让王保民拿鱼苗入股，帮着养养鱼。

闲下来还能钓两竿，陶冶陶冶这家伙的情操。马宇到单位汇报工作时开玩笑说，一副云淡风轻的样子。

"杂工"喜子

谢松良

求职一次次失败，喜子心灰意冷的时候，规模很大的永辉灯具厂接纳了他。喜子在厂里做杂工，整天忙得不亦乐乎。

平时下了班，工友们个个神采飞扬，围在一起斗地主、打升级，或相约去棋牌室搓麻将。喜子不爱玩，买了本《LED照明驱动电源与灯具设计》，猫在宿舍的铁架床上看得津津有味。

周末晚上九点多，老乡高岗兴冲冲地来叫喜子出去玩。高岗是生产部的技术员，因为老乡这层关系，平时很照顾喜子的。

"帮哥们儿出出主意，我带你去见我女朋友小夏。"时尚T恤扎进休闲裤里，还做了发型，高岗显得英俊潇洒。

喜子合上书，跳下床，和高岗一起迈出厂门，拐了一个弯，便到了神光厂宿舍门口。

"小夏，有人找你。"一群女孩子像燕子一样叽叽喳喳。不一会儿，来了一张娇艳的面孔。

"这是我老乡兼好哥们儿喜子，在我们厂当杂工。"高岗向小夏介绍喜子。

"杂工"两个字特别刺耳，这不明显让他在女孩子面前抬不起头吗？喜子有些不悦，坐了一会儿借口有事便离开了。

两个月后，高岗接到小夏打来的电话，把喜子叫到一边说："小夏那边遇到点儿小麻烦，我要过去帮忙解决一下，找你借几百块钱，我怕到时候吃饭要花钱。"

喜子二话没说，把兜里仅有的五百块全掏给他。

到了晚上十点多，还不见高岗回来，打他手机，他也不接听。喜子担心他出事，坐不住了，起身前往神光厂一探究竟。

喜子请保安帮忙叫小夏出来。保安说不行，小夏正在车间里，厂里来了一批欧盟订单，图纸非常复杂，我们厂里的技术员做不出来样品，就连她那个在大厂做技术员的男朋友，捣鼓了半天照样摸不清头绪。

我和小夏的男朋友是同事，也在永辉灯具厂上班，说不定我能帮忙搞定，麻烦你转告一下小夏或者你们厂的老板，让我去试试。怕保安不信，喜子拿出了厂牌。保安看了看说，去去去，你们厂的技术员都不行，你一个杂工懂个毛线。

这时，一直站在旁边默默抽烟的胖子说话了：年轻人，你真能行？

喜子说，不试试怎么知道。

好，有志气，我就是这家厂的老板。胖子接着说，如果你真能做出样品，我奖励你一万块。

喜子二话没说，随胖老板走进车间。

小夏和高岗看到他，惊讶地问他来凑什么热闹。喜子冲高岗说，兄弟，我来帮帮你和未来的嫂夫人，还不行吗？

高岗将信将疑地将图纸交给喜子。

喜子仔细研究图纸后，下好料，一项一项对照组装，可装好的产品和高岗的一样不能通电。

急出一身冷汗的喜子脑海中灵光一闪，想起书本里的一个案例教程，按照教程的解决方案，试着将一个电子元件反过来接驳，样灯一下子就通电亮起来。

样品做出来了，胖老板高兴地说，后生可畏，你以后别当杂工了，来我这里当技术员，月薪八千，怎样？

喜子没有答应胖老板。喜子想了想说，老板，你让高岗来吧！他的女朋友小夏在你们厂，两个人方便交往。

聊了一阵，胖老板见说服不了喜子，便主动邀请喜子和高岗去他办公室喝茶。高岗的脸红一阵白一阵的，推说有事不肯去。

胖老板泡好茶，给喜子倒了一杯，打电话让财务人员拿来一万块奖给喜子，并再次提及入职的事。

拿到奖金已经很开心了，喜子说，至于工作的事就不用再提，还是考虑高岗吧。胖老板赞许地点点头，夸他够哥们儿。

一周后，高岗去了小夏的工厂，虽然胖老板只给了他每月六千的薪水，足足比承诺给喜子的少了两千，但高岗还是非常开心。因为，他现在不仅能和心爱的人在一起，而且工资就算是六千，也要比在永辉厂高一些。

攻克了技术难关，胖老板顺利地接下这宗大外贸单后，生产线忙不过来，于是又开了一家分厂。分厂技术主管就是喜子，月薪一万二。

尖山梁的月光

马晓红

我是尖山梁第一个考进县城高中的，但我不想再读书了，我想跟小成佬佬（方言：叔叔）去广东卖面皮。

但我不敢跟爹提。因为老师对他说过：哑巴，你这娃是块读书的料，将来一定有出息，一定能光宗耀祖的。他"咿咿呀呀"地笑着，硬塞给老师几个鸡蛋。

他每天天不亮就进山砍柴，吃过晌午饭就一头钻进苞谷（玉米）地，晚上早早把鸡赶进笼，摸摸窝里有没有蛋，然后就着月光编簸箕……

小成佬佬走的那天，他没上山，一早端个小板凳坐在院坝边上，慢慢地撕着烟叶，塞进烟锅，也不点火，吧嗒吧嗒干吸着。

我坐在门槛上，默默地看着他脚边的扁担，看着小成佬佬顺着田埂爬上尖山梁，转个弯不见了人影。

他划了根火柴，点着了烟，仍然坐着没动——一直坐到天黑。

进城上学的那天，我很早就醒了。月亮很大很圆，皎洁的月光穿过破损的窗纸，随意地洒在床前，形成凹凸不平的光斑。

他蹲在灶台前抽着烟。见我起来了，舀了一碗红苕（红薯）稀饭给我，还有一小块掺了苞谷糁子的白面锅盔馍。

我吃饭的时候，他一边抽烟，一边整理着背篓。背篓里是一个化肥袋子，装着红苕、苞谷，还有一罐腌菜，那是我的干粮。

等我放下碗，他拿出一块折成方形的红布，小心翼翼地递给我——里面大大小小的零钱就是我的学费。

他背起背篓，佝偻着腰，走上弯曲的田埂，在露珠上拖着长长的影子。远处一层一层黑灰的山脊，同样佝偻着腰，陪着我们向前蠕动。

我默默地跟在他后面，翻过尖山梁，过了王家岭，沿着李家河，走差不多一个时辰，到了镇上，再花一块钱，坐半个时辰公交车，才到县城。

县城很小，学校也不大。还没到校门口，他就停下，卸下背篓，拿出袋子，放在我脚边，打个手势，转身就走了。

我看着他灰色的背影被金色的晨曦吞没，却生不起一点感激之情：娘带着襁褓中的我嫁给他，没过一天好日子，生病也没钱医治，到死连一副像样的棺材也没有。现在，他又把我一个人扔进陌生的县城……

我在老师面前维持着乖巧的样子，在同学面前只有沉默和自卑。我也不愿意回山里，经常以学习紧张为借口，一连几个星期不回家。

星期六星期天，我就在大街小巷乱窜。终于迷上了网络游戏，越陷越深。

白天，我上课、下课、吃饭、写作业……晚上，网瘾犯了，就爬墙出去玩一两个小时。学校围墙并不太高，里外都有几棵老树，斜出的树枝就是最好的梯子。

腊月初八那天，虽然下着雪，但我还是忍不住了。等同学睡熟了，我又偷偷地溜了出去。

走进网吧，揉了揉眼睛，跟网管打个手势，径直向最里面的角落走去。

太冷了！只有三四个人，都戴着耳机，盯着电脑，没有人抬头看我。

我常坐的位置已经有人了。那人看样子已经玩累了，用一件土灰的衣服蒙着头，干瘪的脊背，蜷曲着身子，趴在桌上睡着了。

走近几步，隐约闻到一阵腐木的酸臭，我不由得皱了皱眉，绕到最后一排，仍然选一个靠墙的角落。

"呼——呼——"那人真的累了，打起了鼻鼾。

网管走过来，拍了拍那人的脊背。鼾声停了，那人抬起头，衣服滑了下来，露出一头稀疏的白发。

"外面那么大雪，我才让你进来，你也不能吵着人啊！"网管小声说着。那人不停地哈腰点头，"咿咿呀呀"地道歉。网管摇了摇头，做了个"嘘"的手势，走回门口去了。

我心头一颤，像被雷击一下：那件打着补丁的衣服是我穿旧的，那头花白的头发曾陪我从山里走到城里，脚下背篓里是我吃了十几年的红薯和腌菜……

他摸出一张烟叶闻了闻，又放回口袋，支着头发呆，过了一会儿，又趴下了——这次没有打鼾。

2020

我弯着腰，蹑手蹑脚出了网吧。巷子里，回荡着"吱吱"的脚步声，白白的积雪反射着月光，刺得双眼有点酸痛。

灰色的围墙，在月光下起伏，像夜风下的山脊。昏黄的路灯下，雪花飞舞，泛着亮光，像爸爸的白发，在尖山梁上摇曳。

P图王

孙 博

傍晚，老耿背着佳能相机，准备去参加校友会。临出门前，他习惯地查微信，刚看了两分钟就气不打一处来。

老耿急促地来到女儿房间，气呼呼地说："晓雪啊，你今天已发了第三组九宫格了，这一天到晚地P图，要浪费多少时间啊？"

晓雪嬉皮笑脸地说："P图也是一门艺术啊！"

"别强词夺理！还有一年就要报考大学了，得抓紧一分一秒，你可是要读多伦多大学医学院的。"

"谁稀罕？"

"你这孩子，怎么不识好歹？当医生，那可是多少人的梦想啊！"

耿太太听到父女的争吵声，匆匆走过来，催促丈夫快走。

老耿边走边嘀咕："还真当自己是P图王了，回来再跟你理论。"

晓雪不屑一顾地做了一个鬼脸。

三个小时后，老耿回到家，先将十张图发到校友群内。谁知，照片刚发出，手机接二连三地响起来。三个女同学均以命令式的口吻要求他火速删图，他不管三七二十一，先抓紧在两分钟内撤回十张图。

原来，三人均认为老耿将她们拍得太胖了，影响了她们的"光辉形象"，必须P图后才能发出。但老耿压根儿没学过P图，这可给他出难题了。

老耿只好厚着脸皮向女儿求救。晓雪不费吹灰之力，一袋烟的工夫就P了十来张图。老耿将图片放到群内，获得一片点赞。他不得不对女儿刮目相看，"P图王"果真有两把刷子！

不一会儿，负责今晚摄像的老吴打来求救电话，讨教晓雪有无办法将视频也P一下。老耿拉上太太，去敲女儿的房门。晓雪说可用"合成法"剪辑，即远景用视频，近景加插P过的动态图片。

老耿："你明天能帮吴叔叔的忙吗？剪个十分钟的视频。"

"可以，但有个条件。"

"一百个条件老爸也答应你！快说。"

"我想报考谢尔丹学院的动画专业！"

老耿气得瘫在床上，半天说不出话来。

身为画家的耿太太，顺水推舟地说："要论动画专业，谢尔丹学院是加拿大最好的，在全球也名列前茅，为好莱坞培养了不少人才。咱晓雪拿过不少全国大奖，应该有这个实力。"

老耿："看来，你俩早有预谋啊。"

耿太太："我还没来得及与你商量呢。"

老耿站起来问："到底啥时候的事儿？"

晓雪："多伦多的华人女孩获得奥斯卡动画片奖后，我就下定决心了。但我一直不敢跟你说，妈都知道。"

耿太太："现在的孩子与我们那时不一样了，完全凭兴趣选专业。"

老耿："但你得想好了，影视这条路可不好走啊。当初李安毕业后，也在家待了六年。"

晓雪："那老爸就算同意了？"

老耿："不答应行吗？还得靠你剪片子呢！"

晓雪与母亲做了一个V字型手势。

帮把手

蒋先平

　　刚六十多岁的父母似乎一下子就老了。

　　去年，得了脑血栓的父亲再也下不了楼。他整天窝在楼上，不是坐在客厅椅子上淌着口水看电视，就是在卧室里扶着墙，一点一点地哆哆嗦嗦挪动着笨拙的双腿。

　　年初，母亲左腿无故地痛了起来，看了多次大夫，也没有见效。住在五楼的母亲很少下楼遛弯了，她也和父亲一样，每天大多数时间都是在楼上度过。

　　我想把父母接到我家，可他俩说什么也不同意，好在我家离父母家就隔几条街，骑自行车也就十多分钟的路程。

　　白天我要上班，只能双休日放假或早晚抽空去照顾一下他们。平时父母用的米面油，打个电话粮店会直接给送上楼，我去父母家多半是送些菜或手纸等生活用品。

　　父母家的五楼是父亲上班时单位分的老楼，没有电梯。体重超标的我每次爬上五楼，累得都要先站在门口喘上一会儿，再敲门进屋。

　　后来，我想出了一个招儿，再给父母送东西时，让母亲把事先准备好的一根下面拴着小塑料筐的绳子，从五楼阳台窗户慢慢地放下来。我站在地上，把买好的东西放在小筐里，放好后抬头大声喊着：妈，拽上去啊。

　　毕竟是六十多岁的人了，母亲站在阳台窗户里，笨手笨脚地往上拽着小筐，可小筐不是刮到窗户或墙壁，就是在空中打转转，害得我在下面大声地指挥着。

　　五一那天，父母家对门的年轻人听到我在楼下又大声地指挥着母亲往上拽小筐，他从自家窗户上探出头，告诉母亲先把悬在空中的小筐放到地面，再打开房门，让他进来帮忙把小筐拽上去。

　　来到父母家的年轻人三下五除二就把小筐拽了上去。小伙子从窗口探头冲我大声说，大姐，我是大娘家对门邻居吴林，你记下我的电话，再往楼上拽东西时，先给我打个电话，我给大娘帮把手。

隔了三四天，我来到父母家楼下，给小吴打了电话请他帮把手。小吴放下电话就到了母亲家，打开窗户，放下小筐，把东西拽了上去。

从那以后，我给父母家送东西不想上楼时，就给对门的小吴打个电话，不是他来父母家，就是他媳妇过来，我站在楼下，三五分钟东西就上了楼，我也可以轻轻松松回家了。

十一这天早上，我来到父母家楼下，又给小吴打去了电话。等了足足有七八分钟，小吴才从母亲家窗户探出头，把小筐小心地拽上去。

自从这次以后，每次给小吴打电话，他都客气地让我等上七八分钟。

我心里明白了，麻烦小吴快半年了，人家是不愿意帮把手了啊。

一天，我上楼时跟母亲说起了这事，母亲把头摇得像拨浪鼓。她信誓旦旦地说，小吴这两口子不是那种人，每次不是小吴来帮把手，就是他媳妇来，人家从来没有说过一句抱怨的话啊。要是不愿意帮把手，人家出门时还会帮我把门口的垃圾捎走吗？

可能是人家忙吧，是我多虑了。我心里这么想着。再让小吴帮把手时，我会提前给他打个电话，这样我在楼下就不用多等了。

一晃要过春节了。这天，我特意买了两瓶好酒和两条好烟，爬到了母亲家的五楼，敲开了对门小吴家的门。

开门的是一个陌生的中年人，我疑惑地问道：这是小吴家吗？小吴半年前把房子卖给我了，他搬到对面小区了，说是照顾他父亲方便。中年人说。

我愣了一会，眼睛湿漉漉的。我明白小吴为什么七八分钟才到母亲家帮把手了。

当我把小吴已经搬走了半年的消息告诉母亲时，母亲和我一样，眼睛也湿漉漉的。

老杨头和老李头

苏 龙

邕城江南区A村有两个姓，杨姓和李姓。村里的老杨头和老李头同年同月生，是一对摸屁股长大的小伙伴，一起玩泥巴、掏鸟窝、打水仗、放牛、打猪草。上学那会儿，老李头个头大，谁都不敢欺负；老杨头个头小，谁都敢欺负，老李头就常常护着老杨头，揍得那帮野孩子满地找牙。初中毕业后，哥儿俩结伴回村修地球，各自结婚生子，隔三岔五一起喝酒"倾大炮"（聊天），平常有事相互帮衬着。

都在各自一亩三分地上刨食，老李头两公婆比鸡起得还早下地干活，风里来雨里去，加上科学种养，腰间荷包逐步鼓胀起来。老杨头两公婆却日上三竿才伸长懒腰起床，刮风下雨更是乐得在家里清闲，疏于田间地里管理，杂草疯长得比人高，加上人懒惰，一年到头收入勉强混得个肚儿圆。老李头看在眼里急在心上，平常没少在种养技术上指导老杨头，也掏口袋借钱给他买肥料买种子，常说人勤春来早呀、勤俭持家一大堆道理，老杨头也拍胸脯三番几次保证勤快致富，但过后"外甥打灯笼——照旧"，懒惰的习性难改，生活难见起色。老李头婆娘看不过，手狠狠地戳老李头额头说你呀多管闲事，老杨头那是抹不上墙的烂泥。老李头想想也是，摇头叹气说算了，扶不起的阿斗。后来，老李头忙着打理自家的大棚蔬菜和水果种植园，两人来往逐渐少了，也不怎么凑一块喝酒了。

老李头愈来愈发，起先作为致富带头人被组织培养入党，后来村委换届时，以高票被村民们抬上主任位置，而老杨头愈来愈穷，前些年镇里搞贫困户识别时成了贫困户。成为贫困户的老杨头就有些抬不起头，就有些敏感，还跟老李头闹掰了。事情是这样：那时城区帮扶干部首次入户，与老杨头一起分析致贫原因，老杨头坚持说是缺资金缺技术。边上的老李头忍不住屁股从凳子上蹦起来高嗓子说，屁话，你那是自个儿发展内生动力不足。老杨头晓得这话是拐弯儿骂他懒，瞪着鲤鱼眼跟老李头拍台摔凳要干架，自此哥俩儿互不来往了。本来老杨头心里就一直酸着老李头有钱，打那以后，开始背地里说老李头闲话，甚至趁机搞些小動作給老李頭鬧心。前陣子鎮包村工作組到村裡調研精準脫貧工作，開會聽取一些貧困戶代表意見建議。老楊頭慫恿幾個貧困戶說想養鴨，可村裡無視他們的需求。工作組狠狠批老李頭不關心貧困群眾冷暖，老李頭臉頰漲紅得像猴子屁股，坐立不安，眼睛狠狠剜向老楊頭，老楊頭卻不管不顧，心裡樂開了花，其實呀，他們之前壓根沒有提出這樣的要求。

不久，在鎮政府撥付的扶貧資金支持下，經過競標，李老二養鴨場成了村裡的首批扶貧鴨苗供應點。就在今天，村委通知報名的貧困戶明早到那兒領回免費供應的鴨苗。老楊頭沒想到這一瞎折騰，鎮政府卻來真的了，心裡就有了觸動：看來再不好好幹真的對不起政府了。

第二天，太陽還沒冒頭，老楊頭破天荒地起了個大早，挑著一對箩筐屁顛屁顛地奔向村尾的李老二養鴨場。

一路上沒遇到人，快到養鴨場門口的時候，傳出激烈的爭吵聲，如同旁邊田裡熟透的稻谷此起彼伏。老楊頭停下腳步，支棱起耳朵細聽。

"你不能把這批鴨仔給老楊頭他們，一隻都不能給！"

"哎呀，我的親哥哩。人家都快來了，不給哪行？"

"好啊老二，你敢給的話，我非和你斷絕兄弟關係！"

"斷就斷！怕你不成？！"

老楊頭立馬火冒三丈：好呀，狗日的老李頭在公報私仇哩！

"哼，想刁難咱，沒門！"

脾氣火爆的老楊頭就一腳嘭地踹開大門，箩筐哐啷扔到地上，手指老李頭鼻尖吼："你是主任就可以亂來了是不是？！還要斷絕兄弟情義，你還有沒有人性？！"

老李頭想不到半路冒出個程咬金，愣了一下："我……"

老楊頭急人快語："我什麼我，這鴨仔我要定了，是公家給的，不是你老李頭的！"

"嗨，老楊頭，不是這樣的，聽我說嘛……"

"不聽不聽，哼，狗嘴裡吐不出象牙來！"

這會兒一些貧困戶也三三兩兩挑箩拿筐趕來了，大伙兒圍著老李頭指指點点，脸上满是鄙夷。

"都是你惹的祸！"

突然一向稳重的老李头暴怒成一头狮子，一大巴掌挥去，李老二右脸颊瞬间腾起一片红云。

"你……"李老二手掩着脸愕然，众人也呆住了。

"我就是要打你这唯利是图的王八蛋！"老李头咆哮着，还想挥第二拳时被众人隔开了，闻讯赶来的几个村干部连拖带拉把他弄走了。他背后嘘声一片，还有人呸地吐口水，老杨头更是带头起哄。

……

月上柳梢头，如水的月光洒落在院子里的石桌上。老李头孤独地坐在桌旁，右手拿筷子夹起花生米，有一搭无一搭地往嘴里送，咔嚓咬得嘎嘣响，左手端起小酒杯，一仰头，吱的一声后，长长叹了一口气。

大门呀一声，闪进来一个人，咚咚咚，熟悉的脚步声传来。

"来了？"老李头问，头也不抬，两只眼睛粘着盘里的花生米和小酒杯里的酒。

"来了。"老杨头答，自个儿从厨房拿来小酒杯，拾来凳子，挨老李头边坐下，提起酒壶把杯子满上，端起杯子一仰头，酒杯见底，手一抹嘴巴，嗫嚅道，"哥，对不住了，我……我错了。"

老李头缓缓抬头，瞟他一眼说：

"是李老二错，你有什么错？"

"我错怪你了，你是为我们好。"

原来今早天还没放亮老李头就赶到了弟弟的养鸭场，看看鸭苗发放准备情况，不经意间发现弟弟给鸭苗打的针是从非正常渠道弄来的低价疫苗，便质问为什么不用正规的疫苗。李老二说既然货进回来了就打完吧，免得白白花了钱。老李头说打了这些来历不明的疫苗万一鸭仔没有产生抗体，发生禽流感甚至瘟疫怎么办，你担得起这个责任吗？！他坚决不让这批鸭苗流出养鸭场，于是兄弟俩你来我往抬起杠来……

"老哥那一巴掌可把李老二拍醒了，你走后他良心过不去跟我们道歉认错了，花了一整天用正规的疫苗给其他鸭仔打了针，才发放给我们呢。"

"哼，这可没完，我要报告镇里，不给他长点记性是不行的。"

"别，哥，得饶人处且饶人吧。"

两人默默喝酒。老李头突然屁股离开凳子，往里屋走，折回时手里多了本书。

"给，你养鸭用得着。"

"这……"老杨头愣了一下，接过认真翻看，眼眶红热起来。

"兄弟，听着，鸭仔政府给你了，养鸭的书我给你了，明儿我再给你捎去几袋鸭饲料，再不好好干，活出个样子来，老子就跟你绝交！"

"啥别说了，哥，今年我不脱贫，你就脱我的皮！"

"一言既出……"

"驷马难追！"

"哈哈，好，满上，咱干一个。"

"好！"

凉风扑面而来，清脆的碰杯声、爽朗的欢笑声飘出院外，与蛙鸣虫子呢喃交汇，融合成悦耳的田园交响曲，久久飘荡在稻香溢满的星空中……

不老的月光

吴 苹

这次，素心决定无论如何也得听一场罗清扬的音乐会了。

午饭时的那场吵闹像一把坚硬的啤酒起子，嘣的一下撬开了瓶盖，这个酝酿已久的想法便携带着泡沫喷涌而出。

事情缘于那个小花碗。那个超市搞活动赠送的小花碗。六岁的大儿子和四岁的小儿子都看上了，两人争着争着就打到了一起。素心端着菜从厨房里走出来，一只脚刚迈上门槛，就听到小花碗掉在地上的清脆破裂声。看着洒了一地的白米饭，素心一时火起，拽过孩子朝屁股上各打了几巴掌。

男人下班回到家，扫了两个哭闹的孩子一眼，也不哄，就坐在餐桌前吃起来。

素心看到男人的样子，气更不打一处来，趴在沙发上抹起了眼泪。

十年前，素心和男人结婚的时候，男人跟着村里的建筑队干小工。十年后，当年和男人在一起干活的人都走了出去，在省里或在市里买了房，只有男人还留在乡村里提瓦刀。

唉，说什么人的日子是不停歇的河流，只是河流的走向却各不相同，有的一路高歌奔腾入海，有的流着流着却见了底。

素心起身时男人已经走了，大儿子在饭桌前吃剩菜，小儿子却挂着泪花睡着了。素心将小儿子抱到床上放好，清理了地上的碎瓷和米粒，才起身走进卧室。

素心打开床边的箱子，取出一个旧日记本。本子贴满了一个男人弹钢琴的照片，素心摩挲着那些照片陷入了沉思。

那时素心十二岁，刚上初一。某次，素心在邻居家看电视时，偶尔看到一个人弹奏钢琴的画面，那人双目微闭，十指在琴键上蝴蝶般翻飞。那画面立时像子弹一样击中了她。

后来，素心知道那个人叫罗清扬，是一位年轻的钢琴家。她开始从报纸上搜集罗清扬的照片，并想着将来的某一天，一定听一场他的现场演奏，看一看他真实的模样。

就在素心中考的前夕，素心父亲进城卖菜时遭遇了车祸，素心只得背起书包回了家。回家没几年，素心就和村里的女孩一样嫁了人。

这些年，每每和丈夫怄气后，素心就拿出这个日记本看上一阵。她的手机里保存了很多罗清扬的演奏视频，其中有她最喜欢的《月光奏鸣曲》。视频中的罗清扬十指欢快地跳跃着，正沉浸在忘我的音乐巅峰，额前的一绺头发随着节奏微微颤抖。二十多年了，他仍是那样俊眉朗目，时光对谁都不留情面，却独独从他身边绕道而行。

这辈子，说什么也得听一场他的现场演奏呢。

素心正准备去菜地时，听见手机"嘀"了一声。是一则新闻：著名钢琴家罗清扬将于10月18日来省城开演奏会，地点在水上明珠会堂，门票正在预订中……

素心霍地一下站起，原地转了两圈又坐下，坐下又站起来，一时间手心里竟有了汗。

后来，她还是坐了下来，重新打开手机，点开了那个预订门票的网站。

去省城的前一天，素心特地买了一身新衣服。临走时给男人撒谎说去一个外地的女同学家。

素心到了省城后，先找了一家便宜的旅店住下。演奏会晚上七点半开始，还不到四点，素心就到了水上明珠的门外。这个建在湖边的建筑，那个造型远远看去很像是弯弯的月亮，素心一看到它，心跳就莫名地加快。当年她曾多次幻想过有朝一日能在里面演奏一曲，现在想想可真像是一场梦。

时间还早，她决定在围墙外的石凳上坐一会，平稳一下心跳。

她坐下来看着那一圈围墙，那堵石头墙不算太新也不算太旧，每一块石头都显得那么沉重而坚硬，在墙根处，她还看到了一点点铅笔的涂鸦。为什么是石头墙呢？对于钢琴曲和月光来说，古色古香的红砖墙岂不是更配？

那墙离她如此之近，近得触手可及，她却望着它发起了呆……

拿着票的观众陆陆续续地从她身边走过，她仍旧握着票坐在那里。几辆小轿车从她身边经过，驶进那扇大门。后来，两旁的街灯都亮了起来，她才站了起来，向院内走去。

演奏大厅的门口铺着长长的红地毯，两排鲜花从大厅门口摆过来，一直延伸到她脚下。素心弯下腰，摘下一朵花，白色的玫瑰花，还带有两片浓绿的叶子。玫瑰很白很香，她很小心地将它别在上衣口袋上，那里还放着演奏会的门票。

回到旅店把花放在清水里养上一夜，明天到家后再把它放在那个日记本里，肯定会香很久……她望望头上的月光，想起了一句诗：人类登上了月球，却跌倒于诗意。她很庆幸那些人中没有自己。所以现在，还有未来，她的月亮都会一直饱含诗意。当然不只月光，还有钢琴声和白玫瑰。

她沿着湖边往回走，头顶上的月亮也在陪着她走。她踩着参差的树影，偶尔有一两片黄叶落下来，掉在她的肩上，又到了秋天，她和树木一起又老了一岁。所幸的是，月亮还是那么清新那么美，无论天上的还是水里的……

一路走好
············

胡 炎

父亲进入ICU的第三天，我和哥哥开始轮流守护，他值白班，我值夜班。

暮色渐浓，我值守的第一个夜晚降临。两个家属休息间早满了，走廊上摆满了简易床，还有的索性打起了地铺。我在走廊上来回徘徊了几趟，最终选择了东侧步梯的入口。那里没人，安静得有几分阴森。

很多人在抽烟，说话，叹息，哭泣，还有人在大声咒骂。我也点了支烟，没滋没味地抽着。我没烟瘾，平时只在工作疲劳时象征性地抽几口。这时，一个四十来岁的瘦高个走过来，和我搭讪："老兄，借个火。"

我把打火机给他。从前天开始，我就注意到他总是一个人发呆。估计闷坏了，借故找我聊天。

"进去的是你什么人？"瘦高个吐了口烟，问。

"我爸。"

"哦，老人家高寿？"

"84。"

"蛮好蛮好，老寿星！"他点着头，"几天了？"

"三天。"

"吉人自有天相，"他的祝福更像是客套，"我家老爷子怕撑不过这两天了，74，比你家老爷子整小10岁！"感叹之余，他朝ICU努努下巴，"这地方，就是个POS机，等把你的钱刷差不多了，呼吸机一摘，完事。"

他看着天花板，又自言自语了三个字："尽心了！"

我像被毒蜂蜇了一下，刚刚平复的心又被痛楚钳住。我不知道父亲现在情况如何，一扇门，生生把我们隔开了。医生已经下过三次病危通知，我的泪水似乎流尽了。如果父亲就这样走了，连最后的告别都没有，那该多么遗憾。我不敢往下想。

"这里好像只有你一个人。"沉吟一下，我说。

他似乎不愿提及这个话题，淡淡地说："收麦呢，都忙。"把最后一口烟抽了，又说，"不早了，休息吧。"

　　我看着他回到走廊中间。那里没有床，只有一张折叠椅。他靠在上面，闭上眼，国字脸映着灯光，显得苍白。

　　随后的几个晚上，我们都会闲聊几句。他问我父亲的情况，我说："正在好转，"又问，"你家老爷子呢？"他叹着气，看着窗外："不好。"他抱着双臂，在走廊上踱来踱去，表情淡漠，但我能感知他心中的焦躁。

　　我躺在床上，在手机上看小说。夜深的时候，突然传来一声震耳的怒喝。有人打起来了。我没有走近，而是下了床，站在走廊东侧观瞧。挨打的居然是瘦高个。三个人边打边高声骂着。我听出来，他们是四兄弟，瘦高个不愿再掏钱了，或者说，他已经拿不出钱了。听起来，瘦高个好像在县城做小生意，条件算家中最好的。

　　打骂声惊动了医生和保安。除了瘦高个，那三个人消失了。犹豫了一下，我走过去。瘦高个蹲在地上，流着鼻血，眼神发呆，脸上闪着泪痕。我抽出烟，递给他一支。

　　"你都看见了吧？"他抹了把鼻血，看定我。

　　我点点头。

　　"我不过替他们说出了心里话。"他把烟点着，抽了一口。

　　我感到懵懂。

　　"不瞒你老兄，"他站起来，"打从老爷子进了ICU，数我出的钱最多。两个哥哥，一个弟弟，都在土里刨食吃。他们拿不出钱，他们也有拿不出钱的理由。老爷子吊着一口气不走，谁心里都急，可谁嘴上都不说。医生也给我们讲明了，老爷子的病没有希望。"

　　他使劲抽烟，几口就抽完了。我又递给他一支，他朝我拱拱手，表示感谢。

　　"撑不下去了，真的撑不下去了。"他的叹息拖得很长。

　　"要放弃吗？"我问。

　　"不放弃还能怎样？"他咬咬牙，"这话谁都说不出口，可总得有人说。所以，我说了。挨打是意料之中的事。他们打了我，骂了我，就表达了孝心。这世上，恶人比好人难做，对吧？他们都想做好人，那我就做这个恶人吧，让他们心安理得地打我一顿，就都解脱了。"

我沉默。我不知道该怎么评价他，斥责，同情，还是理解？我只知道，换了我，即便卖血，我也不会做出这个选择。

"看着吧，他们会回来的。"他居然笑了笑。然后抬起头，盯着墙上的某个地方。

我循着他的目光看去，在接近天花板的地方，贴着一张小广告，那上面有一个手机号码，后面写着三个冰冷的字：拉尸体。

我的心痉挛了一下。

凌晨时分，我来到楼下透气。病房楼巨大的屋檐下，停着一辆农用三轮。我没在意，径直走到前方的甬道上踱步。初夏的夜风温柔凉爽，隐隐裹着月季的花香，我呼吸得近乎贪婪。仰起脸，看着淡淡的星光，美得简直像一个童话。而眼前这个熟悉的世界，于我，不过数日，竟有了恍若隔世之感。

我未敢久停，毕竟，父亲一个人留在ICU，我不放心。在接近楼前台阶的时候，我忽然看到四个人走了出来，其中一个是瘦高个。他们默不作声，把一个被包裹得严严实实的人抬上了三轮。我还看到了一个氧气袋，但我很清楚，里面的氧气压根支撑不到县城。

"爸，回家了！"

农用三轮发动，车上响起了一片哭声。我木然立着，看着三轮在夜色里消失。我不知是向瘦高个，还是向那个一息尚存的老者，默默地说了四个字："一路走好！"

易老师和她的部队

熊荟蓉

市一中的易徽老师最近火了，她是突然火起来的。

在这所重点高中担任班主任二十多年，带过多届毕业班，出过高考状元，但是没有火。兼任市作协副主席，名字经常出现在市报市刊上，也没有火。但全市一场马拉松比赛，易老师夺得半马（21公里）冠军，瞬间就火了。

记者在马拉松现场采访她："您年近半百，身材瘦小，却跑出这么优异的成绩，平时是怎么训练的？"她简单作答："我每天早上四点起床，在学校的塑胶跑道上跑。"记者接着问："每天四点？天还没亮，您一个人跑，不感到害怕吗？"她笑着说："我带着一支部队在跑，怕啥？"说完，易老师就融进红色的海洋里。

记者追到学校，问易老师在哪个班上课。同事看了看课表说："她这会儿没课，班主任都在教室后面坐班。你去高一（6）班看看，如果没有，就去高三（9）班看看。"记者很不解："易老师既带高一，又带高三？"同事说："是啊，她还是这两个班的班主任。"

记者推开高三（9）班的教室后门，看到易老师正在改作文，办公桌上堆满了高考复习资料和作业本。记者说明来意，易老师说："真对不住，我马上有课，下午要开会，晚上有自习。闲谈不得超过三句话！"记者说："我们的采访需要有个完整性，我只问一个问题，您每天早上带哪支部队在跑？"易老师抱拳施礼："这个问题不是三句话就可以说清了。抱歉，我要上课了！"

当晚，电视上播放马拉松比赛的盛况，大家都听到了易老师那句莫名其妙的话："我带着一支部队在跑，怕啥？"一时间，易老师的手机都被电话和短信攻陷了，她一律不回。

校长亲自来找易老师了。校长说："易老师，每天早上跟着您跑步的是高一（6）班，还是高三（9）班？"易老师说："都不是，我一个人在跑。"校长又问："一个人，怎么说是一支部队呢？"易老师笑着说："一个人也可以是一

2020

支部队啊。"校长严肃地说："易老师，您这是诗意的表达吧？"易老师说："不，是实情。不信，您明天早上四点来塑胶跑道看看……"

翌日早上四点，易老师准时出现在塑胶跑道上，等到她跑到第五圈时，校长来了。校长问："易老师，您的部队呢？"易老师边跑边指地上的影子："校长好！这是我的部队。您也带来了一支部队啊！"

校长这才留意到跟着易老师一起奔跑的，有五六个影子。而自己身下，也有五六个影子。教过物理的校长当然明白，影子是跑道边的几个灯投射的结果。但看到一个人带着几个影子在奔跑，他还是被震撼到了。

上午，校长随同校园电视台的工作人员对易老师进行了专访。这是校长第一次走进易老师的寝室，他又被震撼了。十几平方米的寝室，被夹板一分为二，一半是书房，一半是卧室。书房里齐墙高的一个大书架上，满满当当全是报纸杂志。校长随手翻开一本《读者》，目录上有易徽的名字。又翻来一本《青年文摘》，又有易徽的名字，接连翻了一本《小说选刊》，一本《散文选刊》，都有易徽的名字。校长问："易老师，是不是这个书架上所有的报纸杂志里，都有您的作品。"易老师点了点头。

校长大为惊叹："这起码有一两千篇啊！您带两个班的班主任，教育教学工作是全校最重的，哪有时间搞个人创作？"易老师指了指墙上的一张日程安排表："我每天早上跑步时，就计划好了，今天每个时段做啥事。跑一个多小时，洗漱之后，就按部就班……"

校园电视台在播出易老师的事迹时，也播出了校长的一段讲话："一个高度自律的人，一个人就是一支部队……"

从此，清晨的塑胶跑道上，跟着易老师奔跑的，不仅有几个影子，还有一支浩浩荡荡的队伍。大家早起锻炼身体，然后以饱满的激情投入工作，一中的教育教学获得了质的飞跃。易老师真的带出了一支部队。

旦角小桃红

刘立勤

　　小桃红生得柔弱单薄，可长相甜美，尤其是那一双眼睛顾目流盼，能传达出多种多样的情感，让人心生欢喜十分爱怜。因此，她一进剧团，大桃红就看上她，主动提出收她为徒。大桃红何许人也？她是我秦岭南坡三州十二县的汉剧头牌，曾经创下连演六十场场场爆满的纪录。她能看上小桃红，是小桃红的福分，也是剧团的福分。大桃红毕竟年纪大了，观众终究喜欢年轻人。

　　学戏是一件很辛苦的事。早上五点起来吊嗓子，练唱腔唱功；继而是腰功，在地毯上翻滚，又称毯子功；中午练身段功，又称架子功；晚上就是打击功，又称靶子功。一天的功练下来，累得人几乎散了架，别人叫爹叫娘倒头就睡，她却窝在被窝里轻声背唱词唱腔。三年学员班结束，其他学员懵里懵懂不知道会些啥，也不知干什么好，她已经在舞台挑起大梁成了一个"角儿"。

　　小桃红活泼开朗，可她喜欢扮闺门旦，《梁祝》里的祝英台、《红楼梦》里林黛玉，被她演绎得娇娇柔柔楚楚可怜。她也会演花旦，《西厢记》里的红娘、《拾玉镯》里的孙玉姣，让她演得顽皮活泼十分可爱。她还喜欢演青衣悲旦，《琵琶行》的赵五娘，尤其是她扮演《铡美案》里的秦香莲，不仅做工精准，唱功也了得，有一版唱腔七十四句，她第一次登台愣是唱得没有半点瑕疵，听得人是句句血声声泪，片刻后是掌声雷动。听说，大桃红就是听完这段后，默默地背起自己的行囊，悄然地离开了剧团。

　　更难得的是，小桃红还会武功，能演武旦，也就是刀马旦。单薄的身体背上大靠，顶满冠甲，一手执马鞭，一手金枪或者长刀，随着一阵锣鼓，女英雄穆桂英或者代父从军的花木兰英英武武跃马而来。还有人说她会演丑旦，因为大桃红玩过，不过我觉得那是很滑稽很可笑的事情。我想，要是导演让小桃红去演《花为媒》的媒婆，我一定会把他打得两眼一抹黑，让他摸门不到。

　　戏剧的好时代过去了，演大戏本戏的日子越来越少，小桃红再也没有超越大桃红连演六十场场场爆满的可能。好在各地都喜欢办戏剧大赛，她常常去参加赛事，回回都是冠军。她也参加各种各样文艺晚会，来上一曲"秦香莲"或者是

"花木兰"，让人惊喜万分。再加传播的手段也多了，电视录像四处播放，她还是出名了，成为三州十二县的汉剧名角。

可是，小桃红还是不高兴，因为演大戏演本戏的机会越来越少。除了乡村庙会演大戏本戏外，城里乡下时兴的是歌舞晚会。小桃红不得不放下戏剧学唱歌。小桃红很会唱歌，唱民歌，唱情歌，亦有张也和李玲玉的味道，每场晚会她的节目必不可少。每逢有人请她唱歌，她都要提出一个条件：加一段汉剧折子戏。她说，汉剧是她的兴奋剂，上舞台不唱一折子戏，就像大烟鬼没吸泡，没有一点儿精神。唱罢折子戏，小桃红就像吸了一泡大烟，把歌、把戏唱得声情并茂神采飞扬。小桃红的名头更响了。

名声响了，也不一定就是好事。

有一段时间风气不好，部门招商，或是上面来人，县里会让剧团搞一场晚会热闹热闹，名角小桃红是少不了的人物。单纯的晚会好说，唱一段折子戏、喊两支歌就结束了，麻烦的是吃饭时让她们唱堂会。人家那里吃喝，她在旁边唱，真的不舒服。更不舒服的还有领导要她去劝酒，真是让人恼火。有一次来了一个大领导，色眯眯地对她说，说是你喝一杯我就给县里一百万。县里领导像是打了鸡血，一连给她灌下十五盅。把她灌得现场直播，立马被送进了医院。

更糟糕的是陪舞。有些领导或者老板看起来人模狗样，跳起舞来手脚一点儿都不安分，四处摸揣。有人捏着她的小手趁机许愿，要调她到省里大剧团，也有人摸着她的屁股要调她去电视台当主持人。她想起师傅大桃红的话，知道那是他们放下的鱼饵，随口笑笑便拒绝了。

领导倒还顾点儿脸面，老板们可不一样。有一次是老肖为了剧团的事儿，要她去陪一个盖房的大老板。大老板仗着有几个臭钱，借着酒意意欲霸王硬上弓。小桃红是谁？是花旦，是闺门旦，是刀马旦，她只用单手就把那个老板摞在了地上，然后拍拍屁股走了。

现在好了，没有那么多的应酬，她可以专心地唱戏或是唱歌了，唱大戏的日子也多了，小桃红终于熬成了头牌。唱花旦，演闺门旦，扮刀马旦，红透半边天。不唱戏不唱歌时，她偶尔也会帮帮老童，给老童带的那些孩子教教花鼓、教教汉剧。她想，要是在那群孩子里找一个小小桃红，那就更好了。

渑池来信

于德北

就在今年秋天，我意外地收到了一封来自河南渑池的挂号信，信封里，是一封寄自日本的没有启封的信，上面赫然写着我的名字。

那是一封写在樱花笺上的长信，有七八页之多，字体娟秀。

"于老师，您好！之所以将给您的信由老家河南邮转，实在是我想唤起您的一段回忆。我刚刚从日本早稻田大学博士毕业，近期即将回国从事中日文学比较研究，我回国的第一件事就是去拜访您，并把我刚刚翻译好的您的一百二十五篇微型小说交由您过目……您还记得吗，那个站在梨树下看您吃梨的河南小女孩……"

啊！那真是一段温馨的回忆啊！

只是时间太久，我几乎把它忘记了。

二十年前，我由团省委转业，调入《深情》杂志社工作，我接到一个采访任务，尽可能全面地采写女孩读书难的问题。这次采访难度大，且辛苦，我由甘肃、陕西一路走来，最后来到了河南的三门峡市。本来在这里是没有采访任务的，我只想假公济私转道看看三门峡，感受一下"梳妆台"的宏伟和壮观。我如愿以偿，当我面对大坝、面对黄河的时候，我知道，我不虚此行。

恕我孤陋寡闻，在中学读书的时候，我便学到过仰韶文化，但如果不是当地朋友介绍，我实在没记得它的初发现地就在河南，更不知晓，它就在三门峡市下辖的渑池县，而我现在距离它，也就百余公里的路程。如此大好的机会怎能放过，我十分轻易地原谅了自己的孤陋寡闻，转而为自己的"博闻多识"而沾沾自喜。当下由朋友安排，驱车去看彩陶。

人如果过于得意，上帝一定会给他一点小小的惩戒吧。

车程过大半，路过一个村庄的时候，我们乘坐的小车抛锚了。

等待修车的时候，我们坐在车里吸烟，初秋的蝉鸣噪耳，我一支烟只吸了半截，便丢在脚下，一个人信步往村庄里看风景。我就这么一个习惯，每到一个陌生的地方，总喜欢四处走走逛逛。

我走过几户人家，均敞着门，偶见鸡犬进进出出，对我的到来并不稀奇。河南产枣子，这里几乎家家种有枣树，微风拂过，半青半黄的枣子左右摇动。

正漫步间，忽一道明丽的色彩映入眼帘。

有一个略显残破的院子，这个院子里没有枣树，却偏偏立了一棵丰茂的梨树，树上的梨子拳头大小，静垂在枝叶间像一只又一只的铜铃。

一个十几岁的女孩怯生生地看着我。

"你好。"我问候她。

她并不回答，只是一个劲地回头向屋门处望。

我随着她的目光去寻，只见一个中年妇女抱着一个孩子从屋里出来。我赶紧掏出名片递过去，表明自己不是坏人。我指指树上的梨子，做出喜欢的样子。那妇女点点头，我以为得到了她的许可，便摘下一个梨子，擦也不擦地咬上一口。梨子尚未熟透，但香甜的汁液盈了满口。

那个女孩瞪大了眼睛望着我，可我并未发现这其中的诧异，满心欢喜地坐到她正写作业的小桌旁，翻动她的作业本，做出一副十分关心的样子。

这是一些什么样的本子呢，正面写完背面写，先用铅笔写，再用钢笔写，字迹工整，却如蝇如蚁，密密麻麻。

我急忙向那中年妇女问询，才知道，这一家人是村里的贫困户，地少不够种，又因超生被罚，男主人本来会唱蒲剧，农闲时可唱野台子戏，可是两年前，野台班子因车祸而作鸟兽散，男主人病倒在床，这人家，风雨飘摇中又雪上加霜……

"那梨子是卖了供娃上学呢。"妇女说。

我一下恍然，手握半只梨子僵立在那里。

好半天，我反应过来什么，奔踏着出门，一路来到村中的小卖店，把这店里的本子和笔全部买了下来。是的，我把这些本子和笔全都送给了那个女孩。另外，还以赔梨为名义，把五百元钱交到那女孩的妈妈手里。

这就是那件事情。

当朋友来寻我，告知我车已修好，我们可以启程，而我们也即将启程的时候，我们的身后响起了清亮亮的一段唱腔——"辕门外三声炮如同雷震，天波府走出来保国良臣……"那女孩一边唱，一边哭，一边向我们跑来，跑到近前，深深地给我鞠了一个躬。

朋友说："老于，娃给你唱蒲戏呢。"

激 秦

张爱国

"这，又是什么？"我用筷子指着一个盘子问。

一个侍女急忙跪下来磕头："是鸡舌，壮士。午餐，奴婢见您吃鸡舌时点头说好，就禀报太子，太子命以后每餐给您上一盘鸡舌。奴婢还因此受到太子重赏，奴婢谢壮士！"

"这一盘用去多少鸡？多少人制作？"

"两百只，壮士。"侍女又磕头，"壮士，外面的姐妹请奴婢代向您致谢，因为这道菜，太子下午特意从市上买回三十多个姐妹。她们说，一人进了太子府，一家就不会饿死了。"

晚饭后，我在院里舞了一会儿剑，刚收剑进房，一阵馥郁的花香扑鼻而来。循香一看，屋里已置一口大木桶，热气腾腾，近看，水上漂着各色花瓣。又一股奇香袭来，我目光一触及就呆了：四个侍女，一个个穿着蝉翼般的纱衣，翩然走来，白嫩丰满的玉体，颤巍巍，隐约遮掩。她们上来就给我解衣："请壮士沐浴……"

次日刚用罢早餐，太子丹来了。我急忙迎上行礼："殿下，荆轲乃市井酒肉之徒，何德何能，蒙太子厚爱！"

"罢罢罢。"太子丹大手一挥，"荆兄竟然也是俗人，也羁于俗套？"

"殿下，荆轲从此不再俗套。"太子丹的风度立即影响了我，我仿佛面对的是一个多年老友，"荆轲感激殿下知遇之恩，随时听候调遣。"

"俗！还是俗！"太子丹面有不悦，"昔者，孟尝君、信陵君养士数万，何曾有所图报？如今，丹府上也有名士数百，丹也非图报！"

"如此，殿下愈令荆轲敬慕！"我深深一鞠躬。

"非也！丹无所图报，但燕国和燕民有所图报！当今天下，韩赵已亡，虎狼之秦之所以尚不敢犯燕，全赖丹一人之力也。然丹深知，此绝非长久，不出一年半载，强秦必犯弱燕。"太子丹掩面啜泣，"丹死不足惜，只叹我百万燕民……"

"殿下不必伤悲。"我轻轻揽过太子丹的肩头，安慰道，"殿下心在百姓，百姓必将追随殿下！荆轲必将追随殿下！"

看着太子丹踽踽离去，我愁绪满怀。

这天，我在馆舍里实在无聊——再好的美味美女也有腻味的时候——就打算到街市上走走。刚到馆舍门边，就听外面有吵闹声，一看，兵士们正在追打一群破衣烂衫的农夫。"太子殿下，赏一口饭吧……"农夫们抱头哭叫。兵士们不说话，只挥着手腕粗的木棒没头没脸地追打。转眼，地上躺下一大片，鲜血满地。

我大怒，就要出去，却见不远处停着太子丹的轿子。再一看，太子丹坐在轿里，手掀轿帘，面无表情地看着这一切。我的心像是被蜇了一下。

我默默地回到馆内，刚坐下，太子丹来了，笑道："荆兄近日食睡如何？可有腻味？我让人换了。"

"殿下，荆轲只有一张嘴，用不了那么多。"我抱拳向太子丹，"殿下，请将这些食物分一些给外面的饥民吧。"

太子丹一愣，又立马一笑："荆兄此话何意？燕国有饥民？"太子丹起身，踱着步，"唉！只可惜我百万燕民，不久将全体沦为饥民矣。"

我问什么意思。太子丹告诉我，秦国正在调集大军，驰向燕国。我问我可以做什么。他只叹息。我再三追问。他说："丹有一计，唯荆兄可为，然，丹不忍……"

我明白了，心里一笑，深深一鞠躬："太子殿下，荆轲愿孤身入秦，刺杀秦王！"

"荆轲，你视本宫何许人哉？即便刺秦成功，你又如何全身而退？如此，本宫岂不让你送死？"太子丹袖子一拂，大步向外，"荆轲，此事若再提半字，你我从此陌路！"

我心里冷笑，脸上挂着泪，跪地再三请求，直到他答应。

当天晚上，太子丹带着天下名剑徐夫人剑来了。我拿起剑，问是否好使。太子丹向外拍一掌，管家带上几个人，太子丹用剑在一个脸上轻轻一划，那人惊叫一声，倒地气绝。第二个，第三个……都是一声没叫完就死去。

2020

　　"看到了吗荆兄，丹已在剑身淬了毒，见血人亡。"见我扭头不看地上的尸体，太子丹一笑，"荆兄不必理会，他们均是罪大恶极之人，死有余辜。"

　　我没有说话，但心里知道，这几个人都是给这座馆舍挑水的农夫。

　　次日，秋风萧萧，易水寒寂。我向太子丹一抱拳："请等待我的讯息！"说罢，我手捧樊於期人头、督亢地图和卷在地图里的徐夫人剑，头也不回地走向秦国。

　　几天后，秦咸阳宫里，我可以一剑要了秦王的命，但是，我会吗？此行，我的目的，实乃刺激秦王——刺激他早日下决心灭燕。

　　秦王砍断了我的大腿。我瘫坐于地，笑了："嬴政，杀了我算什么？我是燕太子丹派来的，有本事，你现在就去杀了燕丹，杀了燕王……"

父亲与经济学

唐波清

当我考上大学以后，才知道啥叫"经济学"。经济学是研究人类经济活动规律，即价值的创造、转化和实现的规律。父亲就是个地道的农民，要说他与这个"经济学"可谓是风马牛不相及。不过，在咱老家那个山窝窝里，父亲也算是半个文化人，年轻的时候在村里小学当过几年民办老师。村里人有啥事拿不准主意的当口，总要听听父亲的高见。

那一年，县政府强势推行"一乡一品"模式，号召全县农民集中种植"猫丝藕"（一种新型杂交藕）。村里家家户户都种上了"猫丝藕"，唯独父亲打死也不种，父亲只种高产水稻。就为这个事儿，乡长挨了县长的一通批评，村长挨了乡长的一顿臭骂。村长憋着一肚子火气，下田就要扯掉父亲的秧苗，父亲与村长交火干了恶仗。父亲充血的眼睛可以杀人，父亲猛烈地挥舞着砍刀，这才保住了几亩田的水稻秧苗。几个月以后，全村人的"猫丝藕"大丰收，亩产好几千斤。就在村里人喜上眉梢的时候，外出寻找销路的人马带回了"噩耗"，市场上到处都是堆积如山的"猫丝藕"，别说是卖，就是免费送，别人还嫌没地儿放。一天过去了，一个星期过去了，等到半个月时，家家上万斤的"猫丝藕"变成了一摊摊"稀巴烂"，猪不闻，狗不尝。

那一年，父亲的几亩高产水稻救了全村人的性命。父亲挺直了有些微驼的脊背，如同一只获胜的斗鸡在村子里有事没事地来回走动。父亲原本矮小和驼背的身影，在村里人的眼里陡然高大起来。

村里人感激地好奇地问父亲，你咋知道种"猫丝藕"就不行呢？

父亲慢条斯理地戴上他那副断腿的老花镜，有板有眼地说，全村人种这玩意儿，全乡人也种这玩意儿，全县人都种这玩意儿，谁买这玩意儿？谁吃这玩意儿？这就叫"供大于求"，这是个"经济学"的问题。你们懂个啥。

村里人一阵哄笑，不知道是笑话父亲呢，还是笑话他们自个儿。

第二年，乡政府号召村里种"苎麻"，村里人坚决不种，村里人只跟着父亲种植高产的水稻。这回，村长睁一只眼闭一只眼。后来听说，别的村子里种的那些"苎麻"，水土不服，死了个精光，赔了个精光。

第三年，乡政府号召村里种"朝天椒"，村里人坚决不种，村里人只跟着父亲种植高产的水稻。这回，村长睁一只眼闭一只眼。后来听说，别的村子里种的那些"朝天椒"，光长枝叶秆儿就是不结辣椒。老百姓嘲讽地说，乡里叫咱种"朝天椒"，咱可是"朝天摔一跤"。

村里人你一言我一语地问父亲，你咋知道种"苎麻"就不行呢？你咋知道种"朝天椒"就不行呢？

父亲慢条斯理地戴上他那副断腿的老花镜，有板有眼地说，大家伙儿听说过"南橘北枳"这个词儿？"橘生淮南则为橘，生于淮北则为枳，叶徒相似，其实味不同，所以然者何？水土异也"。这就叫"盲目复制经济"，这是个"经济学"的问题。你们懂个啥。

村里人一阵哄笑，不知道是笑话父亲呢，还是笑话他们自个儿。

从去年下半年开始，猪肉价格疯涨，如今每斤卖到三十多块。村里人围在村头的大槐树下议论纷纷。有人说，猪肉价格高，咱赶快养猪啊？有人反驳，你养啊，一场猪瘟让你血本无归；你养啊，八九斤饲料才能变成一斤猪肉，亏本买卖谁敢做？再说呢，一头猪最少五六个月才能出栏，等半年以后天晓得肉价跌没跌？

村里人沉默了，十几双眼睛齐刷刷地望着父亲。

父亲慢条斯理地戴上他那副断腿的老花镜，有板有眼地说，非洲猪瘟是爆点，环保禁养是推手，新一轮"猪周期"才是根本。哎，老话说得好，价高伤民，价低伤农。

村里人如听天书，啥叫"猪周期"？

父亲接着说，"猪周期"就是生猪生产和猪肉销售过程中的价格周期性波动，一个周期两到三年。这是个"经济学"的问题。你们懂个啥。

村里人又是一阵哄笑，儿子在大学里搞"经济学"专业，老子也跟着变成了"经济学"专家。哈哈……

今年国庆节期间，我回老家探望父母。村里人跟我开玩笑地说，你弄"经济学"，你父亲也弄"经济学"，这个"经济学"都成了你父亲的口头禅。

我好奇地问父亲，您咋也懂"经济学"？

父亲慢条斯理地戴上他那副断腿的老花镜，有板有眼地说，你拿回来的课本书，咱一本也没落下，有的还读了好几遍。

我诧异地追问父亲，您每次要我把大学读过的书都带回老家，我以为您是要卖废纸，或者是给爷爷卷"老叶子"烟呢。可您读那些教材干啥？

父亲爬满皱纹的脸上有了红润，咱这辈子没上过大学，咱就补补课嘛，活到老学到老，咱就当上了一回大学呢。

那天中午，从不沾酒的我，破例地敬了父亲三杯苞谷烧。

破 茧

崔 立

　　我做了个梦，梦见了蚕，也梦见了我的父亲李立山。我的父亲说，儿子，你是蚕。总有一天，你会破茧而出的。我梦见一只蚕，或者说是那个我，在缓缓地蠕动，咀嚼着新鲜碧绿的桑叶。

　　我醒了，炽热的阳光已经从窗外射进来。这夏日的阳光，是一团燃烧的火。

　　母亲拍了我一把，说，赶紧起来，一会我带你见你曹叔去。曹叔？

　　我以前叫他曹老师。他教我们小学语文时，喜欢先念一遍课文，再一一点名，让我们各自讲讲读后感。我不喜欢语文，更不喜欢讲读后感。我喜欢养蚕。我从小无数遍地看我的父亲李立山养蚕，他是乐至县有名的蚕农。曹老师点到我时，我站在那里，喃喃地不知说什么，我，我……曹老师引导我，主人公是怎么样的心理？我说，我，我不知道。教室里一阵哄堂大笑。曹老师示意我坐下，再点后一个人来讲。

　　我随母亲来到了曹老师家，曹老师将我们迎进屋。母亲说，快，快叫曹叔。我叫了声，曹老师。母亲的脸凝固了，要揍我。曹老师拦住她，说，孩子还小，别动气。我心里头冷笑，想，我都初中了，怎么可能还小，我偏要叫你曹老师！

　　我是不愿母亲和曹老师在一起的，能和母亲在一起的只能是父亲。

　　但我无法阻止他们。在母亲和曹老师去领结婚证那天，我跑了出去，漫无目的地走啊走，走到我累了倦了，走到天都黑透了。我在一处墙角坐下来睡着了，不知过了多久，我听到了母亲和曹老师呼喊我名字的声音由远至近，我不愿醒。我想我的父亲李立山了。

　　我醒来时，是在家里的床上，天已经大亮。我叫了声，妈。母亲从隔壁屋走过来，看到我，眼泪唰地下来了。后来，母亲说，你曹叔，他是我们家的蚕。你一定要对你曹叔好一点。我冷笑，他怎么会是蚕呢？明明我是蚕啊！

　　曹老师很忙。

曹老师每天上课下课忙,回到家里也忙,忙着给我们买菜做饭。母亲的身体不好,买个菜烧个饭脸都煞白煞白的。我说我来做饭吧。母亲说,不要,你要好好学习!曹老师说,有我呢!

晚上,曹老师坐在桌子前备课,一个人安安静静的,课本上的文字,一笔一画都工整鲜明,像印出来的。在我读完初中、高中后,再上了大学。我是一只期待破茧而出的蚕,我想要快一点去飞翔。

大学四年,我回去的次数屈指可数。

母亲时不时地给我打电话。

你曹叔,他不容易,对我们好。

你曹叔,常念叨你的名字,你有空回来看看他。

你曹叔,他……

快毕业时,我回了趟家。我去了趟曹老师的小学,站在教室外,隔着透明的玻璃窗,曹老师佝偻着身姿站在讲台前。是什么时候,曹老师这么老了?对着台下的小学生们,曹老师一字一句,像多年前给我们朗读课文,认真而严肃。课文读完,曹老师又一一点名,让站起的孩子们都讲讲读后感。

那一晚,我和曹老师第一次喝酒。我还是叫他曹老师。我说,曹老师,我敬你,感谢你这么多年照顾我们娘俩。曹老师受宠若惊地说,别,别这么说。能和你妈,和你一起生活,是我一辈子的福分。像想到了什么,曹老师又说,你爸李立山是个蚕农。

可你知道一只蚕需要度过什么,才能破茧而出吗?我说,什么?曹叔朝我笑笑,说,蚕以卵繁殖,蚕卵看上去像粒细芝麻,叫蚁蚕,经过一龄、二龄、三龄、四龄、五龄、蛹期、蛾期,再到雄蚕先死去,雌蚕产下约500个卵,再死去……

曹叔细细地给我讲解,讲得很平和,我却听得心潮澎湃。

不久后的一天,母亲突然给我打了电话,说,你快回来,你,你曹叔没了!

像多年前,母亲告诉我父亲的噩耗般,我的心里头,很莫名地居然也痛起来。痛彻心扉!

曹叔的葬礼出乎意料地隆重。送行的人排了好几条街,都是曹叔教过的学生。曹叔做了三十年的语文老师，桃李满天下。那位年轻校长说，我也是曹老师的学生。曹老师，曹老师他是一只春蚕。

我站在队伍的前列，心里头在呼喊着，曹叔，曹叔，你听见了吗！

送喜面

安晓斯

在沁水湾，小歌是村里最会"送喜面"的。

啥是"送喜面"？就是谁家生了孩子，尤其是生了男孩，满月当天，主家的亲戚都在院子里坐席"吃喜面"，另外再做了鸡蛋或肉的卤面条，差不多要给全村人送，挨门挨户，一家一碗。农村规矩，不兴空，得了喜面的家户，都会表示一下，有的放了鸡蛋，有的放了糖糕，有的放了点心，条件好的就会放些钱。

小歌的爹娘都去世了，他是吃百家饭长大的，人老实，心眼也好，"送喜面"回敬的钱和东西，一分一厘，一丝一毫，小歌都会如数转交主家，从不会私下藏什么。主家喜欢小歌，小歌就有送不完的喜面。有时，一户人家就得送好几天，小歌拉着一辆架子车，一晌得送几条街。

村大人多，"送喜面"的家户就多。小韵最喜欢小歌送的喜面。小韵是独生女，她娘后来又生了两胎，都是男孩，都没有保住。小韵爹早就对外放出风声，要招个养老女婿，条件是入赘、改姓。

小歌喜欢小韵，愿意入赘、改姓，可他知道自己家穷，配不上小韵。除了"送喜面"，小歌不敢到小韵家去，怕小韵爹一铁锨把他拍出街门。

小韵爹是个木匠，手艺奇好，尤其架子车做得好，批灰抹缝，刷上桐油，涂了清漆，堵上两头，车厢里滴水不漏，方圆几十里大名鼎鼎。那些年，架子车是农村人离不了的大件农具，家家户户都得有。

小歌家的架子车就是小韵爹做的，好多年了，一点不散架，硬邦邦的，强实得很哩。"送喜面"的时候，有人问起那辆架子车，小歌就会说，虎豹叔做的，可强实耐用，还省力。虎豹叔就是小韵爹，小歌一直都这样叫。小韵爹也是个明眼人，看着小歌一点一点长大的，也喜欢小歌，也知道小韵喜欢小歌，就是感觉他家里太穷，把小韵托付给小歌，不放心。

小韵爹每天都到自家老院的木匠作坊里做活儿，有件事就很纳闷儿，头天收工时乱糟糟的院子，第二天都干干净净的。开始还以为是晚上刮风刮的，后来发现不对劲，连横七竖八的木头都摆放得整整齐齐。风还能把木头码整齐？小韵爹就打心眼儿里不断琢磨这蹊跷事。

见天在家做饭、绣花的小韵，其实可盼望见到来"送喜面"的小歌。好多年了，小歌给她送来的喜面其实是自己做的，不是主家请的厨师的手艺。"送喜面"时间长了，小歌的卤面也做得筋道、软和、滑溜，卤汤浸到了面条里，老远就闻到了香味。送给小韵的那碗喜面下边，总有四个卤鸡蛋。

每次见到小歌，小韵都会说，小歌哥，俺喜欢你……做的喜面、卤的鸡蛋。憨厚的小歌总会说，喜欢了就常给你做。小韵就把小歌送到街门底下，看着小歌拉着架子车走远了，才回到屋里。后来，小韵就一次次提醒小歌，哥，你咋不找人来俺家提亲？小歌总是点点头。

这样的日子直到那年腊月，一脸杂面星的张媒婆把东街的赵大勇领到小韵家，让他跟着小韵爹学做木匠活。好吃懒做的赵大勇不是个贪活掏力的人，鼓捣了仨月愣没弄懂个凿眼铆榫，锯个木头也走不到线上。摊上这么个人，小韵爹气得摔了几次墨斗、扔了几次斧头。

小歌再来"送喜面"时，小韵就流着泪告诉小歌家里的事。小歌没说话，也流下两眼泪。庄稼人，过年图吉利、爱热闹，一肚子苦水都不在年节里往外倒。二月二，龙抬头，小韵爹到集市上帮主家挑木头，嘱咐赵大勇把老院里的碎木头收拾收拾，再把放锯末的石棉瓦棚下打并打并。趁半晌没人，赵大勇偷偷闯进了小韵的房间。然后，丢下哭泣的小韵，还卷走了小韵爹一年的辛苦钱，从此杳无音讯。

小韵爹回来后气得浑身发抖，躺了三天才起床。张媒婆听说了，赶紧来看小韵爹。小韵爹随手抓起小木凳砸了过去，要不是张媒婆跑得快，那木凳早砸在了她头上。

小歌来了，就默默地坐在小韵爹的床边。虎豹叔，想开点，身子骨重要。往后，我跟着你学做木匠活。小韵爹斜靠在床头，睁开眼看看小歌。孩子，老院的木匠作坊，天天都是你打扫的？小歌点点头。你咋进去的？小歌说，翻墙。你图啥哩？小歌说，不图啥。

抽了一袋烟，小韵爹说，孩子，你还是送你的喜面吧。

小歌起身走的时候，小韵追到了街门底下。小歌哥，俺喜欢你……做的喜面、卤的鸡蛋。

那天，小歌又来"送喜面"。小韵爹正在老枣树下的竹躺椅上抽烟，忽地一下坐了起来。

小歌，你喜欢小韵？愿不愿意改姓？小歌没说话，点点头。

说话间，小韵从屋里出来了。哥，俺恨赵大勇那不要脸的龟孙儿。……

第二天，小歌去三婶家"送喜面"，顺便买了几大包点心，求三婶去小韵家提亲。三婶大眼瞪小眼看了半天小歌，长长地叹了口气。

三婶就劝小歌，孩儿啊，你说这人活着，啥东西最不好咽？气，气最不好咽。三婶就气不过，那不是咱老李家的种，干啥要揽在身上？

小歌笑笑说，三婶，我喜欢小韵，我愿意。说完，拉着架子车到北街送喜面去了。

闲 章

曾立力

李一禅是位书法家，尤以金石篆刻更为著名。

他治印从不用反书，对着印章直接下刀。没了反书的束缚，方寸之间任其纵横捭阖；苍劲顿挫，神采飞扬，金戈铁马入印来；集奇伟瑰怪为一体，寓出神入化之险远，独具一格。

这天他去散步，来锻炼的人还真不少。无意间遇见位晨跑的小伙子，穿身红运动服，挺精神的，恭恭敬敬冲他道声：大师好！还没等他反应过来，已然跑远。接连几天都这样，这人是谁？在哪见过？李一禅实在是想不起来。

买下这栋旧宅，是在十多年前，那时房子不值钱，也就一两方印的价钱。平日里，李一禅除却出席必要的应酬外，就是在家读书治印练字，很少出门。名声在外，邻里间少有人认识他。

回到家中便向夫人打听，相比之下夫人对周边人事熟络多了。告诉他：这人叫刘博，两口子都在市重点小学教书，买下了他们家旁边那栋二层小楼，搬来没多久。

自此，每当刘博恭恭敬敬问候他大师好时，李一禅必定回应道：芳邻刘博好！使得两个人的见面，好像对暗号接头那样郑重其事。

过天刘博来家里拜访，尔后便有了些走动。

李一禅有个怪毛病，视印章如亲儿子，最忌非专业人士讨论专业问题，尤其是那些半瓶子醋的人说些套话假话与他评头论足。印章千古事，得失寸心知，哪用得着旁人评说。

刘博不知是真不懂，还是有意回避，每次来话星子都没溅到上面半点，从未谈及。闲聊几句，起身告辞，客客气气地来，客客气气地去。小伙子说话有分寸，举止得体，讨人喜欢。

李一禅对刘博说：过去他也教过书，自然多了份亲近感。至于没去回访，不是他故作矜持，不肯移驾，而是没这个习惯。

李一禅没去走动，夫人倒是常去。

一天晚上，夫人兴冲冲地回来跟他说：刘博两口子在家里办了个小升初的补习班，得知他们家的孙子正值小升初时，主动提出让孙子去补习，学费全免。夫人还说：不能让孙子输在起跑线上，没读上重点小学，一定要读上重点中学。执意要让孙子去补习，夫人对孙子比对儿子还上心。

李一禅在家只是个甩手掌柜，油瓶倒了都不会扶一下。既然夫人不辞辛劳，他还能说啥？便叫儿子把孙子送来。儿子儿媳都很忙，正愁孩子无人管，顺水推舟，当晚就把孙子送了过来。李一禅说：补习费自然是要交的，说不定人家两口子正还着房贷呢，全由他出得了。

经过一段时间的补习，孙子的成绩大有长进。乐得夫人黏在李一禅身边老夸：你看看！人家两口子水平就是不一样。这世上就没有教不会的学生，只有不会教的老师，使李一禅不得不赞夫人高见。

近年来，李一禅的名声越来越大，印章却越刻越少，一印难求。夫人说：印价，自然得水涨船高。夫人说了也是白说，李一禅并不理会。这是什么地方？艺术的殿堂，不是菜市场随行就市。他在乎的是他的印章，名声大了，更得讲究，不能让人喝倒彩！

这天刘博来家里探访，神情却与以往迥异，端着杯茶半天不开口。吞吞吐吐，欲言又止，好像有事求他。李一禅刚赴了个饭局回来，趁着酒意笑说：刘博小友，你我可是三老关系啊。其一我们是近邻，视同老乡；其二你是我孙子的老师，也就是我们家的老师；其三我比你年长，你是小老弟。有啥？直说无妨，老夫定当不遗余力。

刘博这才不好意思说出口：想求大师一枚闲章永久收藏。

李一禅听后面露难色，心里叫苦不迭，后悔刚才不该把话说得太满。刘博有所不知，不是熟得不得了的人，李一禅从不为人刻闲章。闲章不闲，譬如齐白石的"鲁班门下"，徐悲鸿的"一尘不染"，等等闲章，那都是寄情于印，生命的真迹啊！闲章，最好是自己刻。

可话既然已经说出了口，况且自己的孙子让人家费心不少，岂能说了不算，出尔反尔？遂答应赠刘博一枚"思无邪"的闲章，十天后来取。时间说短了不金贵，李一禅深知个中玄妙。

乐得刘博连连拱手作揖，欢天喜地地走了。

过了些日子，就在李一禅快要淡忘这事时。突然在朋友圈里看到微友说了段笑话：他们单位的头最近不知从哪得来枚"思无邪"的闲章，每每签字画押后都要盖上那枚闲章。说是既可防止别人模仿他的笔迹，又可增加单位的文化品位。随后微友还发了个笑脸。

李一禅只觉得心头一动，忙问能不能发个视频过来看看。

微友说没问题呀！手头正有未来得及报销的单据，拍下发给你。

嘀嘀，点开仔细一瞧，正是他为刘博刻的那枚闲章。李一禅像是被人捅了一刀般难受，哀叹道：哎哟哟，埋汰了枚好印！旋即拨通儿子的电话，吼道：赶紧把你儿子接走，爱去哪去哪，别放我这儿。

待平心静气后转念一想：印章一旦送出，人家爱咋咋地。你拿石头打天？即找出块寿山石，拿起刻刀为自己重新刻了枚"思无邪"的闲章。

改天他去散步，遇见刘博恭恭敬敬问候：大师好！李一禅照例回应：芳邻刘博好！面容平淡，眼睛里却闪过点什么。

后 来

佟掌柜

"后来，我总算学会了，如何去爱，可惜你，早已远去消失在人海，后来，终于在眼泪中明白，有些人，一旦错过就不再……"

21世纪初，薇刚从一场失败的婚姻中走出来。也许是为了打发寂寞，也许是希望遇到可心的男人，无聊时就去新浪聊天室里闲聊。

一个无风的夏夜，连月亮都被白昼的热气熏得昏昏沉沉。薇和凯在聊天室相遇了。俩人越聊越投机，聊到半夜的时候，俨然已似故交。凯打字很快，他告诉薇，两年前，他曾经为一个女人，跑遍了整个城市买一张CD，后来，那个女人离开了他。他还说，不知为什么，觉得你能让我从痛苦的记忆中走出来。

当太阳从东方升起的时候，两人仍在不知疲倦地憧憬着未来。

不久他们见了面。凯高高的、瘦瘦的，黑色树脂框架镜后面的眼睛，有着梁朝伟般的忧郁。他拉着薇绕着城市转的时候，说，爱一座城是因为一个人，薇，有了你，这座城会更美丽。

他带她去吃饭，然后去KTV，凯唱《后来》的时候，眼里含着泪光。送薇到家以后，凯发来短信，记得想我。

不久，凯带着薇去参加网友聚会，送薇回家的路上，在她的大腿上轻咬下一圈齿痕。他说，这会让薇更加念他想他。第二天，在聊天室里开始盛传他俩的绯闻。

又一个黄昏，两个人吃过晚饭，沿着河边的小路手拉手闲逛。

"薇，让我背背你，我喜欢你靠在我后背的感觉。"凯蹲下身，对薇说。

薇趴到凯的后背上，搂紧了他的脖颈。

凯背着薇走了几步，说："薇，我有些累了，我们找个房间休息下，洗个澡好吗？"

"那样不好吧。"

"我不会伤害你的，我们就静静躺一会儿。"

那天什么也没发生。

男人和女人上演了无数次的故事，就这样也在凯和薇身上上演着。当薇成为凯的女人的时候，薇甚至以为，凯是她永远的爱人。

当薇断断续续听到凯和几个女人有染的传闻后，他们已经一起走过整个秋季。薇无法面对那个名字，毅然退出聊天室。

后来，通过别人介绍，薇认识了一个叫军的男人。他中等身材，长着不大不小的眼睛，不高不矮的鼻梁，梳着不长不短的平头。薇说不出他哪里好，也说不出哪里不好。那天晚上，刘若英低回的歌声在薇的房间里反复地飘来荡去。

她和军一周约会一两次，有时在外面，有时在家里。在外面的时候，总是和军最要好的几个朋友一起，他们有时带家属有时不带。在家里的时候，军会下厨做薇爱吃的菜，挂嘴边的话总是那句，看你的小说就好，饭好叫你。

在薇拒绝了军想要亲近的念头后，半年内军再没要求和薇发生情侣间该发生的事情，也从来没有说过"我爱你"之类的情话。薇有时希望他说，有时又害怕他说。

不知不觉又到了夏天。

一天傍晚，薇和军还有他的朋友们，来到她和凯曾去过的一家饭店吃饭。席间去卫生间的时候，薇竟与凯碰到了。薇听见自己的心跳，想装作不认识走过去。凯的眼神闪过一丝惊喜，猛然攥住薇的手腕。

"你去了哪里？为什么突然离开我？"凯说。

薇瞪圆了眼睛。

"你为什么突然不上线？有人说你有男朋友了，是真的吗？"

薇想甩开他的手，可是凯攥得好紧。"松开我，我们的事早已经过去了。"

"薇，不能这样，你把话说清楚，到底为什么突然离开我？！"

薇看着凯有些发红的脸，他的眼神仍是那样让她着迷。

"我不想做你众多女人中的一个"，这句在心里不知想了多少遍的话，到了嘴边竟成了"我没上线，你也没有再找过我，不是吗？"。

凯怔了怔，松开手："听说你有了别人，难道不是？"

薇的眼睛蒙上一层水汽："你呢？"

凯又抓起薇的手："我们走，我带你走……"

薇被凯拖着往门外走，没走几步，军从走廊的那端走来，看见凯拉着薇的手，不知所措地停住脚步。

两人就这样从军的身边走了过去，走到走廊尽头的时候，薇回头看军还愣在那里。

薇用力甩开了凯的手……

微信扫描二维码

·出版社原版资料：
（1）出版社为本书独家配置的微课视频
（2）作者系列文章
·本书话题书友交流群

绿皮火车

张海洋

　　我曾经是个很骄傲的人，十五岁就坐上了绿皮火车。

　　小时候，我非常向往远方，总觉得那里有一个五彩缤纷的舞台在等着自己大展身手，大概这个宏大的梦想就是自己骄傲内心的来源吧。可是，我没想到自己在那个郁闷的暑假接近尾声的时候，就坐上了驶向远方的绿皮火车，这比预想的要早，因为我刚刚十五岁。

　　父亲把我送到县城小站，并执意送我坐上火车。有什么好送的呢，行李只有一个装着被褥和衣服的蛇皮袋。父亲紧张地握着蛇皮袋束口的地方，似乎里面装的都是人民币，而不是破旧的铺盖和衣物。

　　站台灰蒙蒙的，简陋得像村里随便谁家搭起的门楼子一样，只有暗沉的伸向远方的铁轨上面裸露出一抹车轮摩擦出来的亮色。"呜——"，火车汽笛从远处传来。马上就要第一次见到火车了，我却没有一点兴奋，父亲望着我，干燥的厚嘴唇蠕动了一下，似乎想打破沉默。

　　火车"咣哧——咣哧——"进站了，父亲忽然向前迈了一小步，我察觉到是因为他身体的紧张导致的颤动。我的注意力却立刻转移到缓缓驶来好像望不到尾的火车上，它的暗绿色的外表和巨大的声响忽地使我生出"人生""前途"之类的空洞又懵懂的感悟来。

　　"孩儿，被褥里给你放了五百块钱，看好了……"父亲叮嘱我，他的眼睛里有一层雾气，但我分明还是感到了他的紧张。是我出门，又不是你出门，紧张什么呢。

　　"这个拿好……"父亲又递给我一个干巴巴的硬纸片，上面是歪歪扭扭的几个阿拉伯数字，"你表叔电话……"

　　我不愿再看到父亲紧张的样子，头也没回地上了火车。

　　去省城，不是很远，但也要四五个小时。车厢人不是很多，我坐在靠窗的座位眺望窗外的景色。很乏味，不过是一个个低矮的村子和高的矮的玉米或者花生，与自己生活的地方相比并没有新鲜的东西。看会书吧，不知道跟着省城的表叔做个学缝纫的学徒还有没有机会看书，我从挎包里掏出一本没了封皮的小说。

其实，我恨过这些"小说"，是它摧毁了我的骄傲，把我提前推上了人生快车道。如果不是痴迷于读它们，也许现在我正在重点高中的校园里军训，三年之后才会坐上火车去远方读大学吧。不想这些烦心事，至少现在可以随心所欲地读它们了。

火车慢下来，在另一个简陋的小站停了十几分钟的光景，稀稀疏疏地上来几个人，又"咣哧——咣哧——"开动了。

一对父子模样的两个人坐到了我的对面，其中一个和我年龄相仿，穿着件白衬衫，一个是胖胖的中年汉子，满脸的汗水，衣服塌湿在身上。"学生，你也是去省城上学的吧？"望着他满面热情的笑容，我不忍不理睬他，含糊地应了声："嗯……"

"我儿子到省城上卫校，都是老乡，互相照应啊……"胖汉子聊天的兴致很高。

"嗯……"我似乎很羞涩。

"吃苹果！"白衬衫男孩递给我一个洗得非常干净的红通通的大苹果。

"不了，我上卫生间……"他们的热情让我慌乱起来。

我起身走向车厢连接处的卫生间，洗了把脸，想平复一下心情。刚出门，忽然过道里一前一后挤进来两个人，前面挎着皮包的年轻人从我身边擦身而过时，"啪"，掉下个鼓囊囊的手绢包。还没有等我看清楚，后面进来的一个戴着茶色眼镜的中年男人弯腰捡起来装进了兜里。

我愣在原地，一时不知如何是好。眼镜男把我拉进卫生间，低声说："别吭声，有你一份。"我的心"咚咚"地要跳出来了。挎包的那本书里夹着的需要缴纳高额择校费的录取通知书一下子飞进我的脑海里，父亲那张为学费所愁苦的脸也舒展开来。

"你把行李拿过来，我们分了之后，就赶紧下车。"眼镜男一脸忠厚，细心地嘱咐我。

"那个……好吧。"我脚下软软的，驾云似的回到座位，拖走了蛇皮袋。那

2020

个大红苹果，还静静地放在我座位面前的小桌上。父子俩一脸好奇地望着我，没等他们开口，我就转身奔向了那个卫生间。

还没来得及和眼镜男说上一句话，突然狭小的空间又挤进一个人，好像是之前丢东西的年轻人，因为他气冲冲的，一脸怒容。

"我的五千块钱丢了，是不是你们捡到了？"他焦躁地低吼着，"把行李打开，让我搜一下！"

我的灵魂好像一下子被抽走了，任由他们摆布。不知过了多久，恐惧逐渐拢上心头，让我呼吸都变得急促，那些道听途说的种种恶行似乎就要接连降临。

我迫不及待地下了车。在逐渐远走的火车窗口，我望见原来座位上那个胖胖的中年汉子一脸焦急的呼喊，我想他一定在喊："学生，还没到省城，不该下车呢！"

那就是我第一次坐绿皮火车，它带走了我人生的虚浮和父亲卖牛为我积攒的五百元钱，但我依然很骄傲，尽管它没有顺利到达终点。

瓜田错

李立泰

董四古西瓜把式，他的瓜不施化肥，主要是农家土杂肥。现在人心浮躁，不施化肥嫌西瓜长得慢，有几个像董四古的？老八板儿。董四古的种瓜技术可申请非物质文化遗产。牛皮不是吹的，离老远就能闻到董四古西瓜的清香甜味。瓜叶墨绿，瓜秧粗壮，产量高，西瓜个大、皮薄、沙瓤、籽少。

这不，董四古的瓜刚上市，就抢占了沙窝镇的市场。

别的瓜摊儿瓜不大卖，就不高兴。

董四古隔三岔五瓜田丢瓜。青瓜梨枣见面就咬，是淳朴的乡风，农村从古至今流传多少年，摘个瓜尝尝不好说啥。

可是瓜田经常丢瓜，这就不是一般的问题了。如今都撸着袖子、摽着膀子大干快上，日子过得总怕落到别人后边。瓜田经常丢瓜，时间一长董四古经不住考验了。

不行，我拼死拼活，自己没舍得吃个瓜！你怪得净拣好瓜摘，我得想个办法。

他为了看瓜晚上住到瓜庵里，干一天活了，人能不闭闭眼？小呼噜那么一打，被人钻了空子。轮流值班也不可能，况且他还要去卖瓜，瓜田总有空当的时候。

打药！肯定管用，可怎么卖啊，还不是都烂到地里？

再说打药犯法吧，中央台《焦点访谈》曝光了东边种姜上药，姜农还恬不知耻地说，俺自己吃的不上药，卖给美国的不敢上药，人家安检特严，别人吃的上药。看看，良心大大的坏了！

董四古一想到吃姜，就恶心，感觉吃了剧毒农药。他妈的，抓住坏熊统统枪毙！

剧毒农药是万万不能使，就是用一般农药，食品局也得抓我，用了农药我董四古就别为人了，庄乡谁还理我。

现如今，良心多少钱一斤？老婆子哈哈大笑：讲良心就是傻子。

瓜卖到一分钱一斤行不，我董四古也不坏老祖宗的规矩。现在又讲文明和谐友善诚信哩。

不过，好言相劝还可试试。他念过几册书，认百十个字，写个牌子挂到树上，劝劝摘瓜人良心发现。董四古在酒箱子歪七扭八地写上：请不要乱摘瓜，想吃瓜到瓜庵来！牌子挂上像景点一样，还有人驻足观看。书呆子！

要写个字就没偷瓜的了，晚上也不用看瓜了，那精神真文明了。

董四古说，挡君子不挡小人。牌子挂出三天管用，没外人摘瓜，可是，后来仍丢瓜。

啥原因呢，董四古百思不得其解。我得罪人了？还是嘴馋？嘴馋不怕，瓜能管够吃。董四古眼前有几个人影儿晃荡……

沙窝镇水果店的三扒瞎眼珠贼溜溜地转悠，是他吗？我的瓜一上来，没人买老三的了，水果店的西瓜是外来货，海南的瓜，大家相不中。

还是西瓜摊的七大巴子？老七是瓜贩儿，瓜刀亮闪闪地摆着，烂蒲扇哗哗啦啦地呼打。

七大巴子看我的眼光转了味，不是从前的时候看我眼光暖暖的甜甜的。

正在董四古调动所有的感情积累研究分析案情的时候，瓜田出事了。

董四古写的安民告示丢了。董四古想，看来得来点真格的了。

董四古又写了个牌子，挂出去。"公告：本瓜田有一个剧毒瓜。不要乱摘瓜。以防中毒。请谅解！"

这次牌子一挂，却有影响，再没丢过瓜。

董四古暗自高兴，看来摘瓜人是怕死。瓜不丢了，董四古心情好起来，瓜产量也日益增长，人民币更多起来。

好景不长，董四古写的告示，被别人在关键地方做了重大修改：本瓜田里有三个剧毒瓜。不要乱摘瓜……

董四古一看，头嗡的大了，热血涌到脸上，腾地家伙红了。

这还了得，我咋办啊？！看来要经官动府，他就到派出所报了案。

民警来到瓜田，看了告示，在瓜田里取走脚印样子。经分析，涉嫌人三十岁左右，身高一米七上下。民警叫董四古提供破案线索，董四古说了怀疑人，跟民警一对码子，此人八九不离十。

把嫌疑人传到派出所问询，七大巴子大嘴一咧"哈哈"地笑起来。

闹着玩的，四哥当真了，我在告示上添了两笔。只要原来没毒瓜，不信的话，任意摘个瓜我就敢吃！

董四古也说，我就是吓唬吓唬罢了，谁敢下农药啊？！人命关天。

派出所调解批评七大巴子恶作剧，这事若认真了，你要负法律责任。七大巴子承认错了，接受批评，错错错我的错！愿包赔董四古几天不敢摘瓜的损失500元。

董四古表态：乡里乡亲的钱接不起来，事说开就行了。

七大巴子请董四古、三扒瞎、村长、治保主任喝点。

妻子的日报

飞　鸟

　　刚哥是我三姑家的儿子，长我两岁，我俩能谈得来。儿时记得清楚，我说鸽子好玩，他就跑来送我对白雏鸽。那天大风，他灰头土脸跑进来，从怀里掏出雏鸽，说："辉，送给你。"夏村离我家十几里地。

　　邻居翻盖房子，我帮刚哥揽了送沙子的活。刚哥这几年不顺，刚嫂得了宫颈癌。化疗几个月，动了手术。手术还算成功，住了一段院，回家休养身体，定期复查。刚嫂是善良俊俏的女人，与亲戚间处得好。得病后，头发掉没了，戴了假发，人黄瘦憔悴。亲戚们心疼她，主动给他们送去了钱。刚哥把钱数记在本子上。

　　刚哥卸完沙子，我喊他吃饭。半年没见，他白头发见多，皱纹也深了，风里来雨里去的，看上去比我大十来岁。刚哥原先在浙江一家物流站干活，他个子虽然不高，但长得结实，人实在，老板喜欢他。现在没办法外出打工，买了辆翻斗车给人家拉土或送沙子。他还种着九亩多地，辛苦摸索着赚钱，应付日常外，刚哥想赶快把欠账都还了。

　　我妻子厨艺不错，整了几个硬菜。刚哥因开车不能喝酒，上桌直接吃饭，边吃边唠家常。问候完三姑夫三姑的身体，问完孩子学习的事，自然聊起刚嫂。刚哥说："你嫂子骗人。"我和妻都愣了，看着刚哥。刚哥咽下嘴里的饭，讲了刚嫂的事情。

　　刚嫂正在恢复期，身子弱免疫力低，感冒发烧对正常人来说不算大事，但搁在刚嫂身上，就是严重的事。刚哥怕她劳累，晚上回家会问刚嫂一天都做了什么。

　　刚嫂说，上午看两集电视剧，睡了一会儿，玩了会儿手机，喂喂鸡，到后院的菜园走走，摘些新鲜菜。中午呢烧了两个菜，吃个馍，喝碗米粥。下午把脏衣服放自动洗衣机洗了，吃个苹果，睡了一会儿。醒了就领着悠悠（小白猫）去菜园，摘些新鲜菜做晚饭。

刚哥听刚嫂讲述，点头或摇头。

等刚嫂说完，刚哥说，电视剧一次只能看一集，玩手机不能超过十五分钟，累眼睛。衣服洗了不要晾晒，晾衣绳高，等我回来弄。午饭好好吃，我不在家，别懒，不烧饭。去菜园慢点走，别绊着。晚饭可以等我回来我烧。

刚哥唠唠叨叨地说，刚嫂乖乖巧巧地听。隔一天，刚哥会宰只鸡或买回来些鱼肉，给刚嫂补充营养。刚哥每天晚上都要听刚嫂的日报，虽然有点千篇一律，但他听得认真。

刚哥去镇南的村子送沙子，村里有堆人围一起，嘻嘻哈哈。刚哥经过时放慢车速，被围着的是个矮胖女人。女人电动车上挂了几个手工包。包是用彩色毛线勾的，花色溢彩，有吉祥字的，有花纹的。其中有个包，上面是一对逼真的鸳鸯。刚哥停车问："这个带鸳鸯的多少钱？"女人说："本来是别人定制的，看你是重情的男人，三十五块钱卖给你。"刚哥嫌贵，有些犹豫。女人说："大哥，看你是敞亮人，不像抠搜的男人呀。给自己女人，有啥舍不得的。"刚哥下车，一手交钱一手交货。刚哥向女人要了个塑料袋，他怕弄脏鸳鸯包。

女人边递给刚哥塑料袋，边打电话："大妹子，你抓紧再勾一个鸳鸯包，还没到交定金那人家，就被别人买走了。"手机里传来清晰的声音："中，大姐，明天上午来取吧。"女人挂了电话。

刚哥愣了。手机里说话的人是刚嫂。

刚哥问："定制包快吗，一天能勾出来几个？"女人说："那妹子手快，急活，一天能勾四个呢。"刚哥又问："勾包的人是夏村的吗？"女人点头说："嗯，是的——咦，你打听这干啥？"刚哥在女人狐疑的目光中开车走了。

"一天勾四个，勾包费力费神的。你嫂子说天天在家玩，全是说谎，一天勾四个，一天勾四个啊。"刚哥喃喃说着，端起碗把脸深埋进碗里。

鱼皮鼓

左 岸

大连瓜皮岛有一船老大叫多来福，据说是宋代有名的大将军多岳的后代，外号"舵爷"，闯了一辈子大海。如今到了"掌朝之年"，秉性愈加刚直不阿，点火就着，像他当年跟随镇守旅顺徐邦道总兵的父亲，简直就是一个模子刻出来的。

一日，舵爷在自家小院落一边将着白花花的胡须一边灌闷酒，为啥？去年，因为眼瞅附近几个乡都吃上甜丝丝的自来水，而他们乡鸦雀无声。为此，舵爷找了乡长不下十几趟，至今，泥牛入海无消息，只是用一句官话打发了：舵爷，甭急，快了。

唉，这些个烂泥扶不上墙的，真真气煞俺也！舵爷想到气愤处，将黄花梨制作的"一腿三牙罗锅枨"矮腿小方桌上的铜制酒壶"啪"的一声蹦得足有半尺高。酒液竟也溢出来。

忽然听到有人敲大院门：舵爷在家吗？

哪位？请进，自个开。舵爷眯缝着眼瞅着大门。

来者是乡长和几个在家的领导，手里提溜瓜果梨桃什么的，一大堆。

舵爷瞥了他一眼，说，架势不小，带喜了？

乡长满脸堆笑说，嘿嘿，不是水的事，是……

那俺就不听了，你们走吧，恕不送客。舵爷挥了挥手。

老人家，你听俺说，这个是天大的喜事，乡长毕恭毕敬地解释着。

啥事？有屁快放。舵爷面露愠色。

秘书赶紧打圆场说，舵爷，是这样，市里甚至省里主管文物保护的领导打探到你老人家里珍藏有一件宝贝：鱼皮鼓。有专家说，是甲午海战留下的珍贵文物，希望您能捐献出来，那将是咱们乡光宗耀祖的事啊！

乍听，舵爷微惊，迅疾平静下来说，啥玩意，我一个介天打鱼捞虾的粗人不懂什么鼓哇锣的，俺又不是卖艺的，你们看走眼了吧。

乡长讨好地给舵爷递上一支烟说，您老坐得端、走得直、行得正，方圆百里，谁不伸出大拇指夸奖，说话办事，吐口涎沫就是个钉。您可是俺们的活菩萨。

舵爷见领导点头哈腰的怪样儿，站起来，思忖半天，拍拍身上的烟灰，说，鱼皮鼓，是在俺这里。这样吧，你们把甜水这件事办好，俺就把鱼皮鼓送给你们。

头头们听罢，大喜过望，立即由秘书写了保证书，舵爷拿在手上轻轻吹了吹，转身下了逐客令说，岁数大了，不扛造，俺要眯一觉。嘿嘿。

乡领导一帮人马回去后，立马逐级向上打了报告，批示很快通过，一百万元自来水管道工程款也拨下来了。

大型破石机轰隆隆开上山，挖土方，下防腐钢管，蓝色的焊弧闪亮可与大海媲美。乡亲们看在眼里甜在心里。一个月下来，工程胜利竣工，舵爷以年事已高为由，谢绝作为特邀嘉宾亲临现场观摩。

开闸典礼如期举行，会场红旗漫卷，锣鼓震天，人声鼎沸。剪彩仪式之后乡长发表激情演讲，着重提到舵爷的贡献。大家无不交口称赞舵爷的高风亮节。

再说舵爷在家扭开水龙头，双手颤巍巍接起一捧亮晶晶的水，咕咚咕咚，猛呛一顿，咂摸咂摸嘴，连连说，圣水，圣水啊。

这时，乡长一班人马喜滋滋来看望舵爷，乡亲们也陆陆续续围拢过来。舵爷双手作揖，说，老少爷们，谢谢你们光临寒舍，哪，他指指小院八仙桌，你们都坐都坐，好烟好酒好茶你们随便喝随便抽。今天俺要兑现承诺，将祖传鱼皮鼓献给国家，请稍候一个时辰。

说罢，舵爷起身，噌噌上了二楼，打开墙壁一处暗门，取出马口铁盒子，打开，一面饱经沧桑的鱼皮鼓在昏暗的灯光下被舵爷端起：鼓面鲨鱼鳞片依次排列，像老式旧房的灰瓦屋顶，鼓面印有赭石色龙图腾，因鼓槌的敲打，鼓面斑驳陆离，鼓腰锈蚀，铜钉黑绿，胡桃木鼓槌，槌头有些秃了，像老男人生殖器的龟头。鼓底有晚清金州副都统连顺的题字，虽模糊不清，依稀可见"尔等"两个字。

当时败走金州城，日寇抓了些当地百姓收拾战场，那鱼皮鼓被一脚夫冒死藏在车棚里，此人便是舵爷的叔叔。

舵爷支开鼓架，放好鼓面，正襟危坐于清代红木酸枝太师椅上，长胡须一捋，槌头直触鼓面，沉思片刻，倏地双臂挥动，鼓点响起来，如石破天惊，自远方来。一会儿似风过竹林，少顷犹如春雨落地，而后若草原洞箫，忽而看见刀光剑影，冷不丁迎面涌来战场的厮杀，起起落落，惊心动魄。小院的父老乡亲们听得如醉如痴，连声叫好。

突然，鼓声静止了，好似一匹奔腾的烈马遇到了断崖，顺崖跌落。

大家长时间在窗口不见舵爷的影子，感觉事情不妙。

纷纷直奔楼上，呼喊舵爷，没有回音。

待走近，发现舵爷仍是保持打鼓的动作，面容平静安详，像一块白色的石头，永远凝固了。

那年埋下一颗桃核

曹隆鑫

她不敢跑，怕一跑就露了馅。或许身后的脚步声是不相干的人弄出来的，是自己多心了。况且就算是，人家没有喊住她，说明她还没有把柄落在人家手上，此时只要回头对身后的人笑笑，谅身后的人也不敢对自己怎样。可她不敢回头，害怕人家认出自己，更害怕自己的脸上藏不住事，到时没事也要变成有事。

上学放学她都要穿过下宅村。下宅村不大，窄窄的村路两边散落着七八户人家。有一家院子前有块菜地，菜地是用竹篱笆围着，菜地中间有一棵碗口粗的桃树。她村子就没有谁家栽有桃树，下宅村好像也仅此一家。桃花开时，她会跑到菜地边看上许久。有一天，她捡了一个玻璃瓶，她把玻璃瓶洗得干干净净，储了水，放在床前的窗台上，她想着，要是有两三朵桃花开在玻璃瓶上，那该有多好。每次经过，她都要在菜地边上多停留一会儿。有一回，她稍稍抬高了腿，一下就跳进菜地里去了。她站在菜地里，被自己这一跳吓住了，又赶紧慌慌张张地转身跳出了菜地。

桃花开桃花谢，桃树上结满了青青的毛桃，一眨眼，毛桃变成了姑娘家的粉红脸儿。她去时望，回时望。这天放学，走到那块挂满粉桃的菜地，她抬头看了看天，天上满是灰色的云，太阳被遮住了。她又扭头看了看四周，没人，连平时飞来飞去叽叽喳喳的雀儿都不见一只。她看了看身边的竹篱笆，很明显有多人跳进去过，把整整齐齐的小竹枝都弄乱了。说时迟那时快，她"嗖"地就跳了进去，还没站稳，就直奔那棵桃树。

前些天随妈妈进城，看见商场边上有卖桃子的，她看了一下桃子，她看见妈妈也看了一下桃子。卖桃子的跟她们打招呼：我这桃子可好吃呢，买几个吧，便宜。她见妈妈停了下来。妈妈在商场里经过很多摊位时都会停一下，虽然后来还是什么东西都没买。她一边把手往衣角上擦，一边想，就是不买，摸一摸那一个个又大又红的桃子也是极好的。她还没伸过手去，妈妈突然急走，头也不回地厉声说，快走！她忧伤地明白，今年又是吃不成桃子了。

现在，她的书包里就藏着一个桃子。她胆战心惊地终于要走出下宅村了，她一回头，身后什么人都没有。

妈妈病了，躺在床上，喊她端碗水。她端着水碗走到妈妈床边，看妈妈一小口一小口很费力地喝着，她差一点就要扭身把那桃子拿出来给妈妈吃。她有好几次都把桃子带到妈妈床边了，她怕妈妈问她桃子是从哪儿来的。她在睡梦中都在绞尽脑汁编一个桃子的来处，可都不尽善尽美。她把桃子用柔柔的草纸包好，藏在床底下那只半筒雨鞋里。属于她的私人空间很少，她想不出哪儿还有更好的地方去藏这个桃子。在课堂上她常常走神，她老觉得有老鼠已经钻进雨鞋去光顾这个桃子了。放学回家，她看见路边的杂草丛里窸窸窣窣地响，就疑心是只老鼠，她就恨恨地朝杂草间掷石块。

好几天了，妈妈的病没吃药也好起来了。妈妈能下床了，能在屋里走动了，能烧饭做菜了。她很高兴，突然想到那个桃子，她的嘴里涌满了口水。她跑到床边，弯下腰，伸一只手往雨鞋里掏。她吓一跳。桃子烂了，她伸进去的手里尽是黏糊糊的。她不甘心，往深里摸，她摸到了一颗硬如坚石的桃核。

她在屋边埋下了桃核。她朝埋下的桃核浇了满满的一瓢水。

很多年过去，她差点忘了那时的事。媒人到她家给她说亲，媒人说小伙子是下宅村的，她问，是有一棵桃树的下宅村吗？媒人立即点头说是。她说好。妈妈惊讶地看着她，问，那小伙你熟悉呀？她说不熟悉。妈妈说，那你说什么好？她恍恍惚惚地说，我有说过好吗？媒人赶紧说，你说过的，你说过的。媒人又往妈妈这儿看，说，咱闺女是羞着呢！

她记起了在屋边埋下的那颗桃核，她的眼泪刹那就流下来了。媒人惊得一把搂过她的肩，心疼地说，闺女，咱现在条件这样好，要啥有啥，你不喜欢，赶明儿婶给你再介绍一个，你掉啥眼泪啊！

送 穷

黄大刚

过小年，黄家庄家家户户要"采屋送穷"，砍下竹子，留下顶部的竹叶，制成大扫把，扫除屋顶上的蜘蛛网，对全家进行一次大清洁。"采屋"过后的青竹不能留在家里，必须送到村里的垃圾堆烧了，这叫"送穷"。丢青竹前，都要念道："送穷公，送穷婆，今年吃粿仔，明年吃阉鸡。"看着火把青竹吞没了，心中豁然开朗，没了穷运晦气缠身的重负，来年的好光景隐约可见。

早上起来吃过早饭，张山喂鸡，把鸭子赶到水塘，转来转去，就是不去砍竹子，婆娘看不下去了，催道："日头都出来了，还不去砍竹子采屋。"张山出去了，日头爬到竹梢时，张山两手空空回来。"你都干吗去了，竹子呢？""我牵牛去吃草了，你急啥，有啥好急的。"张山没好气地呛了婆娘一句。"到底你采不采屋送穷，我可告诉你，今天不采屋送穷，明日可就不兴了。""就你知道，啰里啰唆的。"张山声音大了起来。

说实在，张山有点不想"采屋送穷"，自从当上了贫困户，张山尝到了帮扶的甜头，帮扶的16头猪出栏了，去年底领到的黄牛下了一只牛崽，连续三年的水稻和瓜菜种植的肥料都是政府给的，那间住了三代的土坯房列入了危房改造，在政府补贴下盖了起来。家里增加了收入，儿子大学毕业，在城里找到了工作，张山总算喘了口气。

张山的帮扶责任人是王东，村长叫他王科长。说实在的，来得勤，节假日除了慰问品还有慰问金，挖空心思为他找脱贫的法子，特别是建新房，找有关部门鉴定，帮他填申报材料，跑上跑下，费了不少精神，张山打心底里感激他。可每次统计收入，张山就很不愉快。"哪有那么多。""不亏本就好了。""种出来就自个吃，没有收入。"……张山争辩，可怜的样子，王科长有时只得顺从他。

王科长对他家的环境卫生很有意见，地上密布着鸡屎、烟头，还有纸屑，脏衣服乱扔。

每次王科长都说："山爹搞一下卫生嘛，古人说，一屋不扫，何以扫天下。"

"科长，我哪有扫天下的本事。"

"一样道理嘛。"

"是，是。"张山把堆在椅子上的脏衣服挂到了绳子上，挥舞着手把鸡轰到了屋外。

王科长动手帮他打扫起卫生来，拦都拦不住，张山只好和王科长一起动手。

王科长指着整洁的屋子，说：

"山爹，打扫干净点不是舒服多了吗？"

张山满不在乎："领导，我没有觉得有什么不舒服的，打扫干净，不还是要脏。"

王科长说："山爹，你要拐过弯来，思想不要是老样子。"

"是，是。"张山连声应着。可下次来，张山家还是老样子，脏得没法下脚。

王科长多好的性子都忍不住，发了一通火："你干吗这样，我帮扶你容易吗？来一趟跑几十里山路，我小孩病了，都没空陪，就打扫卫生这样的小事，跟你说了那么多次，你就是不做，这事难吗？辛苦吗？明明知道上面要求贫困户打扫卫生，你还这样！"说到激动处，王科长的眼里溢出了泪花。

婆娘看在眼里记在心上，开始收拾屋里的卫生，却被张山喝住了，女人嘟囔着："你看人家王科长……""你懂个屁。你再打扫给我看，就你能是不是？"

女人不解地看着他，见他很凶的样子，只得放下扫把。

原以为家里太脏就可以不脱贫，没想到上个星期，王科长，还有村干部和他一笔一笔细算了收入，超过了贫困线，把他列入了今年的脱贫对象。

事实就在那里，他无法狡辩。

听村长说，这几天有暗访组要来暗访，王科长还特意打电话让他做好清洁卫生。

张山如溺水者抓住了稻草，如果被暗访组抓住了把柄，肯定脱不了贫的，张山盘算着。

张山铁了心，这次坚决不"采屋送穷"，虽说不吉利，但那是封建的说法，哪有扶贫政策来得实在。

"山爹，还没采屋啊？"听到王科长的声音，张山的身体不由抖了一下，慌乱站了起来："还，还没呢。砍不到竹子。"

"这样啊，这是春节的慰问品和慰问金。你等一下，我去慰问李池，顺便帮你把竹子砍回来。"王科长把油、米还有红包递给他。

"李池不是脱贫了吗？还慰问？"张山张大嘴巴。

"是，可是脱贫不脱政策，一样得慰问。"

王科长走得没了影，张山才回过神来，精神十足地收拾起屋里的东西来。

奶奶的青岛梦

乔正芳

奶奶穿着半新的细格子棉布褂，坐在村口，坐在五月的洋槐花香里。

路过的女人一个个停下来，端详着奶奶，问，大婶子，谁给的衣裳呀？这么漂亮！

奶奶抿着嘴，低头摩挲着衣裳角，慢悠悠地说，我四妹给捎来的，我四妹在青岛工作！

这样的日子像过节。奶奶的四妹不只捎来了大大小小的半旧衣服，还捎来了她的欢喜和全村女人的艳羡。

奶奶是个白净俊俏的女人，可她总说自己命不好，打三十岁起守寡，带着三个年幼的孩子和一颗敏感的心，时常觉得有人要欺负自己。每当奶奶在生产队里受了气，就坐在田埂上抽抽噎噎地哭。哭狠心的爷爷，哭瘫痪的婆婆，哭可怜的孩子和薄命的自己。越哭越伤心，越哭越委屈，拖着长声说槐花岭这个地方是待不下去了，俺干脆学石头他娘狠狠心撇下两个孩子去青岛算了……

石头他娘也是寡妇，两年前扔下两个孩子走了，一去再没回来，听说在城里找了个退休的干部。奶奶的四妹也想让奶奶改嫁，她曾托娘家人从青岛捎信来，说如果奶奶同意将两个大点的孩子撂在老家只带那个最小的闺女，她可以帮奶奶在青岛介绍个当工人的对象。奶奶听了有些生气，一口回绝了。

男人们被奶奶哭得唉声叹气，女人们被奶奶哭得全都低了头，便有会说话的来安慰奶奶，兄弟姊妹们一个生产队里混日子，好比在一个大锅里摸勺子，哪有筷子碰不着碗的？大家也是无心，松他娘，谁深句浅句的别往心里去。

奶奶听了，便止住了哭声，擤擤鼻子，用袖子擦擦眼，接着干活去了。

在奶奶或长或短的叹息中，几个孩子磕磕绊绊长大了。

每当奶奶督促他们干活时，就说，加把劲呀，等啥时咱日子过得宽裕了，娘就带你们去青岛，去你四姨家看看。

她嘴角泛起笑，眼睛眯缝着望向东方，仿佛那美丽富饶的青岛就在前方不远处等着她。

庄稼人的日子催人老。奶奶由媳妇变成了婆婆，接着变成了奶奶。

日子一天天走远了，可青岛，依然是奶奶心底一个不能忘却的念想。

每当生了儿子或儿媳妇的气，奶奶便悲切切地坐在门口，拍打着膝盖使劲哭，边哭边说，我早知道这样还不如当年扔下你们去青岛……

家里人听了这话便都噤了声，各自找地方躲着。

但青岛——这个美好又带几分神秘的地方却离我们的生活越来越远了，奶奶的四妹——我的四姨奶奶好久都没有寄信和包裹来了。奶奶似乎感到了一种危机。她惶恐起来。

那年秋天，庄稼刚收完，奶奶便紧着忙活起来。她不分白天黑夜地去捡拾栗子，剥花生米，切熟地瓜串在尼龙绳上晾晒。折腾了十几天，一样样打点好，共装了满满两大布袋。

奶奶掐着指头挑了个好日子。天刚拂晓，便把父亲喊起来，洗脸吃饭换衣服，陪着她去青岛。在我们全家愉悦的目光中，奶奶颤悠着身子、满脸喜气地随着父亲向着金灿灿的东方出发了。

晚饭时，娘和我们姐弟围坐在桌前猜测着奶奶这趟去青岛能住几天，四姨奶奶家的楼房是个啥样子，奶奶回来时会给我们带什么好东西。正讨论得热火朝天，父亲却一脸疲惫地背着奶奶回来了。我们惊愕地看向他，父亲气喘吁吁地说，奶奶刚到县城坐上汽车就呕吐，一路走一路吐，简直要把胆汁都吐出来了。司机怕有危险，坚持叫我们下车……

奶奶在炕上躺了五六天才下地，人蔫蔫的，没精神。她从此不再提"青岛"这两个字。奶奶渐渐消瘦下来，半夜里她时常咳痰，带着血丝。

奶奶临走的那一天，父母坐在床前，轻声呼唤着她。奶奶脸蜡黄的，已经两二天水米不进了。她忽然睁开眼睛，看着父亲吃力地说，青岛，去青岛——

父亲听明白了，不禁悲从中来，趴在奶奶身上哭了好久。

安葬好奶奶，父亲决定带我们全家去一趟青岛。

父亲没有打算去拜访他的四姨我们的四姨奶奶。父亲说其实他四姨五六年前就不在了，家里其他人也没再联系。姨奶奶家条件好，每个人都有体面的工作，我们别去给人家添麻烦。

和奶奶想象的一样，青岛很美很繁华。我们顺着海边大道溜达，马路上密密麻麻的车辆晃得我们有些头晕。

父亲怕我们走丢了，他提议一家人拉着手。他拉着弟弟，娘拉着我。父亲右手牵着弟弟，左手半握拳朝后伸着，看上去像紧紧拉着一个人。每到一处，他就嘀嘀咕咕解说着，这是栈桥，听听这海浪声……这里是五四广场，好多人在放风筝。看，那个鹞鹰的风筝多好看——

我们仰起头，看那只雄健的大鸟鼓胀着双翅飞上天空，越飞越高，仿佛是飞向天堂的使者。

苟　叔

赖海石

　　世有相马师，如古代之伯乐；也有相牛师，分布在农村各牛墟。而在狗寨，有个相狗师，人称苟叔。

　　苟叔相狗，很准。狗寨人旧时多以捕猎为生，家家都有几条狗。猎狗捕猎，家狗看家，各司其职，互不相干。肤浅的相狗，普通人都会。如"一狼二虎，三根须的懒狗牯"，意即只长一根须的狗，如狼般机灵、凶狠；两根须的，似虎般威武、勇猛；三根须的，定是条懒狗，只能趴在墙根守门儿，有陌生人来了吠几声吓吓人，打猎捕兽，是断断不行的。更深一层的相狗方法，就要如苟叔之专业人士才会了。苟叔相狗，从头、身、腿、尾、嘴、舌、牙、鼻、耳、眼、毛等综合判断。手抓一把狗粮，半蹲，逗一逗，让狗吃食。苟叔有办法让陌生的狗在极短的时间内和他厮混相熟。他给狗儿挠痒痒、按摩，使狗儿舒服得发出呜呜的呻吟声，任由他摸、捏、按、推，之后对狗的品性、能力作出判断。

　　好的猎狗，勇猛、聪明、灵活，会分工合作，和猎人配合默契。比如，三条猎狗，遇到一头大野猪，它们会立即分散开，从三个不同的角度与野猪对峙。首先后面的猎狗发动攻击，冲上去咬一口野猪的后臀，待野猪回头时，它已退出几米之外；另一条猎狗从后面再次发动攻击……把野猪耍得团团转；当猎人开枪射击野猪时，三条猎狗适时散开，避免被散弹击中。猎人都想有几条好猎狗。苟叔便常被人请去相狗，得些微薄报酬。苟叔相狗，不但眼法精准，判断无误，而且公平，好就说好，孬就说孬，不夸大，不隐瞒，因此闻名十里八乡。

　　狗寨有个养狗专业户，叫来富，养了几百条狗。有一天，来富两手提着重重的礼品来到苟叔家，请苟叔带买家来他家相狗时，多多美言几句。苟叔听了来富的来意后很生气，当场把那些礼品扔到院外，说："来富侄儿，你不像个不明事理的人哩，怎么说出这等糊涂话。你苟叔相了几十年狗，从来一是一，二是二，你现在叫我说瞎话，既坏我名声，又损买家利益，这样的事我做不出。"

　　来富说："卖狗的钱，我按卖价分成给您。"

2020

苟叔啐了来富一口说："你苟叔虽然家境不很富裕，也不愿用你那黑心钱。"

被苟叔用笤帚赶走的来富，转了一个弯后，回头呸了一口说："没见过你这样跟钱过不去的。"

苟叔有个堂侄，叫学文，这年考上大学，成了狗寨第一个大学生。但学文妈是个病秧子，一年四季药罐子不离手，把一个家都掏空了，哪里有钱供他上大学？学文爹找到苟叔，想把家里的几条猎狗卖了，请苟叔帮忙问问有没有人要。

"不能卖呀！"苟叔说，"那可是几条上好的猎狗哩，卖掉了你就没有挣钱的门路了。"

"没办法呀，只能先顾眼前。"学文爹重重地叹了口气。

"学文是咱狗寨第一个大学生，这学必须想办法让他上。"苟叔挠挠头皮，也帮着想办法。忽然，他被学文家的看家狗吸引住了，问学文爹："这狗褪毛脱皮呢，怎么回事？"

学文爹说："不晓得，都几个月了。"

苟叔哦了一声说："明天我送点药过来给你。"

第二天晚上，苟叔来到学文家，盯着病狗看了足足半小时，忽然一拍大腿说："有救了。"

学文爹问："你是说这狗的病能治好？"

苟叔说："不，我是说学文的学费有了，真是天无绝人之路。你这狗身上有狗宝，活不了了，要杀掉，取狗宝。"

"那不是能卖上万元？"学文爹听说过狗宝的事。

苟叔说："这样吧，一万元，你把这狗卖给我。你们也不知道怎样取狗宝，弄坏了就一文不值了。"

后来，有好事者告诉学文，听说苟叔把狗宝卖给医院，得了两万元，净赚一万元哩。

学文心里便有了一个疙瘩。

几年后，学文大学毕业，进入政府机关工作。有次和医院领导一起喝酒，酒后，学文请院长透露当年苟叔卖狗宝给医院究竟赚了多少钱。院长哈哈大笑：狗肉是饱吃了一顿，狗宝？那条狗就是普通的皮肤病，哪有什么狗宝。

一条鱼滑入下水道

海 峡

　　鱼是好鱼，就是不安分，把塑料袋折腾破了，掉到雪化水的路面上。不安分也就算了，身体还太滑，主人抓了几次，都是抓到手了又滑到雪水里，一滑再滑之后，主人的手冻得生疼。

　　主人拎上大包小包上楼，暖暖手，找到更结实些的塑料袋再到楼下抓鱼时，鱼早已经在下水道里与恶臭搏斗了，为了尽快脱离被熏死的危险，拼了命地在下水道里探索前进。

　　主人立马判断出了鱼的去向，于是打电话给物业管理处，请求帮他撬开下水道井盖，救助误入歧途的鱼。

　　物业人员来了。问明了情况，做了详细记录，临走时说，会尽快给业主一个明确的答复。

　　两个小时后，物业人员回来了，说他们会尽快协商制订救鱼方案，最迟第二天下午就会给业主一个明确的答复。

　　第二天上午物业人员敲开当事业主家的门，说要业主填写保证书，一是要确保鱼是在哪一段下水道里，以便把救助支出控制在最小范围；二是业主要保证工作人员救出的鱼的确是他家的，如果出现另外业主来认领鱼，引起的纠纷一概与物业人员无关。对于以上两点，业主有举证义务，必须分别找到至少五个目击证人，并分别写出至少五份证言材料。

　　鱼的主人决定放弃对鱼施救——他的鱼滑入下水道，连他自己都不是目击者，他更是不知道还有谁可以做目击证人。这条鱼会不会一直在某一段下水道里等待救援，他更是不确定。

　　物业人员哪能像这位业主这样没有责任心呢？你让鱼在下面怎么想？他们决不允许对鱼的救援半途而废。

　　于是，物业人员分头帮业主寻找目击证人，他们挨家挨户敲开业主的门，讲明来意，并讲明帮助邻居做证是每个业主应尽的本分，更是每个公民应尽的义

2020

务。如果遇到业主有抵触情绪的，他们就苦口婆心，做长线说服教育，直到业主对他们的说法表示认同，并举出有力证据，证明他们并不是鱼出事现场的目击者。

这样一家家说服教育让物业人员身心疲惫，于是物业人员有了一个新创意——外聘顾问对业主进行道德与法普及教育。

这个创意需要征集广大业主的意见。如果过半数以上的业主同意这个创意，那么，他们将制订完善的实施方案，提交业主委员会审议通过。

于是物业又进行业主意见征集。过了半个月，业主意见征集结束，同意这个创意的业主过了半数。

又过了半个月，物业制订出了完善的实施方案。

这时一个更亟待解决的问题出现了——需要立即成立业主委员会。没有业主委员会，往哪里提交实施方案呢？

要成立业主委员会，首先要有组委会。

半个月之后，组委会成立。

一年后，业主委员会成立。

对业主进行道德与法普及教育的活动实施方案提交业主委员会，并全票通过。

又半个月后，外聘顾问的实施方案被提交业主委员会，并审议通过。

又半年后，外聘顾问到岗到位，业主道德与法普及教育活动如火如荼地展开了。

随即业主委员会对广大业主就这项教育活动征集反馈意见。广大业主一致认为该项活动大大提升了业主道德素养与法律意识，希望这项活动能够长期开展下去。

这项活动被媒体报道后，引来了外界络绎不绝的取经人。于是，物业管理处又制订了对外来取经人员提供有偿咨询服务的方案，并提交业主委员会审议，审议通过后，又用了半年时间成立了外来人员有偿服务接待处。

就有偿接待的收入该如何使用这一问题，物业管理处又征集业主意见，根据广大业主的意见，制订了完善的实施方案，并提交业主委员会审议通过。

按照方案，该项收入应用于小区公共设施维护。

　　鱼的主人不干了，他向法院提起诉讼——是因为他的鱼滑入了下水道，才有了这项有偿接待收入，鱼是他的鱼，这项收入当然也要归他所有。

　　物业管理处的代理律师在法庭上提出答辩：原告首先要举证鱼是他的，且确定在哪段下水道里。

看 菜

白金科

徒弟是半道上捡的。木匠在早起上工的路上，碰见了这个十三四岁的孩子。孩子衣衫褴褛，正站在雪地里瑟瑟发抖，一副茫然不知所措的样子。木匠停下来细问，敢情这孩子是无家可归的。木匠于心不忍，说，跟着我吧，做我徒弟。孩子"扑通"跪在雪地里，磕了个头，就跟他来了。

木匠是这一带方圆几十里有名的木匠，木匠的活儿做得扎实精致，木匠尤其善雕刻，在家具上雕刻一些吉祥的图案，无论是飞禽走兽还是花鸟虫鱼，总能做到栩栩如生，方圆几十里的人家都喜欢找木匠做活儿。

木匠现在在榆树沟一户姓殷的人家做活儿。殷家只有母女俩，闺女叫梅，十八岁了，母亲为她招了个上门女婿，需要做些家具，好成亲过日子，就请了木匠。

教会一个徒弟是需要时日的，这要看徒弟的天资和领悟能力，还要看他的上进心。木匠有了徒弟，便带来上工，安排做一些边边角角的活儿，顺便看看徒弟的天资。木匠知道，学艺这事急不得，一招一式都得慢慢来。

但有些事说晚了就容易出岔子，比如说这吃饭上的事，木匠一个说不及，就出岔子了。

手艺人上门做活儿，不住宿的，主家要管两顿饭。木匠的家离着榆树沟十里挂零，一早一晚打来回就行，用不着住宿，再说了，殷家只有母女俩，住下也不合适。通常的，上工第一天，午饭和晚饭都会上四个菜，这叫开工饭，再往后，午饭就只有两个菜了，但晚饭会保持四个菜。这几乎是一条不成文的规矩。

有的菜是可看不可吃的，手艺人管这叫"看菜"，比如说这鱼。几乎所有的主家会在晚饭时上一条咸鱼，这条咸鱼手艺人是不会动筷子的。如若保存得当，咸鱼好些日子也坏不了，让主家完整地撤下去，明晚上再端上来，好凑齐四个菜。日月艰难，大家都懂的。

殷家没有男人，也就没人陪木匠吃饭。前些天都是木匠一人一桌，今天木匠有了徒弟，那就师徒俩一块用饭了。

木匠好酒。先呷上一口酒，微闭双目细细品着，等到睁开眼来，要去夹菜的时候，才发现徒弟已经破了鱼身了。

木匠赶紧制止，赶紧给徒弟说一些饭桌上的规矩，徒弟羞愧难当，只是于事无补了。

盘子里是一条白鳞鱼，大约有三两重，金黄色的鱼身，缀以白色的鳞片，煞是好看。现在，朝上的这面的中间部位已经被徒弟夹走了一块鱼肉，有了一个不大的豁口，已经不是一条完整的鱼了。这样的话，这条鱼就成了剩菜，以后主家就不好意思再端上桌了。

徒弟自然不敢再去动那鱼。

吃完了饭，木匠用筷子夹起那条鱼，翻个个儿，在盘子里摆好。

师徒俩走后，殷家母女开始收拾碗筷。细心的母亲一眼就看出了那条鱼的端倪。母亲知道这是木匠在体谅她们母女，木匠这是告诉她这条鱼不需换，以后再端上桌就是。

于是，这条鱼又被来来回回地端了十多天。

殷家的活儿做完了。这天晚上，师徒俩在殷家吃收工饭。拿起筷子，木匠对徒弟说，孩子，今天晚上，别的菜都别动，咱爷俩只吃鱼，把这条鱼吃完。

吃完饭，师徒俩要走了，殷家母女送至院门口。在院门口，木匠扔下一句话：一个小玩意儿，留着要。

母女俩面面相觑。

等到去师徒俩吃饭的屋里收拾碗筷的时候，方才明白了木匠的话，——饭桌上四个菜原封未动，完完整整地摆在那儿。

日月如梭。一转眼，梅的儿子也十八岁了。梅要为儿子娶媳妇，要做家具。这时候木匠已经老了，做不动了。木匠的徒弟不成才，只能做一些粗枝大叶的活儿，梅便请了一个新木匠。

新木匠是个年轻的后生，自幼就去城里了，在城里学徒，那是见过大世面，见过洋玩意的。上工第一天，后生看了梅用的家具，脸上有些不屑。就拿了许多早画好的新样子给梅看。梅就说，咱庄户人家，结实耐用就行。后生就有些郁闷。

　　吃午饭了。这第一顿饭是开工饭，按规矩上了四个菜，梅的男人陪着后生，入了席。

　　一开吃，后生就看上那条咸鱼了。盘子里摆着一条白鳞鱼，大约有三两重，金黄色的鱼身，缀以白色的鳞片，煞是喜人。后生可不懂"看菜"这一说，他的师傅就没教过他。他一伸筷子便去夹那鱼。

　　却是怎么也夹不动。

　　梅的男人脸上露出许多尴尬来。

　　后生明白了，这是一条木头鱼，是人工雕刻的。

　　后生的脸腾地红了。

　　自此，后生少了话语，活儿却是做得格外用心了。

老实人

刘海红

　　井下工作面上，老李头总是听令冲到最打头攉煤。煤层比较低，有时候，他坐着攉，遇到低洼处，他躺着攉，其他人可不会这么傻，他们懂得避重就轻。他有些不太合群，大家休息，他还要把存的那点劲使到工作上，显得大伙儿都没他积极，他也觉察不出来。年底评先，领导委婉地说他干活是好手，但不会劳逸结合，显然他受到众人的排挤。老李头心里觉得憋屈得慌，但不辩解，或者说嘴笨，不会辩解。"榆木疙瘩"的外号就打这儿来了。

　　排房里每户人家都是大几口子，满街跑的都是孩儿，相互打架的事跟吃家常便饭一样。老李头家最小的小宝每次哭着回来告状：被别人欺负的多，自己欺负别人的少。跟老李头哭诉一气，老李头不是在一旁修破自行车，便是劈柴弄炭，哪里顾得上听小宝每天的破事。次数多了，小宝自己出去打天下。

　　老李头没有朋友，每天上班、担水、劈柴、弄炭、掏灰、吃饭、睡觉。遇到需要男性家长出面的事一概瘪求气。小宝挨打或者打别人的事，时常得老婆李婶出面摆平。

　　这个时候，李婶气得各种花样骂他：焖火棍、榆木蛋、榆木疙瘩……李婶操的口音不是本地的，来回跑串的孩儿们听得好奇，把她的话传得像一股风，刮得全矿都知道。老李头从不还口，他不停地劈柴，弄炭，每顿烧火做饭离不了。李婶骂半天相当于自言自语。

　　老李头的老实就这样在矿区出了名。

　　生下孩儿们一大堆，还得靠他的工资活，靠他的体力过。李婶忍着气吃苦吃屈和他凑合过。日子就这样滚着往前走。

　　最近李婶觉得滚不动了，不是老李头的原因，但就怪他。十来平米的家盘了五六平米的炕，五个孩儿见风就长的年龄，晚上睡觉都成了问题。床上搁挤不下，老大被逼到箱子上睡，老李头也被撵到院对面的小厨房里，那个不大的厨面上，白天做饭，晚上睡人。

　　要不是老李头老实没出息，要不下房子，怎么会过得这么憋屈，李婶不怪他怪谁?

其实也不能全怪老李头。

排房的房子是矿区统一配给制,按人头分,不用花钱。本来七口之家可以分到两间。李婶托人写的住房申请交了好几年,如和尚买梳子——无用。老李头被逼去找过。管房的认识他,也不说不给,每次撂下一句话:"等有空房吧!"老李头一棒子打不出个屁来,只好回来继续听李婶骂。

李婶只好托人四处打听有没有空房。

一天,李婶得到消息,六零排房的行政科长老郝家媳妇难产死了,死在家里。老郝嫌晦气,又找了一处地,要搬走。

李婶问老李头,敢不敢去住? 老李头说:"当年一路逃荒过来,累了坟地都睡,有啥怕的?"

李婶觉得有希望了,这房子谁会和她争? 她都没告老李头,梳了头,换了件干净的衣衫,挺着腰杆直接去找管房的了。管房的重重的屁股堆在椅子上,好像都不能欠欠身。他耷拉着眼皮,吹出一股浊气:"消息倒挺灵通,但房子不能给你,比你困难的人多的是……"说着胳膊一抡做出撵人的动作。李婶怎么肯走,她想说死过人的房子谁会要呢? 管房的已经从椅子上蹦起来,直接把李婶推出门。

李婶踉跄了一下,委屈得跟什么似的,一路哭着跑回家。

老李头在院子的火台里掏灰,脸上的褶子里还藏着灰面子。看到李婶远远地哭回来,他也不在意,李婶老哭呢。但这次李婶哭得有些撕心,老李忍不住吼道:哭丧呢? 老李头很少发火。李婶连说带哭带骂地把事情说出来。老李头闷闷地噢了一声,也没洗脸,拿起掏灰的火棍站起就走。

快做饭的时候,邻居扯着全排都能听到的声音呼叫李婶:"出事了,你们家老李头打架了。"李婶扑哧笑了:"我们家老头还会打架?"

这事过了好久,矿上人还会当成美谈。据目击的人说,老李头当时找到管房的,如同鲁提辖去找镇关西,不由分说,提小鸡似的将管房的提溜起来,任管房的磕头求饶,一拳便打得他满嘴流血,满地找牙。口里不停地说着:"敢动我老婆?"

李婶不相信老李头有人们说的那么威风,不过那天她确实拿上了房子钥匙。打那以后,排房里再也没有传出李婶骂老李头的声音。

别有一番滋味在心头

刘　公

　　老岳父今年92岁，要不是去年病了一场，现在还能在干休所的操场上健步走哩。

　　老岳父参加过抗美援朝战争，亲眼见到了志愿军战士执行潜伏任务，一夜间被冻死的惨状。他是个医生，抢救了1300多的伤残官兵，以前有人问起那场与多国联军的战争，他会滔滔不绝地讲述。现在，你一再追问或提示，他总是缄默不语。

　　老岳父离休前是某导弹学院的领导，一颦一笑都有领导的范儿，用站如松坐如钟来描述，一点都不为过。每逢清明，干休所的老干部和家属们都要为已故的亲人和牺牲的战友们烧纸，老岳父则不，他说在心里祭祀就可以啦，不必费钱烧纸，污染环境了。

　　老岳父很节俭，妻子给他买的一次性袜子破了，他都要让老岳母戴着老花镜给他补补。要说他节俭到吝啬的地步，也不尽然。保姆家里有困难，他会悄悄地给钱救济。对儿女们，他也很大方，谁来家里陪伴他，他都会按每天几百元记录在案，月底一次性发放，从来不拖欠。

　　老岳父公私分明，向来不占公家的半点便宜。以前没有暖气，家家户户都是用煤炉取暖，无烟煤干休所免费提供，烟具自家购买。有一年冬季来临，他家搭好煤炉，安装烟筒时少了一节，干休所送了他一节，第二天一大早他冒着大雪上街购买，回家后非要让大舅子哥把安装好的那节公家的换下来，又冒雪把公家的那节还了回去。妻子在企业上班，经济状况差点，让他到卫生室取药顺带给妻子取点备用药，他眼一瞪，说你自己去药店买。大舅子哥有次回家咳嗽不止，看到他书案上有止咳的药，顺手打开取出两片准备吃，他一把夺下来，厉声说那是我的药，你要吃，去你的干休所领。大舅子哥也是退休干部。干休所的车可以免费享用，得提前一天申请。他在省城住院，得送保姆过去服侍，完全符合免费用车的条件，妻子已经申请好了，他知道后赶紧打电话辞了，说只有我个人享受免费

2020

用车的条件，保姆来可以打的，费用我出。他当即给保姆转了200元打的费。他担任领导多年，完全有能力给子女安排好的工作，即使子女单位领导找他办事，他也从来不提半句照顾子女的意愿。他说子女的前程靠子女自己把握，我就是自己奋斗出来的。

眼看老岳父的病情不断加重，说话有气无力，没人搀扶不能单独站立，大舅子哥试探着问他：爸老了后，就埋在革命公墓吧，我都联系好了。他说：不行，我不够资格，那么多战友牺牲了，我活到今天，已经享受了国家不少的优厚待遇，死了，不能再占块地方，要让功劳大的进公墓。我的骨灰，埋在一棵大树下当肥料就可以了。老岳父很洒脱，完全没有对死亡的恐惧。

上周，老岳父从医院回到了家里，弥留之际，他用手指着床头柜，大舅子哥拉开床头柜抽屉，取出一个檀木方盒，他从枕头下颤颤巍巍取出一把带红线的小钥匙，大舅子哥打开锁，里面有一沓单据，都是他献血和向红十字会捐款的证明，还有一份遗嘱放在最下面，上面写道：我死后24个月的工资丧葬费，除丧葬开支外，结余的全部捐给市孤儿院。

硬核章

白　茅

近来，天气有些反常，才三月中旬，热得都穿短袖了。

刚复工，我正填新冠肺炎防疫表，忙得焦头烂额，不料老杨来了，扛一桶水。

老杨是园区保安，上长夜班，过年没回家。我们园区不大，就一道门，5栋楼，30来家企业。白天俩保安，夜间就一个。

我给了老杨额头一"枪"。36.3℃，行！到我办公室吧。

老杨放下桶，说，这是对子，写得不好，就图个喜庆；这是消毒水，硬核章送的。

硬核章？老杨有些喘，他有支气管炎，我边让座边问，硬核章谁呀？

老杨直起食指戳地板，盯着我，不说话。

楼下！他家？我顿起一额细汗，不禁大叫，拿走！赶紧拿走！

老杨站起来，按下我。

按下我也得说。去年年底，公司搞装修，姓章的这小子，从早叫到晚，一会儿噪音，一会儿垃圾，一会儿又渗水什么的，叫得园区微信群都炸开了锅，气得我老板背地里不知骂了他多少回。你说这消毒水我能收吗？我要收了，就我老板那脾气，还不得把我给煮了呀？你赶紧拿走吧，还给他，让他自个儿给自个儿消毒去，他才是我们园区最毒的病毒！你……老杨急了，话卡在喉咙里出不来，就缓了缓，慢慢说，你们才搬来不久，不了解情况，硬核章这人，除了眼里容不了沙子，说话直点，别的真没什么毛病。他原来是开什么化工厂的，挣了不少钱。2003年"非典"，他爱人感染走了，他就关了化工厂，一门心思捣鼓这消毒水。

这一捣鼓就是10多年。10多年，老本花了个精光，经常交不上房租，有时连早饭都买不回来。可他不急也不躁，总说那堆本本（荣誉证书和专利）迟早会给他个笑……

他家是生产消毒水的？我不由打断了老杨。

老杨皱了皱眉，欲言又止，半天才回了我一个"嗯"。

就凭这个也配叫硬核章？

整个园区动静那么大你没看见？老杨说完，倏地拉下口罩，低下头去，咳了好大一阵才又接着说，大门口的快递棚，5个楼道口的消毒棚，所有棚子里的雾化器、消毒池，你们进进出出都在里头免费杀菌灭毒，真以为是天上掉下来的呀？要知道这些全都是硬核章的心血呀！

我把凳子往老杨跟前移了移。

老杨接着说，大年初一，硬核章见机会来了，买张机票就飞了回来。一方面，他想，终于有机会大显身手报国了；另一方面，枯守了这么多年，他也想借机赚点钱。可当他看到一批批抗疫物资捐献医院，一拨拨白衣天使不计个人安危奔赴病房……他就丢了"另一方面"，不仅主动免费送给我们园区，也主动免费送给周围其他园区、小区和医院，送了上百吨，光运费就花了好几万。员工们回不来，他就一个人干。一干俩月。

真是没想到，我还以为他就是个没什么城府的愣头青呢。

愣头青？亏你想得出！人家可是货真价实的化学博士！而且是清华大学的！你们不会还没见过他吧？他知道你们家不待见他，一再交代我，让我千万不要说这消毒水是他送的。

老杨越说越激动，说得我鸡皮疙瘩掉了一地，用口罩紧捂着我那不易被人看见的嘴和脸，平时不觉得，这时只觉三庭五眼都热辣辣的有些难受了。

难受还在继续。

还有，二月房租，硬核章好说歹说，嘴巴都说破了皮，房东才给免了。你们家也是免的呀，怎么好意思说人家不配叫硬核章呢？再说，这硬核章也不是我起头叫的，复工不久，园区微信群里，大家都在叫，叫得怹闹热，你不可能一直没看群吧？老杨说完就走了，急匆匆的。

才出门又折回来，补一句，没事多消消毒，不光疫情来了消，平时都得消，不光消这里，还得消这里。他左手指四周，右手指脑袋。

送走老杨回到办公室，我感觉有点晕，舒好气，快速蹲下，消毒水告诉我，次氯酸钠消毒液，可杀灭肠道致病菌及致病性真菌，活病毒，SARS病毒和新型冠状病毒均能灭……

　　看完我便点开园区微信群，立马加了硬核章。

　　随即，我老板也主动加了他。

北边，南边

李义文

老贵看见儿子大伟的小汽车从南边驶过来，心里有些不高兴。

老贵不高兴是因为他觉得大伟把老茂看得重些。最近每次回来都是先落老茂那里。

老茂是大伟的岳父，他住在村子南边，和北边的老贵家相距不过三四里。

说起老茂，老贵最近心里有些堵。

前些天，老贵听老茂跟别人说，女儿生二胎孩子要随他姓。老贵心里老大不高兴。你女儿嫁给我儿子，就是我们刘家人，孙子就得姓刘，怎么能随你姓王？

大伟下了车，老贵见他一个人，问道："美玲母子俩呢？"

大伟说："没来。"

老贵知道儿子回来肯定有事，问道："有什么事吧？"

大伟说："国庆节快到了，我想带您和岳父去外面转转。"

"他去，我就不去！"老贵说。

"怎么啦？你们闹别扭了？"大伟问道。

老贵气呼呼地说："他到处说你们生二胎孩子要随他姓，哪有这回事？"

大伟笑着说："孩子随他姓就不是您孙子了？就不叫您爷爷了？再说我们还没决定生不生。"

老贵想想也是。他问大伟："准备去哪里？"

大伟说："北京。"

北京？老贵的心加速跳动了一下。去北京可是他最大的愿望。年轻时，老贵在北京当过兵。一晃三十多年了。老贵特想去老地方看看。

老贵问大伟："去北京你岳父同意吗？"

大伟说："是他定的地点。"

这不对呀！那天老茂看着自己的军装照，不是说他想去海南转转，看看当兵的老地方吗？他怎么提出去北京？莫不是……想到这里，老贵说："我不同意！

我要去海南！"

大伟显得很生气，几乎是吼着说："您陪陪他就不行吗？"

老贵看着儿子因生气而扭曲的脸，觉得他好像不是自己的儿子。儿子还从没有在自己面前使过性子。老贵的犟脾气也上来了，高声说："要么去海南，要么哪儿也不去。"

一个要去北京，一个要去海南。大伟没法，只好开车把岳父接过来一起商量。

两个老人一见面就争吵起来了。

老贵说："除了海南我哪儿也不去！"

老茂说："除了北京我哪儿也不去！"

两人争得脸红脖子粗。大伟看着这两个老人，哭笑不得。他止住他们说："你们别争了，我们来抓阄决定。"

大伟拿着做好的两个阄对老贵说："爸，我这里有两个阄，由你来抓，抓了'北京'就去北京，抓了'海南'就去海南。"

老贵说："抓就抓，我就不信不是海南。"

大伟把两个阄往桌上一放，老贵快速抢了一个。他急切地打开一看，顿时，他傻眼了，纸片上分明写着"北京"两字。他气得把纸片往地上一扔，骂道："手怎么这么背？"一边骂一边气呼呼地往外走。

老茂打开另一个阄看了一眼，随即把它撕碎了。他拍拍大伟的肩，然后追着老贵出去了。

大伟带着两位老人到北京玩了三天。他们到了通州——老贵当兵的地方，还登上了天安门城楼，参观了军事博物馆和故宫博物院。看到两位老人开心大伟也开心。但大伟时时关心的还是他们的身体。父亲有严重的心脏病；岳父呢，身体有些吃不消，饭吃一点点，觉也睡得不安稳。

从北京回来后不到一个月，老茂卧床不起，吃东西都困难了。

老贵看望老茂回来，问大伟："你岳父的病你是不是早就知道？"

大伟说："九月份就检查出来了。"

老贵埋怨道："你怎么不告诉我？"

　　大伟说："我谁也没告诉，一直瞒着他。"

　　老贵有些后悔似的说："国庆节在北京时我就发现他身体有些不对劲，怎么也没想到是这个病。"

　　老贵问道："国庆节去北京你们俩是不是合计好了的？"

　　大伟没有作声。

　　老贵说："你糊涂啊！你岳父最想去的地方是海南，他当年在那里当过兵。去北京他是为了满足我的愿望啊。"

　　大伟一愣，瞬间眼睛湿润了。

　　那天为了实现岳父去北京的愿望，他在两个阄上写的都是"北京"。

懂 你

马 犇

解大爷走了，心肌梗死。于他自己而言，没什么痛苦，也没拖累家人；于别人而言，多是听时一惊，但很快就淡忘了。很多平常人的死不都如此吗，不会轰轰烈烈，他们的离去，更像是一些枯萎的落叶随风飘零。

他今年60出头，早年当兵，后转业到企业，但没多久就下岗了。他替人开过车，但上了岁数，就没人雇用他了，国内不同于国外，没多少人会将开车的活交给头已花白的人。

好在解大爷的儿子比较争气，在省城的高校读博，儿子不仅有奖学金，给自己的导师干活还有补贴，读博后，就再没管家里要一分钱。前些年，母亲意外去世，他怕父亲孤单，想接父亲过来住。导师很欣赏这份孝心，便找后勤协调，在学校给父子俩找了间宿舍。

解大爷不愿闲待，他悄悄地去找活，但连续碰壁，就在他灰心时，他在一根电线杆上找到了希望，附近一所幼儿园招聘门卫。这是他看了这么多天唯一一份年龄符合要求的工作。

"爸，您还是别去了，在家歇歇吧。"

"儿子，我知道你为我好，但爸不习惯闲着。"

"爸，你可以出去走走啊。"

"幼儿园的工作，我是真想去，你懂爸的。"

看父亲为进幼儿园工作把抽了四十年的烟都戒了，儿子不再阻拦。

幼儿园原本有三个保安，但因生源增加，便从社会上招聘一个帮衬的人。但园方的考虑是，安保等问题仍以保安为主，解大爷是配合他们的，更直白地说，是要干些他们不愿意干的脏活累活。

毕竟是幼儿园，脏活累活不比社会上多，所以这并不占用解大爷多少时间和精力。解大爷又是那种眼里尽是活的人，在外人看来，他甚至就是干活的命，不干活就难受。

不仅打扫门口，他还沿着围墙清扫，隔三岔五，他还会擦墙上的栅栏。周围人多觉得他傻，在多数人都躲活的氛围里，一个不是分内的活都抢着干的人，反倒成为异类，被打入病态的范畴。

家长接孩子有统一时间，有些家长想早进，之前可以，但解大爷进来后，就没希望了。4点20分，解大爷准时开门，早一分都不会开。有些家长，表快，他们会指着自己的表让解大爷开门。"你的表快了，我的表天天跟中央台的新闻联播对时。"解大爷总是这样回应那些家长。

偶有不讲理、暴发户式的家长恶狠狠地威胁解大爷，但他并不畏惧，仍然坚持原则，这多半与其早年当兵的经历有些关联。而有一个附近的孩子，父母常年在外打工，家里的老人腿脚不太方便，解大爷和孩子的爷爷奶奶商量好，他下班后，会顺便将孩子送回家，有时他还会送箱奶给这个条件不太好的家庭。

有些家长一来图自己方便，二来不想让孩子多走路，他们会将车停在幼儿园的大门口，车堵在门口，自然会影响孩子们及家长的进出。一旦有车在门口停下，解大爷都会及时劝离。有一天，一辆豪车顶在大门口，与门也就差十厘米，车主下车背靠着车门。

"同志，请您把车挪走。"

那人瞅都不瞅一眼，像是完全没有听见。

"同志，跟您说话呢，请把车挪一下，不然过会儿家长、孩子不好进出。"他轻拍那人的肩膀。

"老东西，你拍我？弄脏了我的衣服，你赔得起吗？"那人抬手准备扇解大爷一巴掌。

没再说话的解大爷挡住那巴掌，又反手将那人推出几步远。那人灰头土脸地开走了车。解大爷自己也没想到，这几十年前的动作现在竟还能捡起来。

新学期开学，解大爷没来园里。幼儿园的工作人员多一个还是少一个，多数家长并不关心。两周后，解大爷去世的消息被园里的老师传了出来，这消息就像"附近出了起车祸""谁谁被双规了"，只在人们的嘴里被谈论一次，便无影无踪。

就像那首《懂你》唱得那样，只有解大爷的儿子懂父亲，因为父亲常跟他讲自己的经历——解大爷儿时体弱多病，又因母亲早逝而被父亲遗弃，没多久，关于他家的另一个消息飞进他的耳朵，他的弟弟被人拐卖。次子的被拐，仿佛是老天对遗弃长子的父亲的惩罚。所以解大爷到老了，也愿呵护孩子，他生怕孩子们重复解家的悲剧。

荞麦花开

李德霞

一大早，爹从车棚里倒出小四轮儿拖拉机，给水箱注满水，往油箱加满油，又挂上车斗子。车斗子里，有带着尖尖犁铧的铁犁，有满满一麻袋荞麦种子。爹来到东院墙根儿下，隔着院墙喊："大春哥在家吗？"

"在！"大春正在吃早饭，端着饭碗跑出来，"兄弟，啥事？"

爹说："上午你有空吗？能不能帮我撒撒荞麦种子？"

大春说："你要种荞麦？"

爹说："今年春旱，大田没收成。这不刚刚下了场透雨嘛，荞麦生长期短，种荞麦还赶得上趟。这叫大田不满小田补嘛。"

大春往嘴里扒拉一口饭，边嚼边说："好好好，我帮你撒。"大春说着回了屋。

爹从东院墙走到西院墙，趴着墙头喊："二贵兄弟在家吗？"

二贵屁颠儿屁颠儿跑出屋，笑嘻嘻地对爹说："你和大春说的话，我在屋里都听到了。哥，是要我帮你撒荞麦种子的吧？"

爹呵呵一笑："耳朵真尖。"

二贵边回屋边说："这算啥事？我吃完饭就过去。"

工夫不大，大春来了，二贵也来了，俩人爬上车斗子。爹驾驶着小四轮儿，嘣嘣嘣地跑出门去。

来到地里，卸掉车斗子，挂上铁犁，爹端坐在驾驶座上，整装待发。

大春二贵挎个笸箩，里面装着满满的荞麦种子。两个人齐头并进，从这个地头往那个地头走，边走边撒，天女散花一般。

爹发动着小四轮儿，一路向前，泛着青光的犁铧翻卷起层层泥浪。

小半晌的时候，荞麦已种了大半。爹把小四轮儿停在地头，招呼大春和二贵过来歇歇。三个人头顶头围坐在地边，爹抛一支烟给大春，再抛一支烟给二贵。爹看着大春说："哥，你就没想过种荞麦？"

大春吸一口烟，吐个烟圈儿说："想过，咋没想过，可我家没荞麦种子呀。"

爹一脸的不高兴，说："没有种子不会说话吗？我家荞麦有的是，种多少，你说个数。"

大春想了想说："我家地多，至少也得种二十亩。"

爹顺手捏起一块小石子，在地上划拉个算式，边划拉边说："二十亩地，按每亩九斤算，二九一十八，要一百八十斤种子，那就是满满一麻袋了。晌午回去，我给你称。"

大春连连点头，说："好好好，谢谢兄弟！"

爹扭脸面向二贵，问："你呢？种多少？"

二贵掐灭烟头，说："连我爹娘的一块种，少说也有十亩。"

爹说："一九得九，一百斤足够了。"

二贵点头如鸡啄米，说："够了，够了。"

爹看着大春二贵说："咱村还有人家想种荞麦的吗？"

大春说："大田没收成，谁不想种？可没有种子咋种？"

二贵说："我表弟狗子昨天还找我借荞麦种子哩。"

爹说："你回去跟狗子说，让他下午来找我。"

那时，我家是村里数一数二的种粮大户，家里囤了不少粮食，有小麦，有莜麦，有豌豆，有荞麦……爹往外借荞麦的事，很快传遍了村里的犄角旮旯。刚吃过午饭，就有人拎着编织袋上我家借荞麦来了。

娘悄悄把爹拽到一边问："咱家荞麦，咋个借法？"

爹说："乡里乡亲的，借一斗，还一斗啊。"

娘拧着眉头说："现在荞麦都涨到一斤一块五了，是个好价钱了，那要是秋后跌了价可咋办？"

爹没有正面回答，而是反问娘："那要是涨了价呢？"

娘撇撇嘴，说不出话来。

很快，我家三千多斤荞麦都被村里人借走了。下午，村里没闲人，男男女女齐下地，家家户户种荞麦。

2020

又一场雨过后，荞麦开花了。登高远望，满眼的银白，苍苍茫茫，像覆了一层厚厚的雪。爹最爱看这景儿，常常看得心潮澎湃……

荞麦归仓的时候，又传来好消息：荞麦涨价了，涨到了一斤两块钱。

爹回家，笑眯眯地瞅着娘说："咋样？赚了吧？"

娘一分为二看问题，说："这是涨价了，那要是跌价了呢？"

爹说："荞麦可以跌价，但咱的心不能跌价，也不会跌价。你说是不是？"

说这话时，爹像个哲学家。